京極夏彥

百鬼夜行——陰

ひゃっきやこう　いん

KYOGOKU
NATSUHIKO
16

目錄

總導讀

獨力揭起妖怪推理大旗的當代名家
——京極夏彥

／凌徹

日本推理文壇傳奇

在一九九〇年代的日本推理界，京極夏彥的出現為推理文壇帶來了相當大的衝擊。

書中大量且廣泛的知識、怪異事件的詭譎真相、小說的鉅篇與執筆的快速，這些特色都讓他一出道就受到眾人的激賞，至今不墜。

此外，京極夏彥對妖怪文化的造詣之深，也讓他不同於一般的推理作家。除了小說以日本古來的妖怪為名，故事中不時出現的妖怪知識，也說明了他對於妖怪的熱愛。

身為日本現代最重要的妖怪繪師水木茂的熱烈支持者，更自稱為水木茂的弟子，京極夏彥在妖怪的領域也具有無比的影響力。京極夏彥對於妖怪文化的大力推廣，也絕對是造成日本近年來妖怪熱潮的重要因素之一。

而這一切，或許都是京極夏彥當初在撰寫出道作《姑獲鳥之夏》時，所始料未及的吧。畢竟他以小說家之姿踏入推理界，進而在妖怪與推理的領域都占有一席之地，其實可說是無心插柳的結果。他出道的過程，早已成為讀者之間津津樂道的傳奇故事了。

京極夏彥是平面設計出身，就讀設計學校，並曾在設計公司與廣告代理店就職，之後與友人合開工作室。但由於遇上泡沫經濟崩壞，工作量大減，為了打發時間，他寫下了《姑獲鳥之夏》這本小說，內容則是來自於十年前原本打算畫成漫畫的故事。而在《姑獲鳥之夏》之前，他不但沒寫過小說，甚至連「寫小說」這樣的念頭都不曾有過。

《姑獲鳥之夏》完成後，因為篇幅超過像是江戶川亂步獎與橫溝正史獎這些新人獎的限制，所以他開始刪減篇幅，但隨後便放棄修改而沒有投稿。之後他決定直接與出版社聯絡，詢問是否願意閱讀小說原稿。會撥電話給講談社其實也是巧合，他當時只是翻閱手邊的小說（據說是竹本健治的《匣中的失樂》），查詢版權頁的電話，之後便撥給出版這本小說的講談社。儘管當時正值黃金週(日本五月初法定的長假)，出版社可能沒有人在，但他仍然試著撥了電話。

沒想到在連續假期中，講談社裡正好有編輯在。編輯得知京極夏彥有小說原稿，儘管是新人，但仍請他寄到出版社來。京極夏彥原本以為千頁稿紙的小說，編輯會花上許多時間閱讀，之後還有評估的過程，得到回音應該會是半年之後的事，於是小說寄出之後便不再理會。結果回應來得出乎意料地快，在原稿寄出後的第三天，講談社編輯便回電，希望能夠出版這本小說。

推理史上的不朽名著《姑獲鳥之夏》，就這樣在一九九四年出版了。京極夏彥的作家生涯，也就此展開。

相較於過去以得獎為出道契機的推理作家，京極夏彥並沒有得獎光環的加持，只是憑藉著小說的傑出表現才有出道的機會。但他的才能不但受到讀者的支持，推理文壇也很快給予肯定的回應。一九九五年的《魍魎之匣》才只是他的第二部小說，就能夠在翌年拿下第四十九屆日本推理作家協會獎。一出道就聚集了眾人的目光，第二部作品更拿下重要的獎項，京極夏彥的實力，由此展露無遺。

而他初出道時奇快無比的寫作速度，則是除了小說內容外更令人瞠目結舌的。《姑獲鳥之夏》出版於一九九四年，接下來是一九九五年的《魍魎之匣》與《狂骨之夢》，一九九六年的《鐵鼠之檻》與《絡新婦之理》。表面上每年兩本的出版速度或許不算驚人，但如果考慮到小說的篇幅與內容的艱深，應當就能瞭解他的執筆速度之快了。除了《姑獲鳥之夏》不滿五百頁，之後每一本的篇幅都超過五百頁，後兩本甚至超過八百頁。如此的快筆，反映出的是他過去蓄積的雄厚知識與構築故事的才能。

兩大系列與多元發展

雖然京極夏彥在日後的執筆速度已不再像初出道時那麼快速，但他發展的方向卻更為多元。在小說的領域，京極夏彥筆下有兩大系列作品，分別為京極堂系列與巷說百物語系列，此外還有一些非系列的小說。在小說之外，則包括妖怪研究、妖怪圖的繪畫、漫畫創作、動畫的原作腳本與配音、戲劇的客串演出、作品朗讀會、各種訪談、書籍的裝幀設計等等，在許多領域都可以見到他的活躍，更讓人驚訝於他多樣的才能。

京極夏彥的成功，影響了日後許多的推理作家。講談社由此開始思考新人出道的另一種方式，不需要擠破頭與大多數無名作家競逐新人獎項，只要自認有實力，且經過編輯部的認可，作家就可以出道。一九九六年講談社梅菲斯特獎的出現，也正是將這種想法落實的結果。

倘若比較同時期的作家，從一九九四年的京極夏彥開始，出道於一九九五年的西澤保彥，與一九九六年的森博嗣，推理小說界在此時出現了不小的變動。當許多新本格作家的作品產量開始減少之際，前述的三位作家表現出截然不同的風格。他們出書速度快，短短數年內便累積了許多作品，而且又不會因為作品的量產而降低水準，反而都能維持著一定的口碑。此外，更吸引了許多過去不讀推理小說的讀者，將讀者層拓展得更為寬廣。

京極堂系列

在大致描述京極夏彥的作家生涯與特色之後，以下就來介紹他筆下最重要的兩大系列。

京極夏彥的主要作品，是以《姑獲鳥之夏》為首的京極堂系列。到二〇〇七年為止，這個系列總共出版了八部長篇與四本中短篇集，是京極夏彥創作生涯的主軸，也仍在持續執筆中。由於京極堂系列是他從出道開始就傾力發展的作品，配合上寫作前幾部作品時的快筆，因此作品數很快地累積，而其精采的內容，也使得京極夏彥建立起妖怪推理的名聲。

京極夏彥的作品特色，首推他將妖怪與推理的結合。或許也可以這麼說，他是在寫作妖怪小說時，採用了推理小說的形式，而這正表現在京極堂系列上。京極堂系列的核心在於「驅除附身妖怪」，原文為「憑物落とし」。所謂的「憑物」，指的是附身在人身上的靈。在民俗社會中，人的異常行為與現象，常會被認為是惡靈憑附在人身上的關係。因為有惡靈的附身，才使人們變得異常，而要使其恢復正常，就必須由祈禱師來驅除惡靈。

京極堂系列的概念類似於此。每個人都有著不同的心靈與想法，有些人的心中可能因為自己的出身或見聞而存在著惡意。扭曲人心的惡意憑附在人類身上，導致他們犯下罪行或是招致怪異舉止，真相也從而隱藏在不可思議的表象中。京極夏彥讓憑附的惡靈以妖怪的形象具體化，結果正如同妖怪的出現使得事件變得不可思議。陰陽師中禪寺秋彥藉由豐富的知識與無礙的辯才，解開事件的謎團，讓真相水落石出。由於不可思議的怪事可以合理解釋，也就形同異常狀態已經回復正常。既然如此，那麼造成怪異現象的妖怪，自然也就在真相解明的同時被陰陽師所驅除。

這樣的過程，正符合推理小說中「謎與解謎」的形式。京極夏彥曾在訪談中提及，推理小說被稱為是「秩序回復」的故事，而他想寫的也是這種秩序回復的故事。在這樣的概念下，妖怪與推理，這兩項看似沒有任何關聯的類型，在京極夏彥的筆下精采地結合，也成為他最大的特色。

而京極堂以豐富的知識驅除妖怪及解釋真相，也讓京極夏彥的小說裡總是滿載著大量的資訊。《姑獲鳥之夏》中，京極堂所言「這世上沒有不有趣的書，不管什麼書都有趣。」，事實上也正是京極夏彥本人的想法。對於書的愛好，讓他的閱讀量相當可觀，因而得以累積豐富的知識，也隨處表現在故事之中。

另一個特點，則在於人物的形塑。身兼舊書店「京極堂」的店主、神社武藏晴明社的神主、以及陰陽師這三重身分的中禪寺秋彥，擔負起驅除妖怪與解釋謎團的重任。玫瑰十字偵探社的偵探榎木津禮二郎，可以看見別人的記憶。此外包括刑警木場修太郎，小說家關口巽，《稀譚月報》的記者同時也是京極堂妹妹的中禪寺敦子等等，小說中的人物有著各自獨特的個性，不但獲得讀者的支持，更成為許多人閱讀故事時的關注對象。

介紹過京極堂系列的特色之後，以下針對各部作品做簡單的敘述。

一、《姑獲鳥之夏》（一九九四年九

月），女子懷孕了二十個月卻尚未生產，她的丈夫更消失在密室之中。同時，久遠寺醫院也傳出嬰兒連續失蹤的傳聞。

二、《魍魎之匣》（一九九五年一月），因被電車撞擊而身受重傷的少女，被送往醫學研究所後，在眾人環視之下從病床上消失。此外，武藏野也發生了連續分屍殺人事件。

三、《狂骨之夢》（一九九五年五月），女子的前夫在數年前死亡，如今居然活著出現在她的面前，雖然驚恐的她最終殺死了對方，卻沒想到前夫竟然再次死而復生，於是她又再度殺害復活的死者。

四、《鐵鼠之檻》（一九九六年一月），在箱根的老旅館仙石樓的庭院裡，憑空出現一具僧侶的屍體。之後，在箱根山的明慧寺中，發生了僧侶連續遭到殺害的事件。

五、《絡新婦之理》（一九九六年十一月），驚動社會的潰眼魔，已經連續殺害四個人，每個被害者的眼睛都被鑿子搗爛。而在女子學院的校園內，也發生了絞殺魔連續殺人的事件。

六、《塗佛之宴》（一九九八年三月、九月），分為兩冊「備宴」與「撤宴」。「備宴」中收錄了六個中篇，「撤宴」解明隱藏於其中的最終謎團。關口聽說伊豆山中村莊消失的怪事，前往當地取材。數日後，有名女子遭到殺害，關口竟被視為是嫌疑犯而遭到逮捕。

七、《陰摩羅鬼之瑕》（二〇〇三年八月），由良伯爵過去的四次婚禮，新娘都在初夜遭到殺害，兇手至今仍未落網。如今，伯爵即將舉行第五次的婚禮，歷史是否會重演？

八、《邪魅之雫》（二〇〇六年九月），描述在大磯與平塚發生的連續毒殺事件。

京極堂系列除了長篇之外，還包括了四部短篇集，都是在雜誌上刊載後集結成冊，有時也會在成書時加入未曾發表過的新作。這四本短篇集各有不同的主題，皆以妖怪為篇名。

一、《百鬼夜行──陰》（一九九九年七月）收錄了十篇妖怪故事，每篇故事的主角皆為系列長篇中的配角。藉由這十部怪異譚，讀者可以看見在系列長篇中所未曾描述的另一個世界。

二、《百器徒然袋──雨》（一九九九年十一月）、《百器徒然袋──風》（二〇〇四年七月）各收錄三篇，主角是偵探榎木津禮二郎，故事中可以見到他驚天動地的大活躍。

三、《今昔續百鬼──雲》（二〇〇一年十一月），共收錄四篇，本作的主角是妖怪研究家多多良勝五郎，描述他與同伴在傳說蒐集旅行中所遭遇到的怪事。

巷說百物語系列

京極夏彥的另一個系列作品是《巷說百物語》，這個系列於一九九七年開始發表，一九九九年出版第一本，到二〇〇七年為止共出了四本。本系列的第三本《後巷說百物語》更讓京極夏彥拿下了第一三〇屆的直木獎，成為他作家生涯的重要里程碑。

《巷說百物語》刊載於妖怪專門雜誌《怪》上，是這本雜誌的創刊企畫，一直持續至今。在試刊號的第〇期，京極夏彥發表了《巷說百物語》的第一個故事〈洗豆妖〉，之後除了兩期之外，其餘每一期都可以看見《巷說百物語》系列的小說。京極夏彥總是提及，只要《怪》繼續出刊，《巷說百物語》就不會停止，由此可見他重視這本雜誌的程度。

刊載於雜誌上的巷說系列，每期都是一個完整的中篇故事，目前為止尚無長篇連載。而在匯整出版單行本時，京極夏彥會再新寫一篇未發表在《怪》上的作品，作為每本小說的最後一則故事。本系列至今已出版了四本，從一九九九年八月的《巷說百物語》，二〇〇一年五月的《續巷説百物語》，二〇〇三年十二月的《後巷説百物語》，到二〇〇七年四月的《前巷説百物語》，除了《巷説百物語》收錄了七篇作品之外，之後的三本都收錄六篇作品。

巷説系列的背景設定於江戶時期，從一八二〇年代後半開始。在那個時代，妖怪的存在依舊深植人心，人們深信妖怪會作祟，怪事的發生也可以歸因於妖怪而不必尋求合理的解釋。系列的靈魂人物是又市，以言語欺瞞人們的詐術師。在《巷説百物語》中，詭異的怪事不斷發生，而這一切怪事，其實都是又市在幕後所設計的。他接受委託，並與伙伴們刻意製造出妖怪奇聞，藉由這些怪事的發生，使得他能夠達成真正的目的，並且能夠被隱藏在怪異之下而不為人知。

《續巷説百物語》與前作略有不同，著眼點較偏重於角色，固定班底的描寫在本作中被突顯，他們的過去也藉由不同的故事被一一呈現。《後巷説百物語》發生於江戶時代之後的明治時期，四名年輕人每逢遭遇怪異，便來請教一位隱居在藥研堀的老翁。老翁由這些怪事，回想起年輕時與又市一行人所遇到的事件，並在故事最後會同時解決現在與過去的事件。

《前巷説百物語》的設定再度轉變，描寫的是又市的年輕時期。在前三作中，又市已經是成熟的詐欺師，但他並非生來就是如此，《前巷説百物語》中的又市還年輕，他的技巧也還不純熟，因此故事又再次表現出和前三作不同的風格。

巷説系列目前共包含上述四本，但還有另外兩本小説與其相關，那就是《嗤笑伊右衛門》與《偷窺者小平次》。這兩本其實是京極夏彥改寫日本家喻戶曉的怪談，使其呈現新貌的作品。但是由於巷説系列的重要人物又市與治平也出現在其中，而且對他們兩人的生平有著較多的描述，因此雖然小說本身的重點在於固有怪談的重新詮釋，但由於人物的重疊，其實也等同於巷說系列的外傳作品。而在京極夏彥的得獎史上，這兩部作品同時都有得獎的表現，《嗤笑伊右衛門》拿下第二十五屆泉鏡花文學獎，《偷窺者小平次》則是獲得第十六屆山本周五郎獎。

開創推理小說新紀元

京極夏彥的過人才華，發揮在許多的領域上，也讓他有著非凡的成就。過去台灣曾經出版過京極夏彥的數本小說，讀者們也已經對他有著一些認識。可惜的是，過去都未曾以作品集的型態來全面地引薦與介紹，因而對讀者而言，期待度極高的京極夏彥作品，也始終都是傳說中的名作，無緣一見。

如今，京極夏彥的小說再度引進台灣，而且是他筆下最主軸的京極堂系列作品全集，讀者們可以從完整的小說集中一睹這位作家的驚人實力。足以在日本推理史上留名的京極堂系列，其精采的故事必然會讓人留下深刻的印象。妖怪推理的代名詞，開創妖怪小說與推理小說新紀元的當代知名小說家京極夏彥，現在，就在眼前。

二〇〇七年五月九日

作者介紹

凌徹，一九七三年生，嗜讀各類推理與評論，特別偏愛本格。

獻給恪遵「子不語怪力亂神」之教誨者——

第壹夜 窄袖（註一）之手

唐詩有悼妓女詩：

「昨日施僧裙帶上，斷腸猶繫琵琶弦。」

見琵琶絲弦猶繫於僧所弔祭之妓女裙帶，不禁悲欲斷腸。

聞有人見故人窄袖衣中忽現一手，皆由女子愛衣服器物之心也。

《今昔百鬼拾遺》／中之卷・霧

1

杉浦隆夫打算將衣櫃裡妻子的衣物全部處理掉。

妻子想必不會回來了，而這些和服也難以修改成其他衣服，原本沒有必要猶豫。

但他害怕的是打開衣櫃這件事。在開啟衣櫃的那一瞬間，杉浦竟然因過於恐懼而手指無力，手中的金屬把手在顫抖下喀答作響。

喀答喀答的聲音，

更加深了杉浦的恐懼感。

──真是愚蠢。

杉浦覺得自己真是愚蠢，他使勁地拉出抽屜。

整齊摺疊好的和服外頭包上厚紙，褶角乾淨俐落，收藏得非常細心。

如今回想起來，妻子是個極度一絲不苟的人，杉浦完全忘記這件事了。

總之──

多虧妻子的細心，和服並沒有直接暴露在杉浦的眼前，杉浦毫無來由的恐懼此刻才總算稍微減輕。

他輕輕掀開厚紙。

見到從縫隙中露出熟悉的和服花紋，內心隱隱作痛。

妻子的衣服並不多，杉浦卻有種錯覺，彷彿能從這一件件衣物之中嗅聞到過去時間的殘存氣息。

──記得這是……

當時妻子經常穿的──

好令人懷念，杉浦追尋著幽微的記憶。

那時候──

杉浦隱隱思考著「那時候」，卻完全回想不起所謂的「那時候」究竟是何時發生的事情。

當然，他確定妻子穿過這件和服，但其餘

卻十分曖昧不明。杉浦連這件衣服到底是春裝還是夏裝也不知道。杉浦一點也不懂婦人衣物的款式，從來就分不清楚什麼是銘仙，什麼是大島（註二）。杉浦喜歡看著妻子做事的背影。但他其實什麼也沒看到，從來就不懂妻子的心情。

縱然如此，他對妻子依舊十分眷戀。

是故，現在手上拿著妻子殘留的衣物，心中自然湧現許多惆悵。

話雖如此，杉浦倒也不見得對每一件衣物都有著無限感傷，畢竟他與妻子實際相處的時間並不長。所以說，杉浦無法確定現在在胸口隱隱刺痛的感覺究竟是對妻子的回憶所為？抑或是久未吸入的樟腦的刺鼻氣味所致？說不定這股刺痛更近似於失落感。

這些衣物拿去當鋪典當應該能值一些錢，而且似乎沒遭到蟲蛀，相信有許多人樂意收購。

但是杉浦並不怎麼願意將妻子的遺物拿去換錢。總覺得讓別人穿上這些衣服有愧於妻子。

——穿上衣服。

這句話再次喚起了恐懼。

剛剛並沒有出聲說出口，也非心中浮現了這句話。但冷不防地，纖白的手臂從和服袖口悄悄伸出的情景卻鮮明地浮現在腦中。杉浦不由得發出慘叫，將衣服用力拋在榻榻米上。

急忙關上抽屜。

只留下榻榻米上的那件和服。

一時間，杉浦茫然自失，但很快地又微微發笑。

註一：窄袖：原文「小袖」，一種袖口窄小的和服。起源於平安時代中期，多作為便服使用。

註二：銘仙、大島：銘仙為一種平紋的絲織品，質料堅固且價格低廉，因此多當作女性的日常衣物。大島為大島紬之簡稱，一種產於奄美大島的綢布。

因為冷靜下來後，他發現自己一連串的行為實在毫無意義而且滑稽可笑。衣櫃、衣物不過只是日常器物，實在沒有理由害怕。杉浦完全理解。沒錯，他完全理解這點──

但是，杉浦還是決定把和服全數拋棄。

2

記得是「我已經厭煩了」？

抑或是「我已經受夠了」？

杉浦回憶起妻子最後對他說的話。

距離妻子離家出走已有半年之久，而妻子對他說出最後的這句話則是離家幾個月前，至於正常的對話恐怕得回溯到更久以前。

那時杉浦與妻子間的關係早已破裂。

雖說杉浦終究無法體會妻子選擇離家出走的心情，但是理由並不難想像。

對於總是積極進取的妻子而言，想必難以忍受杉浦完全放棄身為社會一分子的義務，每天渾渾噩噩地過著廢人般的消極生活吧。

杉浦在去年夏天前仍是一間小學的教師。

結婚同樣是去年，春天的時候。所以說，杉浦有了家眷、以一名正當的社會人身分工作的時間僅有短短的一、兩個月。辭去教師職務之後，杉浦不聽包括妻子任何人的勸，每天有如耍賴的孩子堅決不做事懶散過日。

這麼一想──只要是正常人都無法忍受與如此墮落的男子共同生活，也難怪妻子感到厭煩了。最後會演變成這種事態反而理所當然，沒什麼好不可思議的。

杉浦望向庭院。

腦中響起妻子的話。

「我搞不懂你的想法。」

──也難怪她不懂。

縱使杉浦辭掉教師之職有其迫切性，但其理由既非私人因素，也不是喪失作為一名教育者之自信，或者是對於當今的教育制度絕望等誇張的、大義凜然的理由。

而是一種曖昧朦朧的、若有似無的理由。

那就是……

他突然有一天，

變得害怕小孩了。

在這之前，杉浦雖不像神職人員滿懷崇高理想，但至少也不是放棄職守的無賴教師。說白一點，他只是一名該做什麼就做什麼的職業教師。他從以前就認為既然靠此職業維生，就不得不做。他並不是特別喜歡小孩，等實際接觸過後發現他們倒也滿好相處的。因此對杉浦而言，做好這份工作並不困難。小孩子麻煩歸麻煩，有時還滿可愛的——習慣之後，他也逐漸喜歡上他們。

依杉浦的個性自然不可能成為嚴格的管理者，反而他積極與小朋友親近玩耍，因此非常受到學生的歡迎。

只不過，如今回想起來這僅是根植於優越感下的幻想罷了。

說穿了，只是一種逃避現實。

不消說，年幼的學生本來就比自己無知無能，能與他們融洽相處不過是充分了解自己處於絕對優勢，才能從容應付，僅僅如此。即便自認處於絕對優勢，杉浦從不去斥責學生。或許這暗示著他的從容其實也只是一種幻想——自己絕不是一名有資格斥責孩子的智者，說不定還是個連孩子也不如的廢物——杉浦想必是由與學生的交流之中察覺這個可能性吧。

結果，事實證明正是如此。

名為「天真無邪」的凶器是如此毫不留情。

——那一天……

那一天，孩子們圍繞著杉浦嬉鬧。刺耳的喧鬧歡聲忽左忽右、此起彼落。視線所及，淨是可愛的笑臉。

不知是哪個孩子突發奇想，忽然攀吊在杉浦脖子上。當然了，杉浦並不會因為這點小事而生氣，依然像個蠢人般親切地傻笑。

孩子們愈玩愈厲害。

一雙雙可愛的小手伸向杉浦的脖子，非常沉重，也很疼痛，但杉浦仍然呵呵傻笑。

孩子們更加得寸進尺了。

杉浦開始覺得苦痛，但是抓住脖子的小手愈抓愈緊，手指深陷於頸肉之中，但他依然不想採取高壓態度命令孩子放手。不久，連聲音也發不出來。

他輕輕抵抗，試圖甩掉孩童。但處於興奮狀態的小孩子自然不可能理會半吊子的抵抗。「夠了，住手！」但這可不應該是邊笑邊喊的台詞。

當然，孩子們不懂

——無法溝通。

杉浦發覺自己的感受無法傳達給這些糾纏在身上的小生物。至此，杉浦突然情緒爆發了出來，他粗暴地搖動身體，高聲發出歇斯底里的吼叫，用力甩開孩童。

被甩飛的孩子驚呼出聲。

——糟了。

——或許害他們受傷了。

那之間，杉浦恢復了身為社會文明人的理性。若是對孩童發怒動粗甚而造成傷害的話，屆時不管用什麼藉口也無法獲得原諒——

但是他的擔心也只有那麼一瞬間。

因為孩子們更加興奮地包圍起杉浦，原來剛才的叫喊並非悲鳴，而是歡喜之聲。這些幼小的異界之民滿臉笑容，伸出楓葉般的小手再度纏住杉浦。

他感到毛骨悚然。

曾經一度決堤的恐怖感接二連三地滿溢而出。

對杉浦而言，這些小孩早已不像人類。他

彷彿想驅走鬼魅一般，奮不顧身地推開一一湧上的孩童。然然在天真孩童的眼裡，杉浦有如滑稽舞蹈般有趣的動作只像是遊戲的一部分。

不管從來不曾出言斥責的親切教師反應多麼異於平常，對於亢奮的孩子而言並不具備任何嚇阻力。縱使杉浦早就真的發怒，縱使變得高亢的吼叫中潛藏著恐怖，依然沒有任何人察覺到教師的細微變化。

結果——

身為社會一分子的克制心無法勝過個人的恐懼，杉浦粗魯地推倒孩童，並動手揍了兩、三個孩子。

事態演變至此，這些幼小的異界之民才總算發覺教師的異狀，不安的情緒迅速傳染開來，一眨眼間——全體學童將杉浦視為敵人。

但是見到學生的眼中閃爍著敵意時，杉浦反而稍微鬆了口氣。不管如何，至少自己的想法總算傳達給這群孩子了。

但是安心感持續不了幾秒。

細白的小手又再度伸向杉浦。杉浦以為這是孩子道歉或和解的表示。然而，正當他為了接受他們的道歉而蹲下時——

小手瞬間掐住了他的脖子。

那名孩子面帶笑容。

杉浦喊不出聲來。

小孩子的力氣真是不能小看，被勒住脖子的杉浦馬上感到腦部充血，意識逐漸矇矓。其他原本哭泣、害怕的孩童很快發現情勢已經逆轉。杉浦再次受到無數小手攻擊。只不過與一開始不同的是，這些攻擊明確針對杉浦而來，而且還是處於壓倒性優勢下所做出的攻擊。

他覺得自己死定了，於是使出吃奶力氣將孩子們甩開，大聲吼叫，粗暴地大鬧一番，最後全力衝刺離開現場。

回想起來，杉浦的行動未免太缺乏常識了點。不論古今東西，從來沒聽說過學童在嬉鬧的過程中因不知節制而勒死教師的事件，也不可能發生。不，當時的杉浦也知道這個道理。

──但這不是能理性解釋的。

不是能輕易解釋的。

在這之後杉浦也都不記得自己做了什麼。

事後聽說有三個孩子受到輕傷，原以為大鬧一場會有更多人受傷，或許實際上沒自己以為的那麼粗暴吧。也可能因為即便成年男性大吵大鬧一場，胡亂揮舞的拳頭仍舊難以傷到敏捷的孩童。

杉浦對一切感到厭煩，在家昏睡了三天。

若被質問為何做出這些事情，杉浦恐怕沒辦法好好說明理由；若要他負起責任，他也不知該負什麼責才好。最重要的是，他與學生之間原本的勢力平衡恐怕再也無法修復了。

當然，孩子們應該很快就會不當一回事了吧，因為杉浦所做的原本就十分幼稚的行為哪。也就是說，在孩子們的眼中看來，杉浦的行為並不難理解。但問題的癥結在於杉浦自己身上。杉浦確信──一旦原本以為絕對優勢的立場動搖後，就再也無法像過去一般，以大人的從容來面對學生了。

因此杉浦再也無法回到學校教書了。

妻子是個聰慧的婦人，即使碰上這種不測之禍也不會驚慌失措。她的行動冷靜而沉著，對學校與學生家屬的應對也十分得體。

後來聽說，當時杉浦欠缺常識的行為之所以沒有受到強烈抨擊，全多虧了妻子的機敏應對。代替杉浦遞出辭呈的是妻子，立刻向受傷學童家屬低頭道歉的也是妻子。不僅如此，即便惹出這麼嚴重的事件，妻子對杉浦依然表現出無限的關愛。但是──

當時的杉浦卻分毫不懂妻子的關愛之情。

妻子溫柔地照顧杉浦，奮力激勵杉浦，全心全意地為丈夫付出。

但是──

在當時的杉浦眼裡，她的溫柔像是輕蔑，她的激勵有如斥責。

他覺得小孩子很可怕。

為何妻子就是不懂他的心情？

不對——杉浦打一開始就不曾努力讓妻子了解他的心情。

聰慧的妻子或許認為只要肯溝通，一定能了解彼此心情。但是當時的杉浦卻摀住耳朵，放棄溝通。隨著次數愈來愈少的對話可笑地失去交集，對彼此的心意也一天天漸行漸遠。

或許是對一直不願回到社會的丈夫感到不耐煩，妻子原先的溫柔也逐漸轉變成真正的輕蔑。

但是……

妻子依然持續向杉浦伸出援手。

而杉浦則是不斷將她的手推開。

最後，妻子經過半年拚命的努力，到頭來在某個下雪的寒冷早晨，離家出走了。

——這也無可奈何。

杉浦心想。

3

杉浦注意到鄰居的家庭狀況大約是妻子離家後不久。

在此之前，他從不知道隔壁是否有人居住，也從來不曾留意住了怎樣的人物。

或許這也是種幸福吧，直到發生了**那種事情**——杉浦一向無暇關心他人生活。但是在發生**那種事情**之後——別說是他人，世上的一切對杉浦而言早已失去了意義。

一個人生活了一段時間後，他突然感到絕望。

理所當然，他感受到一股強烈的孤獨感。

接著——

——理由並非如此。

總之，就在這段時期前後，他開始注意鄰居的情況。

隔壁家庭由三名成員所組成。

那時他們的訪客尚少，也很少出門，有時甚至一整天都沒人離開家裡。

總之，雖然不知道他們靠什麼過活，杉浦確定隔壁共住了三個人。

首先是一名與杉浦年紀約略相當的男子，穿著打扮總是土里土氣，怎麼看也不像有正當職業，專門負責外出採買。男丁只有他一人，但是看起來並不像一家之主。從外觀看來，男子似乎更像一名傭人。

另外一名是瘦弱的年輕女性。不知為何，在杉浦眼裡她看起來才像一家之主。這名年輕女子非常美麗，彷若天仙下凡。一點也沒有在白日辛勤工作的氛圍，也不像專過夜生活的風塵女子。

至於最後一名成員則是……

──柚木加菜子。

每當杉浦想起這個名字，總伴隨著一種莫名的寂寞。這名少女如今應該已經不在人世；即使還活著，恐怕也無緣再見一面。

胸口有些鬱悶，與剛才回想起妻子時的感覺類似，或許是從榻榻米上的那件和服所散發出來的輕微樟腦的氣味所致。

加菜子是個中學生。

不可思議的女孩子。

杉浦回憶起加菜子……

不起眼的男子、年輕女性，以及中學生，絲毫不像親子家庭，感覺十分詭異。兩名女子的容貌非常相似，也可能是姊妹，但總給人一種**扭曲**、**不正常**的感覺。當杉浦注意到這戶人家，也隨之勾起他的好奇心。只不過在意歸在意，卻沒有任何方法能確認事實真相。

接下來的好幾個月，杉浦僅能將好奇埋在心裡。

記得那是……

五月左右發生的事。

靠著存款過活的杉浦，什麼事也沒得做，什麼事也不想做。他從不外出，整天窩在家裡。但持續這般日子，有時難免感到鬱悶，某一天，杉浦不經意地望向了庭院。

庭院種了一棵形狀醜惡的栗樹。

杉浦很討厭這棵樹的形狀。

這棵樹彎曲醜陋的枝椏朝向鄰居的庭院延伸而去，陰森的形狀彷彿正在向人招手，就像圖畫中常見的幽靈的乾枯手指。

——彷彿會招來不幸。

杉浦此時茫然地想著這些事情，看著栗樹的枝椏。

杉浦家與鄰居家以黑色矮牆分隔，栗樹依偎著牆壁生長，幽靈手的部分幾乎完全伸進鄰居的庭院裡。栗樹到了秋天，枝椏上便會長滿難以入口的纍纍果實。果實難吃，故從來也沒人摘取，一向任其腐爛，掉落一地。

——啊，糟了。

也就是說，這些沒人要的栗子不就全都掉落在鄰居的庭院裡了？

雖然只是芝麻蒜皮大小事，杉浦可不想因此與鄰居發生爭執。

他不願意因此遭人說閒話，更不喜歡事後再去低頭道歉；就連對自己極其體貼的妻子，杉浦都無法充分溝通了，更別說是不具善意的陌生人了哪。對現在的杉浦而言，光是與人溝通都有所困難。

在麻煩之種發芽茁壯之前，預先剷除比較好。

於是，杉浦動作緩慢而遲鈍地進到數個月不曾踏入的庭院，走向他所厭惡的栗樹。

枝椏比想像還低，但要全部砍除似乎很不容易。杉浦繞進樹木與圍牆之間，靠在牆壁上仔細觀察陰森森的樹枝。果然，靠近一看更覺難以清除乾淨。

當他準備繞到別處觀察時，不經意地從圍牆上層的間隙窺見隔壁庭院的情景。

杉浦維持不自然的姿態，拉回原本掃視而過的視線，定格。

一名少女坐在簷廊上。

少女脫下制服外套，將之隨意拋在身旁，倚著紙門側坐。房間內沒有開燈。天色逐漸昏暗，少女雪白的臉龐與白襯衫宛如發光體，在黑暗中閃閃發亮。

杉浦直定定地盯著少女。

好漂亮的女孩子。

杉浦過去曾見過幾次她上學或回家時開門進房的背影。在這幾個月裡，他如同間諜般偷偷觀察過這女孩好幾次，但是，像現在如此端詳她的正面反倒是第一次。

雪白的臉龐。

即使有點距離，仍看得出少女的五官長得十分秀麗，但看不清楚她的表情。

表情看來似乎有些恍惚，也像感到疲憊，但決不是面無表情，而是給人虛幻飄渺、稍縱即逝的印象。少女的年齡大約十二、十三歲左右。

或者更大一點也說不定。

不，推測她的年齡多大著實不具任何意義，因為杉浦對於這名坐在簷廊的少女別說恐怖感，連一丁點的厭惡感或抗拒感都沒有。

──**她**並不是小孩子。

直覺如此告訴他。

不是小孩，也不是大人。

那麼**她**是什麼呢？

杉浦夾在栗樹與圍牆之間，屏氣凝神地注視著這名不會拒絕自己的特異分子。

少女一動也不動，或許是杉浦透過牆上的邊飾壁孔窺視的緣故，眼前的光景有如收藏於畫框之中、色調昏黃的印象派繪畫之感。

——所以才不覺得恐怖吧。

與欣賞繪畫的感覺相同——他並不覺得所見光景實存於世，所以並不害怕。這樣的分析或許沒有錯，因為杉浦此時不只是小孩，連其他陌生人都感到懼怕。

就在此時。

從繪畫背景的那片黑暗之中，一雙蒼白的手伸了出來。

那雙手與少女的一樣纖細，一樣白皙，手腕以上沒入黑暗之中，無法看清。

少女似乎沒注意到手的存在。

那雙手貼住少女纖細的頸子，彷彿原本就附著在頸子上。

接著，將頸子……

緊緊掐住。

少女瞇起了眼。

那表情，究竟是感到痛苦，抑或——

感到陶醉？

喀沙喀沙作響的，究竟是少女掙扎的聲音？

還是栗樹枝受風搖動之聲？

看得忘我的杉浦全身僵硬。

無法作聲。

少女輕輕向後仰，倒向昏暗的客廳裡，上半身融入黑暗之中，接著兩腿懸空晃動了幾下，彷彿被那雙手拖入黑暗裡，消失無蹤。

已經什麼也看不到了。

悄然無聲。

整段過程僅有短短數分鐘，不，說不定只有幾秒鐘。

杉浦全身冒冷汗。

他呆站在原地，一動也不能動。等到回過神來時，發覺自己燈也不開地坐在客廳裡，汗水早已變得冰涼，全身感到一陣寒意。

明明已經快進入初夏了。

──剛才看到的情景是……

該不會是凶殺現場吧？──杉浦得到如此平凡結論，已經是夜闌人靜之時。

杉浦著實受到了驚嚇，但並不是因為他目擊少女**遭到殺害**，而是因為**繪畫竟然動了**。對杉浦而言，圍牆對面的事件是如此地不真實，不存在於世上的事實。

因此，當他想到該去探探狀況或向警察通報時，又是更久之後的事。等到他想到這些時，已經半夜三更了。

就在他猶豫不決，不知該採取何種行動當中，天色漸白。

最後他既沒去看看狀況，也沒向警察通報。他什麼也沒做。

但是沒做反而是正確的。

杉浦經過幾番猶豫與思索後，決定還是如平常一般躲在門後陰影處觀察。這是他每天早上無意義的例行公事，每天躲在門後偷窺隔壁家的女孩上學。

──今天早上……

如果**那是**事實的話，少女便不可能出現。

若是事實，杉浦的日常生活將逐漸失去均衡，終至崩潰。

在確認事實之前──昨晚發生的事件，對杉浦而言終究仍只是幻影罷了。

但是，實際上……

杉浦此時兩眼充血、滿臉鬍碴，面容變得異常憔悴，彷彿老了十歲之多。

而少女──

少女的模樣與平時沒有分毫差異，一如既往準時走出家中大門，朝學校方向而去。

一切都與平時沒有差別。

──那麼昨天發生的那件事是白日夢嗎？

杉浦陷入輕微的混亂。他放棄冷靜思考，緩慢地回歸日常生活。但也因為缺乏結論，接下來他將長期受那雙蒼白纖手的幻影所苦，不斷在幻想與現實之間徘徊。

由黑暗中伸出的手。

勒住少女頸子的手。

纖長的手指，掐進雪白、吹彈可破的肌膚。

帶著愉悅表情遭黑暗吞沒的少女。

沒有慘叫，沒有半點聲響。

也沒有悲傷。

因為是畫裡的事件，理所當然。

4

「那是媽媽的手——」

「只是惡作劇啊。」加菜子笑著說。

她的聲音帶著些許金屬質感、有如搔動喉嚨深處般的……是的，有如滾動鈴鐺般清脆。

貓一般的女孩。

杉浦第一次與加菜子交談是在剛進六月的時候；也就是說，他整整一個月受到那雙妖豔白手的幻影所騷擾。在這段期間，杉浦不知偷窺過圍牆另一側多少次。自己也不知道為什麼對鄰居如此好奇，但他覺得去深入思索這件事並沒有什麼意義，便放棄了思考。

杉浦僅是憑藉著本能而行動。

但是他的欲望並沒有獲得滿足。因為在此期間，他幾乎不曾在圍牆的邊飾壁孔裡看到那個妖豔的少女現身。

不久，杉浦的本能成了一種執著，執著化為習慣；最後，習慣替他確定了一個事實。

那就是，鄰家的女孩每天晚上都會外出。

有時只是單純回家的時間較晚。

有時則就算老早回家，等夜幕低垂，又會立刻出門。

總之，鄰家的女孩總是在同年齡的少女不會外出的時段裡出門，回到家的時間也往往過了深夜。

雖然不知道她在外頭做什麼，總之絕不尋常。如果是一般普通的家庭，這樣的舉動肯定會遭家人責罵。但是杉浦從未聽見隔壁傳來的斥責聲，也沒聽過類似爭吵的聲響。

女孩回家的深夜時分，四周自然是寂靜至極。若有爭吵，即使家人刻意壓低聲量也很難做到完全無聲，更何況杉浦一直豎起耳朵偷聽……

實在令人費解。

某個晚上，禁不住好奇心的驅使，杉浦決定尾隨少女的行動。

他躲在門後，屏氣凝神地等候少女外出。心跳愈來愈激烈，全身的血液似乎因興奮而流速加快。此時，杉浦總算久久──著實隔了好一段時間──重獲「活著」的感覺。

隔壁的門打開了。

杉浦踏出腳步一個沒踩穩，踉蹌地跌了幾步，接著朝向暗巷奔馳而去。至此，杉浦的舉動已經稱不上是跟蹤了。

他的腦子一片混亂，待視線習慣四周黑暗時，少女早已消失於黑夜之中，現在要追蹤已經太遲了。一瞬間的猶疑，杉浦失去了他的目標。

即便如此，高昂的情緒要恢復平靜仍然花了不少時間。等到悸動完全止息，杉浦才發現自己坐在暗巷之中。

──多麼愚蠢啊！

全身充滿無力感，彷彿絲毫沒有意願站起般，杉浦一直坐在原地。

突然，脖子上有股**冰涼**的觸感。

知覺完全麻痺，毫無驚訝感的杉浦縮起下巴，緩緩地低頭一看。

一雙慘白的手正抓住他的頸子。

杉浦大叫，發軟的雙腳站不起來。

在一陣難以形容的哀嚎後，杉浦戰戰兢兢

地轉過身，慢慢地抬起頭。

雪白的臉龐——

少女正低頭望著杉浦。

「嘻嘻，真沒用呢。」

少女的聲音像鈴鐺般清脆。

「你是住在隔壁的叔叔吧？」

少女接著問。

杉浦張皇失措，不知該如何回答。表情像波斯貓的少女甜甜地笑了，說：

「你好膽小喔。」

——沒錯，的確很膽小。

自己真是可笑。杉浦也跟著笑了起來。這個既非大人、也非小孩的奇妙生物，以難以歸類的中間特性，突如其來、卻又自然地直接訴諸杉浦已然磨滅的感性，或許正因為如此，害怕一切大人與小孩的杉浦才不會感到懼怕。

少女愉快地說：

「明明這世上沒有什麼好怕的事情。」

「你、你之前，脖、脖子……」

「你偷看到了？」

「不、不是的，我是……」

「反正那又沒什麼。」

「咦？」

少女更可愛地笑了。

「那是媽媽的手，只是惡作劇啊。」她說。

「惡作劇？」

看起來並不像母女間的玩笑。

杉浦頓時語塞，瞳孔渙散，眼神飄移不定。接著少女嘲笑杉浦似地說：

「既然你**如此害怕**白天，就等夜晚出遊不就好了？月光對於**你這種人**可溫柔的呢。」

杉浦完全被她看穿了。

——她說的或許是事實。

杉浦自己也認同。

從那天起，杉浦的日常生活改變了。

他在白天蓋上被子睡大覺，直到日沒之後才起床，靜靜等候少女於深夜歸來。一整年來幾乎不與他人交流的杉浦，彷彿在異國發現同鄉般，在少女身上找到了令人費解的安心感。

第二次見面時，杉浦得知了少女的名字。由於鄰家大門沒掛上名牌，杉浦之前從來不知道鄰居究竟姓什麼。

少女自稱柚木加菜子。

第三次見面時，杉浦得知了她的境遇。果然如先前所猜測，加菜子的父母早已不在人世，另外兩名同居人是她的姊姊與叔叔。母親在生下加菜子前已患難治之症，生下加菜子後依然沒有起色，住在醫院裡接受治療。

加菜子便由年齡差距甚大的姊姊與叔叔撫養長大。母親長期一直住在醫院裡，在加菜子長大懂事前就死於病榻上了。

至於父親，加菜子說對他一無所知，不僅不知其名，更遑論生死。

加菜子或許是私生子。

但是她有家人，算不上是孤兒，經濟層面上雖稱不上寬裕，倒也不至於困頓。就算失去了雙親，加菜子未曾缺乏家庭的溫暖。

因此，加菜子並不覺得自己不幸。

雖然失去雙親，對她而言卻是自然之至，她從未對此感到寂寞或不方便——加菜子說。

她常常想，世上有許多孩子在戰火之中失去了家庭，與這些不幸的孩子相比，自己仍舊無比幸福。

「可是將來在論及婚嫁或求職之際，你的境遇或許會產生一些不好的影響。」當杉浦提出他的看法時，加菜子明確地回答：

「我還不到該煩惱這些事的年紀呢。」

的確，對於年方十三的小女孩而言，結婚與求職就像來世一樣遙遠。她或許多少有過一些想像，但想必非常不真實吧。她恐怕無法想像找到自己人生伴侶、共組家庭、養兒育女的情況會是怎樣，且這種想像對現在的加菜子來説也不具任何意義。

是故，即便有著如此不幸的境遇，加菜子也未曾怨恨這個社會。對她而言，素未謀面的父親根本無從恨起，憎恨善待自己的姊姊與叔叔更是莫名其妙。

只是，如同雙親健在的孩子不懂孤兒的心情，失去父母的加菜子一樣也難以理解他們的的心情。

加菜子説，她真的不懂父母究竟是怎樣的存在。

什麼是父親？什麼是母親？對於孩子而言，父母又扮演著何等重要的角色？——雖説活了十三年，多少也了解父母的意義，但不論在知識上有多少理解，終究僅止於一種想像。

「想像終歸是想像，永遠不會是事實——」

所以加菜子認為，自己還是不可能了解。

如果叔叔代替父親……

如果姊姊代替母親……

是否感覺上能更接近一些呢？

遺憾的是，加菜子的叔叔扮演不了父親角色，姊姊亦是缺乏母性的女子。

無疑地，兩人均非常照顧加菜子，呵護得無微不至。但是他們終究還是無法取代父母。

加菜子有家人，受到充分的親情灌溉，所以她絕對不算是個不幸少女——但這並無法改變加菜子失去父母的事實。

——等等，

那麼……

——那是母親的手。

她不是如此説的嗎？

遲鈍的杉浦在與加菜子道別之後才總算想起少女話中的矛盾。記得加菜子確實是説，那雙手是母親的手，但她也説過母親早已去

世──

──這種情況，

這種情況真有可能發生嗎？

當時的杉浦總是在夢幻與現實之間徘徊，所以倒也不怎麼覺得恐怖。

第四次見面時加菜子說：

「我還記得兩歲時的事情。」

「喔。」

杉浦不甚明白她的語中含意，只好含糊回應。

加菜子曾見過母親三次。

最早的一次是剛出生不久，理所當然，沒有任何印象，而最後一次見面母親已經斷氣了。故真正稱得上見面的只有一次，是她兩歲時的事。

她清楚記得當時的情況。

就算當時加菜子年紀尚小，母親重病入院，前前後後卻只去探過一次病──如果這是事實──實在不合常理。

可是加菜子到了最近才覺得這件事很不合常理。

不去探病的理由似乎是因為加菜子的姊姊。據加菜子所言，她的姊姊也只去過醫院兩次。如果是事實，還比加菜子少了一次呢。而且兩次當中，一次是剛入院時，另一次則是母親去世的時侯。嚴格說來，加菜子的姊姊從來沒去探過病。

照常理判斷，這的確相當詭異。

加菜子說她從未問過姊姊不去醫院的理由。畢竟年幼不懂事的加菜子無從知悉生前母親與姊姊之間有過何種芥蒂，稍微長大以後，她也不知該如何開口探詢。如今，已過了將近十年了，狀況依然沒有改變。

反倒隨著時光流逝，往事逐漸風化，真相究竟如何似乎也不再重要了。即便如今得知兩人曾有何過節，依舊於事無補。確實如此，杉浦贊同她的想法。

總之——當時姊姊的態度堅決，年幼懵懂的她雖不知兩人之間出了什麼問題，卻也充分地感覺到姊姊厭惡母親。

所以，帶著加菜子去探那唯一一次病的，是叔叔而不是姊姊。由於母親的病情愈來愈嚴重，姊姊卻依然倔強，就是不肯前去探望。叔叔不得已，只好帶著年幼的加菜子到醫院——事情經過大致如此。

「我那時年紀太小，大部分的細節早就忘記了。」

加菜子說。

再怎麼說這是她兩歲時發生的事情，倒也情有可原，其實杉浦就連她的這些記憶是否真確也仍半信半疑呢。

她以為是事實的記憶，說不定是後來從其他部分混進的訊息進而拼湊而成的。因為加菜子記憶裡的醫院，是如此地普通，與一般的刻板印象中的醫院別無二致，反而更令人覺得缺乏真實感。

刺鼻的藥品味。

冰冷的地板與牆壁。

框架生鏽的病床。

點滴用的細管。

加菜子回憶中的醫院就是一般該有的那副模樣。

杉浦無從判斷她究竟真的記得，還是醫院的刻板印象影響了她的回憶。

她說已經不記得醫院的名稱與地點了。

當時的她只有兩歲，僅留下曖昧模糊的記憶並不奇怪。不過杉浦覺得，少女記憶中關於臥病在床的母親應該是毋庸置疑的事實。因為加菜子回憶中的母親與一般人完全不同——

極度**異常**。

加菜子記憶中的母親非常醜陋。

與加菜子看過的照片相比，有著截然不同的差異，宛若別人。

據說母親患了重病。

但是對當時年幼的加菜子而言，根本沒辦法理解母親的病情，只能害怕得發抖。

她怕得想甩開緊握著她的手的叔父逕自逃跑。加菜子說，她當時只敢躲著，緊抱著叔叔的大腿，從背後偷偷觀察。

母親的皮膚缺乏彈性，雖然瘦弱，不知為何卻顯得有些浮腫，表情眼神渙散。

她有著一頭長而雜亂的蓬髮。

身上有一股病人特有的腐敗氣息。

加菜子的印象中，當時病房裡似乎還有其他醫生與護士在場，似乎是後來才進房間的。總之關於這部分的記憶已經十分模糊。

至於叔叔與母親說了什麼，加菜子則完全沒印象。

這也無可奈何。

不久，叔叔拉著加菜子到母親面前。母親眼睛似乎看不見，她像壞掉的機械般，動作怪異地將頭轉向加菜子。

一隻與臉部同樣鬆弛的**蒼白**手臂，從髒污的病服中伸了過來。

手指虛弱無力，宛如一根根麻糬捏成的棒狀物。

加菜子說這幕情景她記得很清楚。在蒼白、接近半透明的皮膚底下，靜脈動脈等血管有如蜘蛛網布滿整隻手臂。加菜子畏畏縮縮地伸出手，想觸摸她的手指。

突然之間，

母親抓住了加菜子的領子，

大吼：「去死！」

「去死？」杉浦問。

「對，去死。」

年幼的加菜子嚇得連哭都哭不出來，全身僵硬。醫生與護士慌忙抓住母親，叔叔也幫忙拉開加菜子。

她的記憶就只到此。

明明不知道何謂「母親」，加菜子對於已逝的母親卻記得很清楚。

「媽媽恨我。不是討厭也不是逃避，而是憎恨。」

「為什麼？」

「我就不知道啊。」

加菜子說完，轉身過去。

的確，這不是個好問題，只見過母親三次的加菜子當然不知道理由。

而且過沒多久，她的母親就去世了。

不過加菜子不知怎麼回事，她對母親的死因或喪禮情況竟然完全沒有印象。

「我一點也記不得母親去世是在我探病的幾年後。那時到底是暑假？星期天？還是在上學以前？我一點也不記得了——唯一留下印象的是，那發生於某個夏天的白晝。」

那時——雖說並不知道確切的時間——加菜子住在別町的一間大雜院中的小屋子裡。當時加菜子的家境比現在還窮困得多，但不知為何家中卻有許多和服。那些和服至今仍保存於家中，全部都是有點年代、價格高昂的上等貨色。

想必不可能是姊姊買的，應該是母親的遺物吧。

當然，這些和服對加菜子而言並沒有什麼關於母親的回憶。

因為她從來不曾見過母親穿過這些和服。

那天，為了防霉通風，姊姊將和服拿出來晾在房間裡。

繡花、水紋、友禪(註)……一件件和服被晾了起來，漂亮的花紋與顏色，彷彿洪水般淹

註：友禪：一種染布的技法，特徵為花紋多為絢爛美麗的人物、花鳥圖畫。

沒了整個房間，加菜子一個人躺在房間裡玩耍。

這些美麗的和服與狹小窮酸的客廳一點也不相配。微風吹拂入房，和服的花紋在空中飄盪，獨特的香味掠過鼻頭，加菜子不經意地抬起頭，發現一件掛在衣架上、有著胡枝子花紋的和服袖口之中……

咻……一隻女性的手從當中緩緩地伸出來。

手於虛空中試圖抓住什麼似地晃了幾下後，又咻地緩緩消失而去。

「像這樣。」

加菜子伸出右手，輕輕放鬆，將她纖長的手指彎曲兩、三次。

「我覺得醜陋的母親好像躲在和服後面，令人毛骨聳然，但實際上並沒有，且那隻手後來也再也沒出現了。」

「可是那隻窄袖裡的手究竟是……」

「就說了嘛，那是母親的手啊。我記得很清楚，那隻手就是我在醫院裡見過的手。」

這實在說不通，既然如此……

「那麼，前陣子勒住你脖子的，也是你早就不在人世的……」

加菜子看著杉浦一本正經的表情，噗哧地笑了出來。她真是個愛笑的女孩。

「那是姊姊啊。姊姊有時會有**奇怪**的舉動。」

「可是你上次不是說那是你母親的手？」

「手？——手是母親的啊。從和服袖口中伸出來，所以是母親的手。」

「和服？」

「那天姊姊**穿著母親的和服**。姊姊雖然很討厭母親，可是卻經常穿她留下的和服。」

杉浦無法理解加菜子姊姊的心情。明明討厭母親到連病危之際也不願前去探病，卻又非常慎重地保存她的遺物，有時還會穿上，真是叫人不解。而且似乎也不是因為在母親死後對自己的不孝感到後悔。

換作杉浦，恐怕連披在身上都不願意。

但話又說回來——

「我覺得只要從母親的和服袖口伸出來的，都是母親的手。況且母親到現在也仍然恨著我，從小就勒住我的脖子好幾次。」

「好幾次？」

「對啊。每次姊姊都會哭著向我道歉。可是從袖子出來的明明就是母親的手，姊姊根本沒有必要道歉呀。」

少女的話前後矛盾，但就她自己看來似乎合乎邏輯。或許在加菜子的心中，母親和服的袖口與陰間是相連的。任何人的手只要穿過和服袖口就會消失不見，取而代之出現的是已逝母親的畸形之手。

「懂了嗎？母親就是如此恨我呢。」

加菜子異常開朗地說。她咕嚕地轉了一圈，走進自家大門消失了。

此時在家中等候她的是姊姊，抑或母親呢？

5

不久，鄰家似乎逐漸熱鬧起來。進入七月以來，連夜有訪客，高聲爭辯不絕於耳。或許被爭辯聲嚇到，而且他也不想聽大人的無意義對話，杉浦盡可能地對鄰家的狀況充耳不聞。久而久之，他對鄰家失去了興趣。而加菜子在家的時間變得愈來愈短，回家時間很不固定，兩人也不再有機會見面。

杉浦整天躺在被窩裡，被關於白手的種種妄想侵擾，一睡覺就作惡夢。

不知不覺間，他注意到隔壁房間的榻榻米上鋪著棉被。

從被窩中——

老而浮腫，醜陋、潰不成樣的畸形女……

喀沙喀沙地從被窩中爬出來。

躺著的杉浦完全動彈不得。

畸形女喀沙喀沙地爬近。

喀沙喀沙……

喀沙喀沙喀沙……

女子的臉像杉浦的母親，

也像是離他而去的妻子，

又像加菜子的姊姊，不，更像加菜子本人。

女子從單薄污穢的睡衣之中，

伸出手來，

勒住杉浦的頸子。

蒼白、瘦弱的手指深陷頸子之中。

好痛苦，放開我──杉浦想出聲卻辦不到。

很想喊住手，但叫不出口。

最後終於發出一聲大叫時，醒了。他感到全身疲累，體力消耗殆盡，汗水有如瀑布流遍全身。杉浦覺得難受，走到簷廊上吹吹風。庭院傳來蟬鳴聲，是個濕熱的夏季午後。

討人厭的栗樹後來並沒有做任何處理，就這樣任由生長，那幽靈手臂般的枝椏依舊對著鄰居家招手。枝椏底下是黑牆，杉浦遠遠地從圍牆上半部的邊飾壁孔──那個畫框中窺視鄰家狀況。

正巧，看見胡枝子花紋的和服晾著。

心底發毛。

──是那件窄袖和服……

別出現……別出現……

杉浦心中默念，但果不其然，

從窄袖和服之中，一隻皎白的手伸了出來。

他緊接著在窄袖的背後──看到一張與加菜子非常相像的秀麗面容。是加菜子姊姊的美麗臉孔。

沒什麼好大驚小怪的，她只是正將晾著的和服收起來而已。

沒什麼好大驚小怪的。

這只是日常生活中常見的光景。

那是加菜子姊姊的手。

那時，勒住加菜子頸子的也是這雙手。

杉浦與她的目光相對，發現加菜子的姊姊正在哭泣。

杉浦連忙躲回客廳，躺在長年不收起的棉被上。汗水已經乾了。時值盛夏，杉浦的身子卻冷冰冰的，還發著抖。

那雙手不屬於這個世間。

可怕的並非那雙手。

而是——

不久，八月到來。

杉浦幾乎不進食，身體變得非常虛弱。

一方面因為他沒有食欲，但更主要是因為他那時完全不外出，家中能吃的食糧早就吃光了，剩下的也都已經腐壞。何況在這盛夏季節，他將窗戶和窗外的遮雨板都全部關上，整天悶在家裡，根本就是自殺行為。杉浦的意識逐漸朦朧，變得愈來愈混濁，覺得人生的盡頭即將到來。

若是就此死亡就太愚蠢，笑都笑不出來了。但想著想著杉浦卻覺得滑稽，忍不住自虐地嘲笑起自己。

笑出聲後，真的覺得非常愚蠢，不再有尋短的念頭。杉浦慢慢地爬出被窩，來到屋外。

那是個美麗的月夜。

走出屋外後，杉浦真覺得自己不該就此死去。更何況從來沒聽說過像這樣沒有特別的理由，僅因嫌麻煩不進食而衰弱死的愚蠢故事，太沒常識了，這與在玩耍中被學生勒死一樣可笑。

事實上再怎麼樣杉浦也不至於死亡，只是稍微嚴重的夏日倦怠症罷了。

杉浦仰望明月，然後視線緩緩朝下。

明月底下，他看見加菜子孤零零地站著。

「叔叔。」

是那鈴鐺般清脆的聲音。

與她的姊姊非常相像。

加菜子也哭了。

「啊──」

「月亮真是溫柔呢。」

「嗯，大概是吧。」

「我要去湖邊了。」

「你悲傷嗎？我看見你在哭」

「不，我不悲傷，所以我要笑。」

──沒錯，要笑。

月亮倒映在加菜子的瞳孔中。她似乎已哭了好一段時間。

──發生什麼事了？

睽違一年，杉浦的體貼之情油然而生。

原本情感早已乾枯龜裂的杉浦竟變得如此溫柔──或許如加菜子所言，是月亮的魔力吧？

但他無法追問下去。

而且即便知道了多半也無濟於事。

「那麼，再會了。」加菜子用美麗的嗓音道別，靈巧地轉過身，背對杉浦朝巷子的方向走去。

動作簡直像貓兒一般。

貓兒愈離愈遠。

看著她的背影，杉浦的心情感到不可思議地平靜，覺得過去的自己是如此渺小。與那女孩相比，自己是多麼的孱弱啊。

真是可笑。

月光持續映照著大地。

杉浦繞過玄關，直接朝庭院方向走去。原本羸弱的身體，如今去掉多餘之物，反而變得輕盈。

從簷廊以外的角度見到的庭院完全不同於以往的景觀，彷彿是另一個，由側面所見的栗樹也不再那麼醜陋了。

杉浦穿過久未整理的庭院，走近栗樹。他再也不想窺視鄰家了。

不僅如此，杉浦覺得自己已經沒問題了——雖然沒有任何根據，他就是這麼覺得。

不管是小孩，還是大人，他再也不覺得害怕了。

圍牆上的壁孔映入眼簾。

隔壁似乎沒人在家，靜悄悄地，毫無聲響，也沒有點燈。

剎那間，

他不自覺地望向圍牆那側。

總覺得——有點詭異。

杉浦再次窺探鄰家情況。

覺得詭異是因為鄰家的簷廊上的遮雨板與紙門全部打開著。隔壁現在應該沒人在家卻門戶洞開，這太奇怪了。

——實在太不小心了。

很難得地，杉浦竟替鄰居擔心起來。

月光——有如陽光的幽靈，燦爛地照亮鄰居的屋內。

杉浦注意到客廳內部的衣櫃。

——那裡……

收納著加菜子母親的和服吧。

應該是。

絕對沒錯。

衣櫃從下面算起的第二個抽屜並沒有關緊。

杉浦不由得在意起那個縫隙。

抽屜邊緣露出部分白色的物體。

杉浦定睛凝神。

——手……

是手指。

從衣櫃抽屜裡露出了白色的手指。雖然光線昏暗，依然清晰可見。連每根細瘦手指上的指甲都能一一分辨。

——那是一隻手。

突然間，手由縫隙伸了出來。

緩緩地，

緩緩地，

無止無休地伸了出來。

恰似魔術表演中的萬國旗。

在黑暗中，那雙手彷彿綻放燐光般反射著微弱白光。並且似乎在探索著什麼，緩緩朝向鄰室而去。

兩隻手臂繼續延伸，看起來就像是兩條發光的白線。

不久，白線留下了殘影，消失了。

——這是……

肯定是幻覺。除了幻覺別無可能。

但是——現在有如浪濤一波波襲向杉浦的失落感又是怎麼回事？

——加菜子。

杉浦連忙拔腿奔跑，試圖追上加菜子，然而，不消說她的身影早已消失在黑夜之中。

6

等到杉浦得知加菜子遭逢奇禍，已是半個月後的事。

自從最後遇見加菜子的那個晚上以後，杉浦的狀況逐漸好轉。

或許是加菜子離開時順便帶走了杉浦內心的某樣東西吧。懷著心中難以填補的失落感，杉浦又開始工作了。他無心回歸教職，但對他而言，小孩子已經不再可怕。

回想過去，那時的煩悶與痛苦簡直就像一場夢。

加菜子的事件傳遍街頭巷尾。

少女從車站的月台跌落——

多半死了吧。

但尚未確認死訊。

事件發生的日子自然是那天晚上。

至於發生時刻則恰好是——加菜子說要去看湖，向杉浦道別過後不久。

目前尚無法確認是自殺還是他殺。

隔壁一直沒有人在，所以也無從打聽詳情；但杉浦也無意向加菜子扭曲、奇怪的家人探詢事件真相。

尤其不該向她姊姊詢問。

更何況——

即便不問，杉浦也曉得。

加菜子是被推落月台的。

下手的，當然就是那雙蒼白的手。

由衣櫃不斷延伸到車站，往加菜子的背上用力一推，將她推落了月台。

如果那雙手真如加菜子所言，是母親的手——加菜子就是被她母親所殺害的。

杉浦仍然憶記猶新。

那一根根——細瘦的手指。

細瘦而純白的女性手臂。

不斷地、不斷地延伸。

那雙手是母親的手——

從和服伸出來的都是母親的手——

所以——

所以杉浦打算將妻子衣櫃裡的和服全部處理掉。

杉浦自己也明白這個理由實在異乎尋常，衣櫃與和服根本就沒什麼可怕的。那天傍晚，勒住加菜子脖子的是她的姊姊，從晾著的和服袖口中伸出的也是她姊姊的手，加菜子幼年看到的應該是幻覺。而在她離去的那天夜晚，杉浦見到的那雙手也肯定只不過是身體過於衰弱而產生的幻覺。

但是，加菜子終究還是死了。

因此，杉浦還是決定把和服全數拋棄。

反正對杉浦而言，這些衣服已經沒有用

了。

全部一起處理掉吧。

這樣比較好。

他撿起剛才丟在地上的那件和服，重新翻開包裹的厚紙。心中近乎失落的感傷，或許不是對妻子的思念。

此時……

和服的袖口鼓起，

厚紙由內側掀開，

和服之中，一隻女性的手臂……

慢慢地伸了出來。

——是妻子的手。

杉浦連忙將和服連手一起摺疊起來，用力壓在榻榻米上。

——別出來，別出來。

啊，背後毫無防備。

背後有衣櫃

杉浦明確感覺到衣櫃從下面算起的第二個抽屜悄悄地打開了。

——別出來！

無數細瘦的手臂從抽屜中伸了出來。

無聲無息地，

不斷地、不斷地、不斷地、不斷地、不斷地。

「住手！住手！」

杉浦大聲喊叫，飛奔逃離家裡。

之後再也沒有回來。

此乃昭和二十八年八月三十一日傍晚之事。

第貳夜

文車妖妃

和歌雖為古人之珠玉，
卻終成髒穢蠹魚，
雖聖賢籍典亦同。
遑論載愛戀執著之千封尺牘，
將成如何妖異之形，難以思量。

——《畫圖百器徒然袋》／卷之上

1

最早見到那女人是在何時？茫茫然地，無法明確想起。

那是——

那是在我年幼之時——沒錯，

如此模糊的記憶，肯定是年幼時的事。

那時我見到什麼？見到了誰？

彷彿才剛要接近，卻又立刻遠離。

究竟是什麼樣的記憶？

總覺得忘卻了某個很重要的事情。

女人？對了，關於女人的記憶。

那是個非常、非常……

迷你的女人——

不對，不管多麼久遠的過去，

不管那時多麼年幼無知，

那種東西也不可能存在於世上。

會看到**那種東西**，絕對是我的幻覺。

因此……因此，我想這是一場夢吧。

一般而言，很少人能在醒來之後還清晰記得夢境，只知道自己做過夢，卻完全不記得內容；與其說忘記了，更接近無法想起。曾聽人說過，忘記並不是記憶的遺失，忘卻與無法回想或許是一樣的吧。

我們忘記某事時，並非永久地失去它，反而像是很珍惜地將之收藏起來，卻混在其中找不著了。因此，遺忘比起遺失還要更惡質。

只知道它確實落在記憶中難以觸及的深處，卻千方百計也無法拾得。而且這種記憶愈來愈多。

與其如此，還不如完完全全遺失了更好。

一個接一個珍藏記憶，連帶著找不回的記憶也愈積愈多了。

等到回過神來，才發現已塞滿了過多的記憶，腦子愈來愈脹痛，這究竟有何意義？我時常覺得，乾脆全都消失不見豈不很好？

所以，我最討厭做夢了。

我一點也不需要這些沒有用的記憶。

只會讓腦子愈來愈脹痛——

只會讓腦子——

頭痛欲裂，我從睡夢中醒來。

老毛病了。剛醒來，身子鈍重，無法活動自如。

似乎——又做夢了。

不對，不是夢，而是在沉睡之間錯綜複雜地想起了幾個討厭的回憶。可是——等到醒來，卻又忘得一乾二淨。

我不知道夢中所見是何時的回憶。只知道醒來後，討厭的回憶的殘渣像劣酒的糟粕沉澱在心底。

我緩緩坐起上半身，頭好痛。

挪起沉重的雙腳，移向地面，腦子裡傳來有如錐刺的痛楚，不由得趴向前，抱著頭忍耐痛苦。過了一會兒，總算緩和些了，我微微張開雙眼……

見到床的旁邊……

站著一個身高約莫十公分的迷你女人。

——**她在這裡**。

那女人皺著眉頭，眼神悲傷地看著我。

——啊，原來她在這裡啊。

突然間，我感到十分懷念，卻又非常寂寞——我移開視線。

不願去看，不願去看。

不能看她。

我離開了房間。

2

七歲時，我參加了一場喪禮。

家父開院行醫，所以我比一般家庭的孩子

更常接觸死亡。在模糊的印象中，我似乎從小思想世故，認為人有朝一日必免一死，不覺得死亡是件悲傷的事。

那時去世的是位醫生。

是小兒科的醫師──我的主治醫師。

我自幼身子孱弱，一天沒看醫生就活不下去，當時每天都受到這位醫師的照顧。幼年的我，一整天的大半時間都在床上度過，所以，我與他的相處時間甚至比父母親還長。

但是我對他的去世並不怎麼悲傷。

我家是一間老字號的大型綜合醫院。

從前的經營狀況甚佳，醫院裡雇請了好幾位醫師。

這位去世的醫生是父親的學長，但他對身為院長的父親總是畢恭畢敬，對我也愛護有加，如今想來，或許單純只是因為我是院長的女兒吧。

肯定是如此。

當然了，七歲的我並沒有洞悉此一事實的能力，但隱約還是感覺得到他的居心。

所以在他死時，我並不覺得悲傷。

記憶中，喪禮那天下著雨。

我與身高比我略高一點、宛如雙胞胎的妹妹並肩站在一起，在自天空飄落的毛毛雨中，看著由火葬場的煙囪裡裊裊升起的濃煙。

妹妹似乎很害怕。

「那道煙是什麼？」

「那是燒屍體的煙。」

「要把屍體燒掉嗎？」

「對啊。」

妹妹哭了。我有點不高興。

──當然燒了才好呀。

──當然燒得一乾二淨才好呀。

我輕輕地推了妹妹一把。

妹妹跌倒，放聲大哭。

大人們連忙跑到妹妹身邊，妹妹全身沾滿

泥巴，不停地哭泣。我佯裝不知情，故意轉頭望向別處。

自此時起……

自此時起，那女人就已經在了。

她站在火葬場的入口旁靜靜地看著我。

一個身高只有十公分左右的、非常迷你的女人。

我只記得如此。

沒有人認為是我故意推的，連妹妹本人也沒發現，所以大人們並沒有斥責我。

天生病弱、總是躺在床上休息的我，竟會興起惡作劇的念頭，推倒活潑好動的妹妹——不止周遭的大人，就連妹妹，不，連我自己都沒想到竟會做出這種行為。

——但是。

事後回想起來，

那女人一切都看在眼裡。

從此之後，我偶爾會失去意識。

我是個全身都是病痛，隨時可能死亡的孩子，因此即便失去意識，一點都不奇怪。

下一任醫師很快就來了。

是個討厭的人。

我到現在還記得他多麼討人厭。

新來的醫師長得瘦骨嶙峋，混濁的眼神彷彿死魚眼，在他身邊總會聞到一種如陳舊墨水的臭味。

我從小在醫院長大，沒什麼機會出外玩耍，所以我早就習慣了消毒水的味道；不僅如此，我還很喜歡這種味道，我覺得那是能殺死有害細菌的清潔味道。

新來的主治醫師光是身上的異味就不合格，令人厭惡。只不過如今回想起來，嫌惡他的理由其實有點過分。他身上的味道並非污濁的氣味，也不是生理上難以忍受的惡臭，僅因覺得那與醫院不相配就厭惡他，可說是種莫須有的罪名。

但是，我依舊討厭他。

每當我接受診察時，我立即感到不舒服。

每當醫師的臉靠近我時令我作嘔，頭暈目眩中，他削瘦的臉幻化成兩個、三個……

當我難以忍受而移開視線時，

總是──

那個迷你女人總是在一旁看我。

醫師的桌上有一個插著好幾把銀色鉗子的麥芽色杯子，那女人就躲在杯子後面盯著我看。

眼神充滿了憐憫。

──討厭的女人。

我再度移開視線。

每當這女人出現，意識總會變得模糊。

等恢復清醒時，經常覺得很難受，吐了好幾次。

但是我的身體狀況一年到頭都很糟，就算嘔吐也沒人會大驚小怪。不論是父親、母親，還是妹妹，都只會對我報以憐憫的眼神。

──跟那女人一樣。

受他人同情並不愉快，誰知道他們的關懷是否出自真心？我瞪著擔心我的家人。

但這在家人眼裡，似乎也只是病狀的一環，從不放在心上。

「很難過嗎？」

「沒事吧？」

「會痛嗎？」

我沒回應，就只是瞪著他們，反而引來更多的同情。

對家人而言，我就像是腫瘤。

疼惜似地輕輕撫摸，只會讓腫瘤愈長愈大。

想治好腫瘤，就只有將之戳破，讓膿流出才行。

一直以來，我都如此認為。

只不過我很快就放棄採取明顯的反抗態

度。放棄的原因並不是我判斷那並沒有效果，而是我懂事了。

性格乖僻的我，由於比他人乖僻，所以也比其他人更早發現這個道理。於是我在不知不覺間，不，我在很早以前就變成一個**好孩子**了。

我想，在他人的眼裡，我應該是個沒什麼野心，也不怎麼可愛的孩子。

在變成**好孩子**之後，周遭同情我的人更多了。但是我懂得感謝而非採取反抗態度，因為我已經理解了——家人待我非常真摯認真——不，應該說他們有多麼地愛我，我不該厭惡他們對我的愛。但是——

但這並不是我因為父母親的態度而大受感動。一般人總能直覺地感受到別人的關懷，但是我卻只能作為一種常識來理解，如同由透過學習得到知識一般。

因此……

道理上雖然懂，卻無法親身感受到親情的溫暖；對我而言，愛情不過只是畫餅充飢罷了。

或許正是因為如此——在我的內部，如今依然確實地留有過去性格扭曲的部分。

人們就在不斷隱藏不合世間常識的想法，將之塞進腦子深處的過程中成長；而我，同樣也在將不合常理的想法封印在內心後，總算跟上世人的腳步。

我變得愈來愈膨脹。

我總是在想，好希望能快點脹裂開來。

不久——那個迷你女人不再出現於我的面前。隨著成長，我告別了兒童時代，同時也忘記了她。

不對——是變得無法想起了。

或者只是——並非那女人不再出現，而是成長的我對那女人視而不見罷了。

我覺得這不無可能。

那個迷你女人或許一直都在我的身邊，躲在器物的陰影，偷偷地看著我。

肯定如此。

那個女人卑鄙地躲在床的背後、洗手台的旁邊、時鐘上面，毫無意義地對我報以憐憫的眼神。之所以沒有察覺，是因為在家人及他人的憐憫眼神下，我早就變得遲鈍。

證據就是，我時常感覺頸子背後有股冰涼的視線扎著我。

因此……

因此我通常不敢突然轉身或突然抬頭。

我一直對自己為何會有這種舉措感到不可思議，如今想來，多半是我在潛意識中害怕著——若是猛然回頭，或許會與那迷你女人視線相交。

因此我總是緩緩地、緩緩地動著。

雖說我本來就沒辦法活潑地迅速行動——

3

我無所適從地站在走廊上。

身上只穿了一件睡衣，感覺有些寒冷。手摸脖子，像冰塊一樣冰冷，都起雞皮疙瘩了。現在幾點？我在這個寒冷的走廊上站了多久？記得我在黃昏前身體不太舒服而上床休息。

但現在天色已經完全暗了下來。

剛才——我想起小時候的事情，不知道為什麼，或許做了夢吧。

但說是回想，我並不確定那是否是真正的記憶。

我陷入混亂，我想我還沒有完全清醒。

女人？現實生活中當然不可能存在那種迷你女人，不可能存在如此不合常理的生物。

為什麼我會認真思考如此可笑的——

——在火葬場旁，

——在診療室桌上的杯子背後，

太可笑了，根本沒這種生物存在。

絕對沒有。

——在剛才的床邊，

床邊？

——那女人**就在那裡**。

啊啊，我完全陷入混亂了。頭痛愈來愈嚴重。我也不明白為何會跑到走廊來。該吃藥了。藥放在餐具櫃的抽屜裡——

來到漆黑厚重的房門面前，伸手握住門把。就在碰到門把的瞬間，我猶豫了，動作停了下來。

——就在裡面。

很愚蠢，但是……

我就是不敢打開。

站在門前猶豫了一會之後，我沿著走廊朝接待室走去。繼續待在寒冷的走廊容易引發感冒。就算只是個小小感冒，也足以令病弱的我致命。

過去因為感冒好幾次差點喪命。

我又覺得頭暈目眩了。

走廊上到處可見尚待整修的空襲痕跡。

我打開接待室的門。家裡的門又厚又重，我沒什麼力氣，總得費上一番功夫開門。好不容易推開吱吱嘎嘎作響的門，進了房間。

房間很暗，沒其他人在。

這座巨大的醫院遭到嚴重空襲，恰似一座巨大的廢墟，過去的熱鬧光景不再，除了父親以外沒有半個駐院醫師，只剩下幾個護士與寥寥無幾的病患還在院裡。

我們一家人就住在這座廢墟之中。

因為是廢墟，所以白天也幾乎沒什麼人。

這棟建築——早就死了。

不是活人應該居留之所。

但是我卻只能在此生存。

這座廢墟是我的世界的一切。

我雙手抱著肩膀，在沙發上坐下。

如此一來多少驅走了些寒意，頭部依然疼痛，但意識似乎已經完全恢復了，眼睛也習慣了黑暗。

室內裝潢富麗堂皇，與這座廢墟一點也不相配。

欠缺一家和樂的房間。

雖然二十五年來早已看慣的景象，依然無法適應。

暖爐上擺著一個金色的相框。

裡面有一張陳舊褪色的照片。

——是妹妹，和我。

我們是一對很相像的姊妹。

照片裡一個在笑，另一個則皺著眉頭。

遠遠看來，分辨不出誰是誰。

尤其在昏暗的房間，更難以辨識。

我瞇起眼睛，仔細注視。

不，就算近看，即便在白天，恐怕我也分辨不出來。我早就忘記這對並肩合照的少女當中，哪一個是我。我是——左邊，還是右邊？

記憶變得不確實。不，是沒有記憶。

我是在笑的那個？

還是不笑的那個？

——究竟是哪個？

連這張照片是幾年前拍的，我也沒有什麼印象，簡直就像於夢中拍攝的照片。

我不知道這張照片自何時擺飾於此的，在不知不覺間這張相片就在那兒，已有數年之久，未曾移動。

褐色的相紙中，我們姊妹看起來很年輕。

兩人均綁著辮子，穿著同樣花色的、小女孩常穿的衣服，一對瘦巴巴的、尚未成熟的女孩——一看就知道還是女學生，那麼至少是十年前。

當時應該是十三歲或十四歲吧。

在我的眼裡，當時妹妹真的是個美麗的少

女，充滿了活力，非常耀眼，令人目眩神迷。

幼年時代的我們長得非常相像，彷彿真正的雙胞胎一般，經常被認錯。但是隨著成長，我與妹妹的差異逐漸明顯。當從童年進入少女階段時，我們姊妹之間的差異已然十分明顯。

雖然在外表上依舊沒有明確差別。

少女時代的我們在臉蛋、聲音、身高、容貌上都像極了。

就連我自己也無法分辨照片中的我們。

但是，從那時開始——我就欠缺了某個重要的部分，雖然我並不知道欠缺了什麼。體弱多病的我很少上學。比起陽光少女的妹妹，我的性格顯得**灰暗而陰沉**。這種在內在的差異，凌駕了外表的相似——我想，我們之間的差異便是根生於此吧？

不對，並不是如此**正當的**理由。

那時，在我們還是女學生的時候。

去上學的只有妹妹，所以正確說來我並不是女學生。當時我每天在家休息養病，幾乎不曾離開這個醫院——我的家。只有與沉默寡言的的家庭教師在一起度過的幾個小時裡，我的病房才成了學校。容貌有如貴婦的家庭教師每天以機械式的、缺乏抑揚頓挫的語調講解一定的課程進度，講解完就打道回府。

每一天，我眼中所見的光景永遠是四方形的的牆壁與天花板，照亮我的是藍白色的螢光燈，所嗅聞的則是刺激性的消毒水味。

而妹妹與我正好完全相反，她是典型健康、開朗活潑的女孩，過著比一般人更豐富而華麗的少女時代。她每天看著各式各樣的景色，沐浴在陽光下，呼吸外界的新鮮空氣。

同樣是姊妹，為何有如此大的差異？這太不合理了。但當時的我並不怨恨老天爺的不公平待遇，也沒有嫉妒過妹妹。

不，或許當時的我不能說沒嫉妒過妹妹。

老實說我或許曾羨慕過妹妹。但是羨慕與嫉妒這種情感，是在內心某處認為自己與對象同等、或更優秀時才可能產生——

而我，我想我從來不曾認為自己與妹妹同等——一次也沒有。

不管容貌有多麼相似，我很早很早以前就有所領悟，我**不可能成為**妹妹那樣的人，所以想嫉妒也無從嫉妒起。

我基於一種近乎自暴自棄的憧憬與妹妹相處，妹妹亦——我不知她是基於憐愛還是同情——溫柔地對待我。那時候，我們姊妹真的相處得很好。

妹妹從學校回來一定會來病房找我，告訴我今天她體驗到什麼事情。有時描述得既有趣又好笑，有時神采奕奕地，有時又悲傷地——

聽她述說在外的體驗成了我每天最期待的事情。

從外面回來的妹妹總是帶著陽光的氣息。

因此我最喜歡妹妹了。

妹妹是我的憧憬。

我聽妹妹描述外界的事情，彷彿自己親身體驗般地覺得高興、悲傷。只要有妹妹陪伴身邊，即使人在病床上也能漫遊學校與公園。我透過妹妹沐浴在陽光之下，呼吸外界的新鮮空氣，認識豐富的世界。妹妹的喜悅就是我的喜悅。所以我感謝她都來不及了，怎麼可能嫉妒她呢？

因此我最喜歡妹妹了。

妹妹是我的憧憬。

從腦中傳來說話聲。

——別說這些漂亮話了。

——你的思想根本就……

一點也不健康。

沒錯，一點也不健康。

不服輸、不甘心、可恨、好嫉妒……這才是一般人應有的反應吧？

但是個性扭曲的我，白白長了與妹妹相像的容貌，卻沒有一般人應有的正常反應；不只如此，為了讓可悲的自己正當化，我用可笑的姊妹愛將自己的不健康的心態包裹起來。

妹妹很溫柔？那只是單純的同情，妹妹在憐憫我罷了。不對，或許在輕蔑我，我聽著她充滿優越感的自誇而欣喜——

沒錯，我早知是如此啊。

我早知如此，並選擇如此做。

因為喜歡妹妹？因為妹妹是我的憧憬？不對，這是欺瞞。我喜歡的——是我自己。我只是個扭曲的自戀狂，難道不是嗎？

妹妹——

我一直以為妹妹是我映在鏡中的倒影。

在走廊上奔跑的腳步聲。

活潑的笑聲。

烏黑光亮的頭髮。

水汪汪的眼睛。

有如花蕾般的嫩唇。

柔韌頎長的四肢。

充滿彈力的白皙皮膚

我所欠缺的一切，

妹妹全都具備了。

另一方面，我則——

雖然相似。表面上雖然相似，卻有所不同。

皮膚有如白子一般慘白。

細髮有如人造絲。

眼睛有如玻璃珠子。

至於笑聲——

我從來就不曾出聲大笑。

我只是妹妹的**未完成品**，妹妹就是完成版的我。

若是如此——

我覺得非常悲傷。

妹妹是鏡中的我？並非如此。

我才是鏡中虛像。

我才是妹妹映在鏡中的歪曲虛像。

妹妹是真品，我只是妹妹的仿冒品。

但是——

但是我也早就知道了。

我老早就知道這件事了。

我早就知道自己是妹妹的——未完成品——仿冒品。只是我明明知道，卻甘於如此。如此一來，恐怕我連自戀狂也稱不上，而是醜惡的仿冒品，不是嗎？

不僅如此，我似乎也不想成為真品。

我是一個不想彌補不足的部分、僅僅看著真品就滿足了的、膽小、卑鄙、卑賤的仿冒品；透過對一切完滿的妹妹的憧憬，幻想自己欠缺的部分得到補足而獲得滿足感。為此我壓抑嫉妒與羨慕，將同情與輕蔑視作愛情，捏造自己不可能達成的虛像，偽裝自己愛著自己，並以多重的欺瞞細心地將之包裝起來——

因為根本不存在值得被愛的我。

腦中深處再次響起聲音。

——不對。

——如果補足了欠缺的部分。

——你就會成為妹妹。

——這麼一來，妹妹就不需要存在了。

——所以……

是那個迷你女人的聲音……

但是卻從腦中傳來……

「啊啊！」

我摀住耳朵，發出近乎嗚咽的嘆息，猛烈搖頭，試圖甩開妄想。

頭好痛。

到底怎麼一回事？

事到如今吐露真情一點意義也沒有，我本來就抱著自己是個醜陋女人的自覺活到現在，就算重新體認這個事實，也無法改變什麼。況且我真的不討厭妹妹。

我們真的是感情很好的姊妹。

真的相處得很融洽。

我再次看了照片一眼。

照片中的我們沉默地並肩站著。

——或許在相框的後面……

我打了個冷顫，閉上雙眼。

不知是害怕還是寒冷，或是悲傷。

說不定是因為懷念。

埋藏於我腦髓深處的無用記憶又蠢蠢欲動了起來，平常想找找不到，卻老在這種時候竄出來。

某人的聲音在腦中甦醒。

是妹妹。

姊姊——

「姊姊，你知道嗎？爸爸很喜歡這張照片唷——」

「可惜我拍得不是很漂亮——」

父親的——

父親喜歡的照片。對了，這張照片是父親擺在這裡的。記得那恰好是戰爭即將開始的前夕，在外半年妹妹總算回家，一家人好不容易又重新聚在一起——照片就是此時開始擺在這兒。但是為何父親要把這張照片擺在這裡？我並不知道理由，所以問了妹妹。

剛剛浮現於腦海的，就是妹妹當時的回答。

那是——

4

在我十六歲那年的秋天。

妹妹在昭和十六年的春天到秋天這段期間，以學習禮儀為由送到熟人家暫住。

後來聽說這是為了擺脫糾纏妹妹的不良少年，不得已做出的權宜之計。當時有個不認識的年輕男人對妹妹苦苦追求，還登門提親——

事後我才聽傭人說起曾發生過這樣的事件。

但是，聽說會發生這事件是因為我的關係──應該說，似乎是我害的。

剛好在那時，不知原因為何，我的病狀又嚴重惡化了。

聽說我暈倒失去意識，長期處於徘徊於生死之境的病危狀態。

說「聽說」，是因為我完全都不記得了，只能從父親、母親及醫生們的態度或隻言片語胡亂想像。

關於那時的事情，每個人的口風都很緊，誰也不願詳細告訴我。對病人說明病情的嚴重性並不能幫助病情好轉，所以他們採取這種態度也很合理。

實際上，即使到現在，我也仍未完全康復。

父母一方面要照顧重病的長女，一方面還得保護次女不受不良少年的騷擾，的確是非常辛苦呢──我不關己事地想。

雖為姊妹，我們兩人卻是如此不同。

有時常想，如果我那時就此死去不知該有多好。

但是我活下來了。

經過半年的療養，勉強保住一命。

時局逐漸變得動盪不安，所以妹妹也回到家裡。

我們舉行了一個小小的慶祝會。

那天──

我換上了暌違半年的洋裝。

因看護的辛勞而眼窩凹陷、一臉憔悴的母親也化了妝，父親將這張照片裝飾在暖爐上，傭人與醫師們都在場，大家都笑得很開心。真是好久不見大家的笑容了。

這些都是這個房間裡發生的事情。

母親表情又悲又喜，告訴我今天的慶祝會是慶祝我的病情好轉。

但其實是為了慶祝妹妹回家吧？

因為宴會上大家開口閉口都在談論妹妹；而且我的病情也沒真的好轉，頂多只是恢復意識，能起床活動而已。

但是卑賤的我依然並不覺得嫉妒。

記得我那時比起自己疾病痊癒、慶祝會，我更高興妹妹回來了。

但是……

妹妹變了。

半年不見的妹妹，美貌變得更為出眾。

妹妹已不再是個美麗少女，

而是成為一名美麗女性。

妹妹變成大人了。

另一方面，剛由死亡深淵回到現世的我，當然顯得分外憔悴。妹妹由女孩成長為女人的這段期間，我一直呼吸著醫院的腐敗空氣，浸泡在點滴的藥液中；消毒水的味道深入肺部深處，連在血管裡流動的血液都帶有藥味。

因此，妹妹投向我的眼光才會如此困惑吧。

那已經超乎憐憫、同情或輕蔑的程度了。

她說：

「小心身子別太勉強了，姊姊。」

空泛之言。

就跟我從小體會的那種一模一樣。

證據就是，妹妹絲毫沒對我說過她這半年來發生的事，也沒詢問我的近況；雖然說就算問我，我也沒什麼好說的……

短短半年的空白，在我們姊妹之間造成了巨大的隔閡，也在此時有了決定性的差異。我想，我已經——連妹妹的仿冒品也不是了。我假裝身體不舒服，從慶祝會抽身回到自己的病房。我不想看到妹妹變成成熟女人的容顏。

回到房間，反倒真覺得不舒服起來。

一波波與心臟跳動相同頻率的劇痛敲打著我的腦子，我感到暈眩。雖然宴會上什麼也沒吃，卻三番兩次地到洗手台前嘔吐。

我抬起臉來，

妹妹出現在鏡中。

變成成熟女性的妹妹映在鏡子裡。

我們的容貌竟是如此相像。

我也同樣——變成一個成熟女性了。

我凝視鏡子，用力抱住雙肩，手肘壓迫到胸部，非常疼痛，覺得乳房腫脹。我的身體無視於我的意志，變成了女人。直到此時我才發現——自己也早已不是少女了。

鏡中的形象開始扭曲，我又失去了意識。

同時——我們姊妹的少女時代也結束了。

醒來時妹妹守候在枕旁。她的眼神既非憐憫也非蔑視，而是像外人般看著我。我睜開眼睛，妹妹流著淚，一語不發地離開房間。

接下來有一段期間，每個人對我都像對外人一般疏遠。連父母都以對待外人般地看著我，對待外人般地跟我說話。一如既往對我報以憐憫眼神的，就只剩下不知躲在何處的——

迷你女人而已。

其實理由很簡單。

因為我在這半年對抗病魔的日子裡，失去了生育能力。

妹妹早已知情，但她很苦惱，不知是否該告訴我這件事情。結果接下這個可憎任務的是母親。母親像對待客人般地客氣，小心翼翼地、彷彿要穿過地雷區般謹慎地，一字一句地告訴我這個事實。

說完之後，她哭了。

我則是什麼感慨也沒有。

在我很小的時候，已經捨棄結婚生子、幸福過活的人生。縱使得知了此一不幸消息，對我而言實在沒什麼差別。

這算什麼大事嗎？

不能生孩子又如何？

難道說，我就此成了不值得同情的人嗎？還是說——生不了孩子的女人算不上人嗎？若是如此，我也不想當人。那麼我算什麼？不是女人也不是男人的我，難道就沒有活著的資格嗎？

我不想當女人。

一直以來我都不想。

我欠缺的並不是健康的身體或開朗的個性。

而是——女性的特質。

一直以來，我頑固地拒絕成為女人——不論是老成的思想，還是彷彿了悟一切的放棄，一切都只是基於此一心境的偽裝。

這樣的我，理所當然地與妹妹的差異隨著成長也愈來愈明顯。誰也無法理解我的心情，且可恨的是，我的身體也確確實實地朝向女人蛻變。那麼，如今變得再也不能懷孕豈不是個好消息嗎？

於是就在我十六歲的冬天，長久以來的願望成真——我不再是個女人。但我的家庭也隨之逐漸崩壞瓦解了。

戰爭開始了。

那個年頭，一切是如此殘酷，但對於放棄女人的我而言，也未必就是不幸。戰爭剛開始時，整個社會高呼增產報國，可是等到戰情告急，這些空頭口號也沒人喊了。舉國上下染上一片不幸的色彩，我個人的小小扭曲被埋沒在全國性的巨大扭曲之中。

市町遭到燃燒彈襲擊，成了一片火海。全國人民死到臨頭才慌張、恐懼、哭泣。戰火也襲擊了醫院。父母親茫然地呆站著，看著遭炸彈擊中、燃燒得轟然作響的建築物，妹妹哭了。

——要燒掉嗎？

——對啊。

總是窺視死亡深淵的我一點也不覺得恐怖，亦不感到悲傷。

——當然燒了才好呀。

——當然燒得一乾二淨才好呀。

我想。

仔細想來，我與父母、妹妹從那時候起就不太說話了。開戰前後，我的家開始崩壞瓦解，如今已經完全分崩離析了。

醫院在空襲之中受到嚴重的破壞。三棟建築當中，有兩棟已不堪使用，原本的駐院醫師也幾乎全部戰死，廢墟當中只剩下崩壞的家庭。成了空殼子的家庭，與牆壁、天花板同樣坑坑洞洞的建築物一起迎接敗戰之日。

我二十歲，妹妹十九歲。

戰爭剛結束時，醫院提供遭空襲受傷的人們病床，所以一時還很熱鬧，我也在醫院裡幫忙看護。可笑的是，忙碌時的我總覺得自己很可靠，殊不知那只是錯覺。那是個僅僅為了求生存就得耗上一切精力的年代，我沒有空閒思考多餘之事。

但是——半年過後，社會上的騷動逐漸平靜下來，醫院裡的病人也一一離開，等到市街開始重新建設後，醫院反而變得冷清了。

此時——千瘡百孔的建築裡，終於只剩下千瘡百孔的家庭。

敗戰之後又過了五年。

我今年二十五歲了。

醫院的修繕工程尚未動工。

無人修補破碎的家庭，任憑時光流逝。

我們將目前這種狀況視為理所當然，彷彿打從一開始就是如此。

在這五年之間，我也曾以藥劑師為目標用功讀書，但因體力終究無法負荷而放棄了。我現在天天看閒書過日，過著逃避現實的生活。

即便如此，也不會有人指責我。自從我不再是個女人的那時起，我也失去了家庭成員的資格。

妹妹今年夏天結婚了。

她的丈夫入贅我們家。

一名老實青年加入成為我們家的一員，原本就像是陌生人聚集而成的家庭，即使多加一名陌生人也沒什麼不同。我不知道他們相識、相戀，進而結婚的經過，沒人肯告訴我。

我抬起了頭。

為何我會來到這個房間？

因為只有這裡還沒崩壞嗎？

因為只有這裡還保持著過去的風貌嗎？

照片中的我們一點也沒有變。

過去的時光永遠留存於相紙之中。

我總算理解父親為何想擺著這張照片了，因為這張照片是我們這個家庭崩壞前的象徵。

父親那時或許敏銳地感受到家庭的輪廓即將逐漸崩潰、瓦解，所以才在完全崩壞前將這張照片擺飾在此吧。

胸口好悶。

空虛，好空虛啊。

抱著即將崩壞的預感過活，這是多麼空虛的事啊。我現在總算理解——我所感覺到的與父親同樣感覺到的事情，那實在太空虛了，所以才會死命地抓住某些事物來穩固自己。我想父親也是感覺如此，才會將照片裝飾在這裡吧。

——不對不對。

什麼？哪裡不對了？

聲音從相框的方向傳來。

相框的背後，隱約見到熟悉的和服花紋。

那裡……有誰**在那裡**？

——那才不是什麼即將崩壞之前。

——這是那一天的照片嘛。

——看，你笑得多麼開心。

——彷彿收到情書一般。

——才不是崩壞。

——而是你破壞的。

——是你破壞的呀。

——那女人在這裡。

「別再說了！」

我大聲叫喊，恢復清醒。

5

突然之間，燈光亮了。

我驚慌失措，全身僵直。

「什麼，原來是大小姐。這麼晚了不開電燈一個人在這裡——我還以為是小偷呢。」

門打開了，內藤站在門口。

「真不像大小姐應有的行為。」

內藤用右手敲了敲擺飾照片的暖爐。

不行，那女人會——

「什、什麼事？內藤。」

「問我什麼事？這句話應該是我問才對吧？嘿嘿，穿這麼薄的睡衣，很養眼喔。」

的確，我現在穿的衣服並不適合出現在他人面前。內藤露出下流的眼神仔細打量著我的身體，聲音**異常沙啞**地說著，邊走過來在我身邊坐下。

但是我仍舊注視著暖爐上的相框，視線直盯在相框上，身體彷彿凍僵，無法動彈。就在相框後面，剛才……

「大小姐，怎麼怪怪的，發生了什麼事嗎？」

「你、你才是，為什麼這麼晚了——」

「我跟品行高尚的您不同，是夜行性動物，總是在深夜出來捕食獵物。」

內藤下流地歪著下唇笑了。他把臉湊近我

身邊，渾身散發出一股混雜著菸臭與酒臭、非常下流的氣味。

我很討厭這個男人。

內藤在我的家庭崩壞之始——戰爭開始後的第二年——也不知怎麼攀上關係的，以實習醫師的名義住進我們家。

他自稱是我們家族的遠親，真是莫名其妙。但是這男人是母親帶回來的，說不定不是騙人的。戰爭即將結束時他被徵召入伍，翌年復員歸來。母親原本似乎打算讓他入贅，與妹妹結婚。只不過從來沒人對我提過這些事，因此當中經緯我並不清楚。

但是——

不管經過幾年，我依然無法喜歡這個低俗的男人。

內藤今年在醫師的國家資格考中落榜，妹妹則趁著這個機會結婚了，但詳細經過我也完全不了解。

在這之後，這男人的性格就很不穩定。

內藤說：

「我來到這裡也快八年了，好像從來沒機會跟大小姐獨處呢。」

討厭，我討厭他的聲音。

「我——不太舒服，頭很痛。我在這裡休息一下就回房間了，不勞你費心。」

「這可不好，我來幫您看看吧。我好歹也算個實習醫生——」

內藤伸手觸碰我的額頭。

「別碰我！」

我使出渾身力氣甩開他的手。

我的手背啪地一聲，重重地打到他的手心。

內藤小聲地叫痛，倒退一步。

「你幹甚麼！」

「別碰我！不要再碰我了！」

我有股衝動想立刻消毒額頭跟手背，我討

厭他的氣味。

「大小姐呀大小姐，你是不是誤會了？以為我想對你做什麼嗎？別開玩笑了，不要以小人之心度君子之腹好嗎！我就這麼污穢嗎！」

「我——」

在我回答之前內藤站了起來。

「你……你的確是個大小姐，但是你的家又算什麼？這個醫院，你們一家人——你知道世人在背後是怎麼說你們這一家子嗎？表面上或許什麼也不提，但知道的人就是知道，你的家系是——」

「住口。再說下去，你在這個家就——」

「待不下去了？我可不認為。我是夫人的寵兒。不只如此，跟你妹妹的關係也……」

「你……內藤，難道你……」

「嘿嘿嘿嘿，接下來別繼續說下去比較好吧？畢竟他們才剛新婚而已哪。只不過啊，大小姐，你的確長得漂亮，頭腦又好，卻因而驕縱，把其他人都當笨蛋，以為只有自己才是聰明人，總是冷眼旁觀——」

「我才沒有——」

「你知道你的妹妹都怎麼說你嗎？說你是迷惑男人的妖女、淫婦，說你是狐狸精啊。」

「騙、騙人！」

不可能，妹妹才不可能這種話。

而且我早在十年前失去作為女人的資格了，所以不可能做出這種事——

「我可沒騙你啊，大小姐。我可是親耳聽到喔。你該不會跟那個入贅的傢伙有一腿吧？」

「我？為什麼？」

到底是怎麼一回事。

「我怎麼可能跟妹夫做出那種事——」

「你妹非常恨你咧，說老公被自己的姊姊**搶走**了。」

「怎麼可能，這是無憑無據的誤會。如

果妹妹真的說過這種話，我一定要親自跟她澄清。」

「不好不好，最好不要。」

內藤說完，向我靠近一步。以食指尖輕撫我的下巴。

「你還真的一臉無辜喔？」

內藤仔細盯著我的臉瞧。

「嘿嘿嘿嘿，可是這就是你最不應該的地方了。」

「咦？」

「我說，這就是你最不應該的地方了！」

內藤粗聲吼叫，用力拍了桌子。

殘響在房間裡迴盪。

「你──你說什麼，我什麼也──」

「你──你真的不知道自己是怎樣的女人嗎？裝出一副連蟲子也不敢殺死的聖女面孔，總是瞧不起男人──你……」

內藤講到這裡停了下來。

「我──我又怎麼了……」

「你比你以為的……」

「咦？」

「**更女人得多了**。」

內藤用很難聽清楚的小聲說，嘆口氣，把臉朝下，低著頭繼續吐露心聲。

「我不知道你自己怎麼想的，但是你的存在本身就是在引誘男人！你就是這種女人。」

「你──你這是什麼意思！」

「你看看你這張天真無辜的漂亮臉蛋。」

內藤粗暴地抓住我的下巴。

「還有這副美麗的胴體！」

他用力抓住我的肩膀，抓得我很痛，用像是要舔遍全身的下流眼神打量全身後，用力把我推開。

「我看那個軟趴趴的女婿雖然跟你妹結婚，卻迷上你了吧？所以管你怎麼辯解你沒有勾引他也沒用！你妹妹梗子恨你，恨你這個姊姊，久遠寺涼子！」

我是個女人？

我只是個未完成品，內藤在開惡劣的玩笑。

「怎、怎麼可能有這種事，你別作弄我了──」

「我可沒作弄你！」

內藤突然緊緊抱住我，不讓我跑掉。

「就算大聲求救也沒人聽得到。這間房子的牆壁很厚，而且你是這個家的腫瘤，就算聽見了也沒人會來救你。院長、夫人、你妹妹都一樣，沒人想跟你接觸。我現在就來切開腫瘤替你治療。」

他的臂膀粗壯有力。我頭一次發現，原來男人的手竟然這麼硬。好痛，全身快被折斷了，呼吸困難。我踢動著雙腿掙扎，內藤將右腳插入我的兩腿之間。意識逐漸朦朧。酒臭味很難受，我把臉側向一旁。

「怎樣！」

「放開我。」

「怎樣！被你嘲笑、輕蔑的男人抱住的感覺怎樣！」

「我才──」

我並沒有嘲笑他。

也沒有輕蔑他。

我只是不想成為女人。

我不能成為女人。

「放開我！」

我奮力一推，總算將內藤推開。

心跳劇烈，整個房間在我眼前咕嚕咕嚕地旋轉。

內藤被我推倒在沙發上，他動也不動地，自嘲且下流地笑了。

接著他說：

「嘿嘿嘿，你真是個可憐的女人。」

「我、我早就習慣憐憫跟輕蔑了──」

我早習慣了。

我瞪向內藤，跟小時候一樣。

「哈，好可怕。」

內藤呼吸也很急促。

「別裝出這麼可怕的表情嘛，真是糟蹋了這張漂亮臉蛋。嘿嘿，以前我從來沒有機會像這樣正面看高傲大小姐的臉。」

「別再說了……求求你別說了。」

內藤緩緩站起來。

由上而下看著我。

「抱歉，我喝醉了。你沒事吧？涼子小姐。我忘了你的身體——狀況很不好。」

我——蹲著，像個胎兒一般抱著自己保護身體，並哭個不停。

我有多久沒哭了？

「我——不是人。我是沒辦法生孩子的女人。從出生起就一直跟死亡相鄰，什麼時候死去都不奇怪。不，應該說早點死了比較好，我只是家人的負擔。所以請別管我了，別管我了——」

我在說什麼夢話。

頭好痛。腦子深處那些沒用的記憶又膨脹了起來，頭痛得快爆開了。

內藤繼續站著，以沉靜的語調說：

「我知道了，我知道了，涼子小姐，你已經——算是已經死了一半了。」

內藤繼續滿不在乎地說：

「——但是啊，就算如此，下定決心不戀愛就死去也未免太——」

「戀愛？」

我沒聽過這個詞彙。

我望向內藤，他刻意迴避我的視線，移開眼眸，接著說：

「你最好知道，不管你多麼討厭男人，多麼想躲在自己的殼子裡，還是有人愛慕你的。你看，講究道理的令尊與嚴格對人的令堂當初還不是相愛結婚的？所以說──」

「別再說了。」

「所以說──」

不知為何，內藤一副泫然欲泣的模樣。

「拜託你別再說了，你不是說你已經知道了嗎？我不想再聽這種話！」

「你聽啊！」

內藤又變得激動起來。我摀住耳朵。

「你長這麼漂亮，卻一封情書也沒寫過，這太異常了，這太扭曲了。你一定是瘋了！」

「情書？」

──呵呵。

笑聲？我緩緩地抬起頭。

注意內藤背後的、在暖爐上的金邊的相框裡的我與妹妹的、十五歲秋天的──

在笑的是我。

為什麼笑了？

相框背後，我看到有一張小臉正在窺視我。

──呵呵，情書啊。

「誰？」

內藤也回頭了。

難道他也聽見了？

不是幻聽。

「你聽見什麼了嗎？」

我沒辦法回答。

「好像聽到笑聲──是我的錯覺嗎？」

躂、躂、躂……

迷你女人正跑著。

內藤慢慢走近暖爐，仔細觀察了一下。

「是老鼠嗎？」

就在時鐘的旁邊。

──果然，**她在**。

好可怕。

我再也待不下去了。

我趁勢起身，拚命推開沉重的大門，奔跑

著離開房間。
內藤似乎在我背後喊了什麼。
但我已經沒有興趣聽了。

6

我來到走廊，朝自己房間的反方向逃跑。並非想逃離內藤，而是想逃離那女人，逃離自己的過去，更重要的是，想逃離現在的自己。
我到底是誰？難道說，我不是我以為的自己，我以為不是自己的我才是真正的我？
說我是女人？很美麗？勾引男人？
別再戲弄我了。
我最討厭內藤了。
離開醫院的大廳，穿著拖鞋穿過迴廊。幸虧值日室的護士背對外面，沒發現我。
迴廊有屋頂，但已經算是屋外，風很冷，中庭雜草叢生。
月亮升起了。
別館——二號棟遭到空襲，成了廢墟。
我穿過別館。
新館——三號棟也有一半遭到炸毀。
啊，內藤快追過來了。
我有這種感覺。因為內藤就住在這裡——新館二樓原本當作病房使用的房間。
新館再過去就是——
我停下腳步。
覺得喘不過氣。出生以來從來沒這麼跑過，但很不可思議地頭痛卻減輕了，也流了點汗。我平時幾乎不流汗。我有點擔心地望了望背後，幸好內藤並沒有追來。只要想追，就算是小孩子也能輕易追上我。
更不用說成年人的內藤了。
走廊盡頭有個進出口，由這裡出去會看到一間小建築物，那是我小時候每天報到的地方——過去的小兒科診所。

現在則是妹妹夫婦的住處。

──不行。

不能繼續往前走了。那裡是我不該進入的禁地。

不知為何，我總覺得如此。

或許是內藤剛剛的那番話，令我覺得不該侵犯妹妹夫婦的聖域。可是失去去向的我，如今也不能折返，最後我打開了最靠近我的門走了進去。

第一次進這個房間。

房間裡只有櫃子與書桌、書架，非常樸素，原本似乎不是病房。

或許是他──妹夫的房間吧。書架上整齊擺滿了筆記本與醫學書籍。

櫃子裡則整齊地擺滿了實驗器具與玻璃箱。玻璃箱子裡是──

──老鼠？

有幾隻老鼠被關在裡面，是實驗用的白老鼠。

跟我一樣，靠著藥液過活的老鼠。

在微弱的月光下，白鼠看起來彷彿綻放藍白色的光芒。

從巨大的窗戶中可見到的是……月亮，以及──

──小兒科診所。

我慌忙轉過身，背對窗戶。窗戶沒有窗簾，妹妹夫婦居住的建築看得一清二楚。

妹妹與她的丈夫就在那裡生活，我不該窺探她們的生活，我沒有那個資格。

不敢開燈，也不敢離開房間，最後我拉出書桌前的椅子坐下，低頭不讓自己看窗外。

閉上眼睛，就這樣保持不動，原本亢奮的情緒逐漸平緩，總算稍微恢復了平靜。

──多麼糟的夜晚啊。

真是糟透了，僅因為被沒有意義、在心中

來來去去的記憶所擾，離開房間——結果被那個內藤——

抱在懷裡的觸感再度甦醒，全身止不住顫抖，連討厭的氣味也跟著甦醒。

——我跟妹夫有關係？

什麼鬼話，這一定是內藤的謊言。那個人靠著野獸般的敏銳直覺發現我的不安心情，隨口說出這些胡扯來擾亂我，一定是如此，他就是這麼卑鄙的男人，何況我跟妹夫根本——

——他長什麼模樣？

我對妹夫的臉沒什麼印象。

我沒跟他交談過，也不曾仔細觀察他的容貌。

我下意識地逃避著他。

明明同住一個屋簷下，這實在很異常，我們明明已經成了一家人了。

——啊，不算一家人嗎？

我們表面上是一家人，實際上卻像陌生人。在廣大的廢墟裡過活，即使一整天沒見過彼此也不奇怪。如此扭曲的生活，有一半是我自願的。因為——父母妹妹都算外人了，更何況妹夫呢。而且，妹夫是個男人。我想，因為他是個男人，所以我才會忌諱他，討厭他，刻意地迴避他吧。

因為——

我一直擔心我內心深處的女性特質會因為接觸男性而覺醒。不管是頭腦，還是心情，都猛烈地拒絕自己成為女人。可是只有身體比自己想像的……

——**更女人得多了**。

唉。

我嘆了口氣，回想起內藤說的話。他所說的果然是事實嗎？我終究還是個女人嗎？

討厭，好討厭。如果這是事實，我覺得非常污穢。不是針對男人，而是自己。

但是我並不像討厭內藤那般討厭妹夫，明

明他的容貌與聲音都如此模糊沒有印象，但很奇妙地，我就是不像討厭遠藤那般討厭妹夫。

──那是因為啊。

因為？

──戀愛。

戀愛？多麼遙遠的話語啊。

──情書。

我從來沒看過這種東西。

──你那時收到了情書。

姊姊是迷惑男人的妖女、淫婦，是狐狸精。

──看你笑得多開心啊。

在笑的是我。

「討厭！不對！完全不對！」

我大聲叫喊。

醫院雖已成了廢墟，隔音效果仍然格外良好，不論叫喊得多大聲也不會有人聽見。只要自己安靜下來，世上的一切聲響亦隨之消失。

這裡就是這樣的場所。

房間恢復靜寂，只剩下心臟的跳動。

不行，沒辦法保持安定。我應該變得更理性一點，情緒化對身體不好。

我必須重新安定下來──更理性一點。

我今天晚上是怎麼了？從一開始就陷入混亂之中。

都是那個迷你女人──

對了，這就是問題癥結所在。

迷你尺寸的女人？以常識思考便知**這種生物**根本不可能存在，不是在不在場、記不記得的問題。然而我的精神不知出了什麼問題，把**這種生物**的存在視為理所當然，這才是最大的問題。

我又抱住雙肩，低頭閉眼，慢慢地深吸一口氣，繼續思考。

更理智地思考。

迷你女人的真面目，應該是──

應該是我已經捨去的女性化的自我吧？她總是憐憫愚蠢的自己。肯定是這樣。

也就是說，她終究是個幻影，我則是害怕自己的幻影的膽小鬼。我破碎、不安定的神經讓我看到的幻影，這就是那個迷你女人的真相。

證據就是，迷你女人只在我的神經異樣亢奮，精神不安定的時候才會出現，剛才的情形亦然。內藤被我異常的情緒所影響，所以才產生了幻聽，一定是如此。再加上那個男人喝醉酒了，精神也十分亢奮，更助長了幻覺的產生。

不對，還是很奇怪。難道剛剛兩人聽到的細小聲響，真如內藤所言有老鼠嗎？

聽說沒有比人類的記憶更不可靠的事物。我記得很久以前就見過那個迷你女人，但是追根究柢，那是我真正的記憶嗎？難道並非只是因為我的神經有所疾患，而創造出栩栩如生的虛假記憶嗎？難道不是我根本沒看過那個迷你女人，但幻覺帶給我真實感，並**回溯既往竄改了我的記憶**嗎？

已經過去的事件，不管是事實還是假造，在腦髓中的價值都是一樣的。這跟夢是一樣的，虛幻的記憶不過只是醒著的夢境。

或許有某種契機——應是受到某種刺激——使得在我的腦中長年累積有如膿般的東西在今晚突然暴露出來。

這一切如夢似幻。

回想今晚慌亂、害怕的情形，多麼幼稚啊。

將恐懼的心情塞入內心深處，故意視而不見才是成長。

我張開眼。

因為是處於這種狀態——所以才會覺得一切都扭曲了。我要斷然地改變我的想法。

沒錯，我並不坦率，病弱也是事實，但是——我的人格並沒有扭曲到會造成日常生活的問題。

而我的家庭也一樣。我的家庭的確缺乏對話，也缺乏溫暖，但至少沒有彼此憎恨。像這種程度的扭曲比比皆是，相似的家庭四處可見。乖僻的我只是在耍脾氣，自以為不幸罷了。

我們的情況其實很普通。

幸虧妹妹結婚了，父母因而稍稍寬心。

聽說妹夫是個很優秀的醫師。這麼一來醫院也後繼有人，不必擔心了。

所以，就算我一生未婚，就算無法生小孩也無須在意。建築物壞了再修補就好。等妹妹夫婦生了小孩，我們家應該也會恢復正常。我只要維持現在的我即可，就這樣苟延殘喘即可。

沒有什麼好不安的。

當然，我跟妹夫有什麼曖昧關係之類的胡言亂語，更是天地翻轉過來都不可能。

我總算平靜下來。

已經——沒事了。

頭痛好了，身體也不再發寒。這般痛苦狀態不知道持續了多久，彷彿剛從漫長噩夢中醒來。

我緩緩地抬起頭。

窗外——

潛意識裡我似乎依然迴避著小兒科診所。不過仔細想想，這並不奇怪，深夜裡毫不避諱窺視新婚夫妻的房間才有問題。

——回房間吧。

吞個藥，準備入睡。

等醒來跟妹妹好好聊一聊。

就像我們少女時代那樣。

我站起身子。

就在此時——

喀沙喀沙。

我聽見聲音。是櫃子的坡璃箱子中的老鼠發出的嗎？

不對，是從腳下——不，是桌子裡發出的。

我看了桌子一眼。

什麼也沒有。

喀沙喀沙。

真的有聲音。

是抽屜。

蟲子？還是說，裡面也養了老鼠？

我伸手握住抽屜的拉柄。

為什麼想打開？明明沒有必要在意。

心跳加速。

無可言喻的焦躁感纏住了我，不，不是焦躁感，這是——毀滅的預感。

趕快……

趕快打開。

我手貼額頭，似乎輕微發燒。

感冒了嗎？

是死亡的預兆嗎？

但我已經習慣了。

我已經整整二十五年來都與死亡的預感毗鄰而活，因此——我並不害怕。

手撫胸口，傳來心臟的跳動。

啊，我還活著。

脈搏愈跳愈快。

沾滿藥味的血液快速送往腦部。

腦子愈來愈膨脹。

視覺隨之變得異常清晰。

整個世界超乎尋常地鮮明起來。

打開抽屜一看——

沒有什麼老鼠。

只有紙張，不，是一些老舊的信封。

抽屜裡只收藏著一束信件。

信，我討厭信。灌注在一個字一個字中的

情感、思念與妄想，濃密得彷彿充滿氣味，光看就讓人喘不過氣來，這種東西若能消失於世上該有多好。胡亂封入了無用的記憶──信就像記憶的棺材，令人厭煩。信令人忌諱，不吉利。我最討厭信了。

當我慌忙要將抽屜關上時，我發現了……

──這是？

這些信件是……

妹妹──寄給妹夫的──

──情書嗎？

封入了愛慕之情，

與熱切的思念，

男給女，

女給男，

傳遞於兩者之間的文字──

這種東西，我……

自然沒有看過，

也沒有寫過。

腦子膨脹。

無用的記憶啊，別甦醒。

腦袋像是快爆開了。

喀沙，喀沙喀沙。

瞬間，整疊情書崩塌。

從泛黃的信封底下，

一個十公分左右的迷你女人露出臉。

──**她在**，她果然**存在**。

女人帶著無法想像存在於世的恐怖表情瞪著我，清楚地說了句：

「蠢蛋」

接著她遞了一封情書給我。

在這一瞬間，

過度膨脹的我，終至破裂、消失了。

此乃昭和二十五年晚秋之事。

第參夜

目目連

庭院荒蕪之昔日舊家
屋內處處多有目
為奕者之家耶？

——《百鬼夜行拾遺》／下之卷・雨

1

有人在注視著。

視線穿透衣物布料，如針錐般投射在皮膚表面。

──視線。

平野感覺到視線。

頸子兩側至肩胛骨一帶的肌肉因緊張變得僵硬。

「是誰？」

轉身回望，原來是矢野妙子，她胸前捧了一個用報紙包裹的東西，天真爛漫地笑著。

「別人送我們香瓜，拿一點來分給您。」

妙子的聲音清澈，邊說邊走到平野身旁，彎下腰。

「平野先生，您──有什麼地方不舒服嗎？」

「沒什麼，只是你悶不吭聲地走進來，嚇了一跳罷了。」

平野隨便找個藉口搪塞，妙子說，「哎呀，真是的，我在玄關就跟您打過招呼了呢。」又笑著說：

「看您流了這麼多汗，真的這麼可怕嗎？」

她拿出手帕幫平野擦去額頭上的汗水。

不知是什麼氣味，手帕有種女性的芳香。

──視線。

平野思考著，視線究竟是何物？

有多少人憑藉著自我意志注視著這個世界呢？

若世界就只是單純地存在於該處，而注視者就只是毫無障礙地映入眼簾的話，是否真能稱為以自我意志注視世界呢？

反而**不看**更像主動的行為。

閉上眼才是自我意志的行為。

注視這個行為中，自我意志所能決定的就只有注視的方向。不論注視者是否願意，視覺將所注視的一切對象，全部都捕捉入眼。沒有選擇的餘地，眼睛就只是單純地接受世界的一切。那麼，這就不該說是注視，而是**映入**才對。

或許這樣的說法並不真確。

至少眼球不可能放射光或風對外在事物產生物理作用。

平野相信──眼睛所朝向的對象，並不會因為眼睛的注視而受到**某種干涉**。平野對科學並沒有特別卓越的見地，但他倒也不是渾渾噩噩過日子，至少還懂得人類之所以能看見事物，是因為物體反射光線入眼的道理。他壓根兒不相信視線能對被注視者產生物理作用。

可是──

所謂的視線又是什麼？

當被人注視時，背上的灼熱感、刺癢感、冰冷感，這些感受究竟因何而起？

是錯覺嗎？的確，這種情況當中大半是錯覺。但是剛才的情形呢？感覺背後有人注視，回頭一看，妙子的確就在那裡。

這算偶然嗎？

「您最近好奇怪喔，平野先生。」

妙子說完，擔心地望著平野的臉。

她用烏黑明亮的大眼注視著平野，這對眼睛的視網膜上現在應該正映著他的臉吧；如同平野看著妙子楚楚動人的美麗臉龐般，妙子也正看著平野疲憊倦怠的臉。

平野覺得有些厭煩。

2

有人在注視著。

視線通常來自背後。

或者與自己視線無法所及之處。

總之，多半來無人注意的死角。

沒錯。

例如昨晚在浴室，當平野洗完身體正要沖頭髮而彎下腰時，突如其來覺得有股視線投射在肩膀上。原本心情愉快地哼歌洗澡，突然全身肌肉緊繃，為了保護身體本能地挺直背脊。

有人，有人正在注視，自己正**受到注視**。視線由採光窗而來嗎？

不，是從澡盆後面嗎？

睜大眼睛注視我的是人？抑或妖怪？

注視者就在——那裡嗎？

其實根本沒什麼好怕的，只要猛然回頭就會發現，背後根本沒人。只是很不巧地，此時天花板上的水珠恰好滴在平野身上，嚇得他大聲尖叫。一旦出聲喊叫後，恐懼也稍稍平緩了，他立刻從澡盆起身，連淨身的溫水都沒沖就趕忙離開浴室。

平野跟川島喜市說了這件事，川島聽完，大笑說，「平野兄，真看不出來你竟然這麼膽小。」

「沒錯，我膽子真的不大，可是也沒你以為的那麼膽小。」

「是嗎？我看你真的很膽小啊。你說的這種體驗任誰都曾遇過，但只有小時候才會嚇得驚慌失措、疑神疑鬼的。你也老大不小了，竟然還會害怕這種事，這不算膽小算什麼咧？平野兄，如果說你是個妙齡女郎，我還會幫你擔心說不定當時真有歹徒、色狼；但是像你這種三十來歲的粗壯男子沖澡，我看興趣再怎麼特殊，也沒有人想偷窺吧？」

川島努了努尖下巴，將手中的酒杯斟滿，一口氣飲盡。

「啊，說不定是剛才那個房東女兒偷窺的唷，我看那女孩對你挺有意思的。」

「說什麼傻話。」

妙子不可能偷窺平野洗澡。

妙子是住在斜對面的房東家的女兒。

她好像是西服還是和服的裁縫師，平野並不是很清楚，據說今年十九歲了。

平野在此賃屋已有一年多，這段期間妙子的確經常有意無意地對他多方照顧。但是平野認為這是她天性愛照顧人，對獨居的鰥夫疏於整頓、簡直快長出蛆來的髒亂生活看不下去而已。

年方十九的年輕女孩對自己頂多是同情，不可能抱有好感。但川島打趣地說，「人各有所好，說不定她就愛你這味啊。」

「你剛才不是還說沒人有這種特殊癖好？」

「我是說過，但我要收回前言。我說平野兄呀，你實在太遲鈍了。你想想，平時會想去照顧房客的只有愛管閒事的老太婆吧？一個年輕姑娘若沒有好感，怎麼可能這麼服務到家？」

或許此言不虛。

但是，對平野而言其實都無所謂。管她愛上了自己還是一時想不開，平野老早就厭倦這類男女情愛之事。比起妙子，現在更重要的是……

——視線的問題。

平野一說出口，川島立刻露出一副**不耐煩**的樣子。

「這種雞毛蒜皮小事才真的是一點也不重要，就算真的被看到又不會死，根本不痛不癢吧？」

「一點也不好。比方說我們遇到風吹雨打時有所感覺，至少原因很明確，所以無妨；可是明明不合理卻對感覺有視線，教人怪不舒服的，難以忍受。」

「所以說你真的很膽小哪。」

川島一副受不了的樣子，又說了一遍。

「我們不是常形容人『眼神銳利』嗎？說不定眼珠子跟探照燈一樣會放出光線哪。只不過前提是真的有人偷窺你。」

「真有這種蠢事？」

「可是野獸的眼睛不是會發光嗎？」

「那是因為光線反射，不是眼睛會發光啊。就算眼睛真的會發光好了，被光射中也沒感覺吧？」

「可是以前不是有天下無雙的武士光靠眼神就能射落飛鳥嗎？」

「那是說書吧？」

「我倒是覺得聚精會神地凝視的話，說不定真能射下鳥兒。」

或許──真是如此吧。在茫茫景色之中，選擇了特定的對象聚精會神地凝視，或許視線就是因此產生的，說不定川島的想法是正確的。

但是平野終究無法相信觀察者的心情會隨著視線穿越空氣傳達到被看的對象，難道說注視者真的有可能透過視線將想法傳達給被注視者嗎？

平野不當回事地提出質疑。川島回答，沒錯。

「因為視線之中灌注了全副精神啊，不是也有人說『熱切的眼神』嗎？我看經常在注視你的一定是那位姑娘啦。」

話題又轉回到沒興趣的男女情愛上。

平野想。

這不是能用**氣**這種不知是否存在、沒有實體的東西說明的。

所謂的「跡象」，追根究柢，指的是空氣中細微的動態或輕微的氣味、微動的影子等等難以察覺的線索，但這跟所謂的視線又有所不同。

再不然，姑且假設這兩者相同好了，

──注視者又是誰？

結果，不管川島如何順水推舟，平野都表現出沒興趣的樣子，川島終於也莫可奈何。

最後他雖然沒說出口，臉上卻明白地表現出，「你這不懂女人心的木頭人，自己嚇自己去吧」的態度。

「平野兄，我看你是平時都悶在房間裡做細活，才會變得那麼膽小。雖說為了討生活不得已，但偶爾也得休息休息，我看我們改天找個時間去玉井(註)逛逛好了。」

川島說完，準備起身道別。平野伸手制止。

「欸，你先別急著走嘛，雖然下酒菜吃完了，酒倒還很多。你明天休假吧？輕鬆一點，想待多久就待多久，沒必要趕著離開，反正你也孤家寡人，沒人等你回家。」

平野不想自己獨處。

也想找人發發牢騷。

於是川島又盤起腿坐下。

平野是個製作飾品的工匠。

簡單說，就是以製作如女兒節人偶的頭冠、中國扇的裝飾、髮簪之類細膩的金屬工藝品維生。這類職業即使完全不跟人交往，也不會影響日常生活作息。因此，雖然平野並非討厭與人來往，自然沒什麼其他朋友。

川島是在這附近的印刷工廠工作的青年。

除了住家很近以外，他跟平野幾乎沒有關聯。就連平野自己也不知道當初怎麼跟他結識的。

川島說：

「你這樣很不好，太死板了。如果我說話太直害你不舒服我先道歉。只不過啊，你該不會還一直念著死掉的妻子吧？這樣不行喔。守貞會被稱讚的只有寡婦而已哪。」

「沒這回事，我早就忘記她了。嗯，已經忘記了。」

「真的嗎？」川島一臉懷疑。

註：玉井：位於東京墨田區（當時為向島區）的私娼街，始於戰前，迄於西元一九五八年《賣春防止法》實行。

平野最近才跟這個年輕工人相識，對川島的身世幾乎一無所知；反之，川島對平野亦是如此。

只不過，平野自己在幾天前——向川島透露過一點亡妻之事。

不知當時是怎樣的心態，竟然多嘴說出這件沒必要說的事情。應該是川島擅長問話，習於跟人閒扯，才會害他說溜嘴的吧。

——阿宮。

想起妻子的名字。

平野的妻子在四年多前去世了。

兩人於開戰前一年成親，加上戰爭期間約有八年的婚姻關係。不過當中有兩年平野被徵調上戰場，實際上一起生活的時間只有六年。

妻子突然自殺了。

原因不明。

那天，平野出門送貨回來後，發現妻子在屋梁上吊自殺了。妻子沒留下遺書，平時也沒聽她說過有什麼煩惱。因此她的死猶如晴天霹靂，令平野大受打擊。

所以平野等到失去妻子非常久一段時間後，才感到悲傷和寂寞。而現在這種心情也早已淡薄，於很久以前就幾乎完全磨滅。不知是幸或不幸，妻子並沒有生下孩子，也沒有其他親戚，平野如今形單影隻，孤單一人。

也因此，造就了他淡泊的個性。

「真可疑。」

川島歪著嘴，露出輕薄的笑容。

「如果真的忘了，為什麼不再續弦？」

「我沒女人緣。」

「沒這回事，那姑娘不是暗戀你嗎？」

「跟那姑娘沒關係。而且就算要娶她為妻，我跟十九、二十歲小姑娘的年齡差距也太大了。」

——話說回來，

在妻子生前平野的確一次也沒感覺到視線

的問題。

那麼……

那麼果然還是如川島所言，這兩者之間有所關聯也說不定。想到這裡，平野望了佛壇一眼。眼尖的川島注意到平野的目光，立刻說：

「看吧，你果然還念著你妻子。」並直接在榻榻米上拖著盤腿的下半身移動到佛壇前，雙手合十拜了拜，然後彷彿在尋找什麼似地看了一下後，說：

「唔，平野兄，你也太不虔誠了吧。」

滿滿的灰塵堆積在佛壇上。平野平時只把佛壇當作放神主牌的櫃子，所以壓根兒也沒想過要打掃。

「沒錯，我不信這套的。」平野回答。川島聽了皺眉。

「沒人要你早晚燒香祭拜，可是好歹也獻杯清水吧。」

「我是想過，可就是懶。不過這剛好也證明了我對內人沒有留戀。」

「是嗎？放任到這麼髒反而叫人可疑。由灰塵的厚度看來，我看至少半年沒清掃過了。一般人至少在忌日總會擺點水果牲禮祭拜。你該不會連掃墓都沒去吧？」

「嫌麻煩，早就忘記了。」

「既然如此，平野，我看你是明明就很在意，卻故意不做的吧；明明一直放在心裡，卻裝做視而不見。」

「我懶得做。」

「可是工作卻很細心。唉，我看你繼續這樣放任不管的話，遲早有一天會出現喔。」

「出現？什麼會出現？」

川島說：「當然是這個啊。」兩手舉至胸前，手掌下垂，做出回眸慘笑的樣子。

「不會吧？」

——注視自己的是，

妻子嗎——

「哪有什麼幽靈！」

「我可沒説幽靈喔。平野兄，你該不會對嫂子做出什麼愧疚的事吧？」

「怎麼可能——」

——應該沒有吧？

「——怎麼可能。」

「你就老實點比較輕鬆喔。」

「老實？」

「我的意思是，有那麼年輕又漂亮的姑娘對你有好感，你自己也不是完全沒興趣；但是你覺得對不起死去的妻子，所以感到內疚，只是你自己沒發現而已。因此才會變得這麼彆扭，不管是對妻子還是對妙子姑娘都刻意不理不睬。」

——內疚之情，

刺痛。平野再度感覺到視線有如針刺投射在背脊。

「我看你找個時間該去掃掃墓，跟嫂子道歉一下比較好。這麼一來，被注視的感覺應該就……」

川島説到這裡隨即噤口。

因為他感覺到平野的狀態似乎有些異常。

「平野兄，你現在難道又……？」

「嗯，又感覺到了，現在似乎——有人在看我。」

川島伸直了身體，仔細觀察平野背後的情況。

「背後的紙門——好像破了，是那裡嗎？」

「這——我也不知道。」

川島站起身，走向紙門。

喀啦喀啦，他將之拉開，探視一番後説：

「沒人在啊，平野兄，你自己瞧吧。」平野順著他的話轉頭。在那瞬間……

平野發現了視線的來源。

隔壁房間的確沒有半個人，但是……

紙門上的破洞，卻有顆眼珠子正滴溜溜地注視著他。

3

有人在注視著。

隨著日子一天天過去，平野感覺被注視的次數也愈來愈多了。

原本只要回頭看，就能平復恐懼的心情。因為大多時候都是自己疑神疑鬼，背後並沒有人在窺視；只要對自己打氣說，「膽小鬼，沒什麼好怕的。」即可泯去恐懼。

但現在平野即使感到視線也不敢回頭，他很害怕。

就算回頭——注視他的多半是眼珠子。

那天，從紙門破洞中看著他的是……眼珠子。

可是不回頭，反而更覺得恐怖。

來自格窗的雕刻、紙門的空隙、牆壁角落的孔洞，視線無所不在。

視線的來源肯定是那個——眼珠子。

——這是幻覺。

毫無疑問。

但是平野覺得在川島面前仍然看到幻覺的自己，在另一層意義上更令人害怕。

平野回憶前妻的事。

——那顆眼珠子。

或許真如川島所說的，是妻子的——妻子的眼珠。

竟會得到如此可笑的結論，平野覺得自己一點也不正常。

但是神經衰弱不堪的平野，相當乖順地接受了這個結論。或許這也是一種願望吧。為了逃離莫名所以的不安，抬出幽靈反而是個方便的解決之道。即便如此，這樣的狀態依然不怎麼好，平野想。

因此，他決定去為妻子掃墓。

此外他也覺得與其一個人待在房間裡，還不如出外比較放心。很不可思議地，平野在戶外並不會感覺到視線。大道上人群熙熙攘攘，理應也有無數視線交錯，若視線是種物理作用，平野這種視線恐懼症的傢伙照道理反而上不了街。

但不論晝夜，平野在外從來沒感覺到視線。頂多只有偶爾有人恰好注視他，不然就是自己遮蔽了他人視線的情況。總之沒意義的問題多思無益。

妻子的家廟在小田原。

是她家族代代祖先安葬之處。

起初平野認為妻子孤零零地葬在東京不熟悉的墓地很寂寞，因此拜託寺方答應讓妻子葬在小田原。可是由於妻子的家人早於戰爭中死光了，如今到了中元節或彼岸會(註)反而都沒人掃墓；另一方面，平野在鄉下老家的墓也因為親戚相繼死去，寺廟早已廢棄，現在已無人管理，故亦不適合葬在該處。

不管哪邊，去掃墓的只有平野，只要平野本人不去，不管葬在哪裡都一樣寂寞。

到達目的地一看，果然墳墓周邊雜草叢生，彷彿在責備平野的無情。

花了半個小時才將雜草全部拔除，等到刮除乾淨墓石上的苔蘚，供奉起鮮花與線香時，花兒似乎也逐漸乾枯了。

平野雙手合十，低頭瞑想，他並沒什麼話想對妻子說，也沒有特別要向死者報告的事情。況且，一想到入了鬼籍的故人或許過得不錯，實在也沒有必要多說什麼令她擔心。總之平野先為自己很久沒來掃墓之事誠心誠意向妻子道歉。

閉上眼睛的瞬間，背後又有──

在感到害怕之前，注視者先發言了。

「你似乎很疲累呢。」

平野怯生生地回頭，朝發話方向一看，在墓碑與墓碑間有名個子矮小的和尚。

「有什麼理由嗎？如果覺得我多管閒事請別理我，要我滾開我就立刻走人。」

沒見過的和尚。

只不過這個寺廟的和尚平野也只認識住持一個，除了住持以外這裡有幾個和尚他也不曉得。那名和尚與景色十分相合，完全融入景色之中，反而缺乏存在感。問和尚是否是這裡的人，他搖手表示不是。

「我是住在箱根山上的破戒僧，跟這裡的住持是老朋友，有點事來找他，結果不知不覺**眼睛就注意到了你**。」

「眼睛——注意到我……」

「沒錯，注意到你。」

「什麼意思？」

「我不會幫人算命，所以你問我為什麼，我也沒辦法回答你。只不過哪，總覺得你的背影——似乎在拒絕著世上所有的人。」

和尚臉的輪廓頗小，時間恰好又近黃昏，墳場一帶變得很陰暗，看不清楚他的表情。雖然看起來難以捉摸，但並不像在作弄平野。平野認為不搭理對方似乎太過失禮，便自我介紹。和尚自稱小坂。

平野說起關於視線的事情。

小坂不住點頭地說，「看來你被奇妙的東西纏上了。」接著又說，「只不過你因此事才來掃墓並不值得贊許哪。」

「說來慚愧，朋友說這或許是亡妻作祟，警告我說——這是幽靈的復仇。雖然我並不認同，但還是有點在意。我想我的確疏於祭拜亡妻，所以遭到報應了吧，於是遠路迢迢前來掃墓。但我並非是想消災避厄才來祭拜的。」

註：彼岸會：於春分、秋分舉行的法會。為期七天，於這段期間行禮佛、掃墓等法事。

和尚笑著點頭稱是。平野問：

「所謂的視線──究竟是什麼？是真的有人在看我嗎？不，應該問，為何會感覺視線投射在我身上呢？」

「這個嘛，説來很簡單。」

「很簡單嗎？」

「比方説，現在正在注視你的是誰？」

「和尚您啊。」

「你感覺到我的視線了嗎？」

「不是感覺，您就在我眼前看著我不是？」

「那麼，你閉上眼睛試試。」

平野順從地閉上雙眼。

「如何？你現在什麼也看不見了，是否感覺到我的視線？」

雙眉之間……鼻頭……有如針錐的感覺爬上肌膚。和尚正在注視著的就是這一帶吧。

平野如此確信。

「──是的。」

「是嗎，果然如此吧。這就是所謂的視線。好，你現在張開眼──」

平野緩緩地張開眼睛──

和尚正背對著他呢。

「啊。」

「我在你一閉上眼睛的同時立刻轉過身去，一直看著那棵柿子樹哪。」

「那麼──剛才的視線──是我的錯覺嗎？」

是誤會？是妄想？

和尚又搖頭否定。

「非也非也，剛剛你感覺到的那個就是視線哪。雖然我的眼睛朝向柿子樹，但心情可就向著你了。」

「難道説──我感覺到的是師父您的心？」

「這也不對，心是感覺不到的，人本無心

哪。」

「沒有心？」

「當然沒有。人的內在只有空虛，人只是副臭皮囊罷了。」

「空虛——嗎？」

「你知道嗎？我剛才雖然轉身了，但在閉上眼睛時，**對你而言**我一直是朝向著你。即使在你閉上眼睛的同時我離開了，我也依然在看著你。」

「可是這與事實不符啊。」

「有什麼不符？對你而言那就是真實，世界隨著注視者而變化。」

「僅靠注視就能改變世界嗎？」

平野依然無法理解和尚所言。

「沒有注視者，就沒有世界；視線並非注視者所發出，而是依著感受者存在。這與物理法則無關，與你所想的完全相反。」

和尚笑了。

接著他豪邁地說，「抱歉抱歉，我還是不習慣說教，我看我喝點般若湯（註一）就去睡覺好了。」和尚穿過墳旁的塔形木片（註二）群，融入墓場的昏暗空氣之中，終至消失。

烏鴉三度啼叫。

平野就這樣茫然地側眼看著妻子墳墓有好一陣子，不過亡妻的幽靈似乎並不打算現身，於是他提起水桶，準備離開。

——所以說問題都在自己身上。

沒錯，這一切都是自己的問題。

連妻子自殺也是——

——為何死了？

從來沒思考過這個問題。

註一：般若湯：出家人的黑話，指酒。

註二：塔形木片：原文作「卒塔婆」，原指供奉舍利子的塔，在日本多用來指插在墳旁、用以供養死者的塔形木板，上頭記載經文、死者的諡號、去世日期等。

不對，應該說平野從來就不願去思考這個問題。

──那是因為……

平野將水桶與杓子拿到寺院的廚房歸還。

接著面對夕陽直行，來到寺務所。

愧疚感。

川島說是愧疚感作祟。的確，平野一直以來刻意迴避思考妻子自殺的問題。難以否認，他對於這個問題的確有所忌諱。

喀啦喀啦，一串串的繪馬（註）被風吹動響了起來。

刺痛。

有人注視。

在成串繪馬的間隙之中──

──眼珠子。

平野小跑步到前面，撥開繪馬，喀啦喀啦作響。

在繪馬背後。

一顆眼珠子，就在裡面。

在繪馬與繪馬之間。

是那顆眼珠子。

──這是幻覺吧？

又長又濃密的睫毛之中，

有一顆溼潤明亮的眼珠子。

烏黑的瞳孔。

虹膜以及眼球上一根根血管是如此地清晰──

盯。

眼珠子看著平野的臉。

──唔，

「唔啊！」

平野嚇了一跳，慌亂地敲打繪馬一通。

幾片繪馬翻轉過來，還有好幾片繪馬散落地面。

等到粗暴的氣息恢復平靜，認識的住持慌忙跑過來，頻頻詢問發生什麼事，要平野冷靜。

「抱歉——」

——沒看過這麼清晰的幻覺。

或許那個叫小坂的和尚說的話很有道理。

或許感覺到視線的是自己，與是否有人注視無關。即使沒有人注視，依然能感覺到視線。

但是，不管如何，

真的有東西在注視著。

——眼珠子。

4

有人注視著我。

平野如此說完，精神科醫師平淡地回答：

「這樣啊。」

「——這很常見。」

「不是什麼稀奇的病症嗎？」

「不稀奇啊。平野先生，社會上注視你一舉一動的人其實並不如你所想像的多。像你這種在意他人目光的人十分普遍。這就是一般常說的自我意識過剩。放心吧，沒有人——看著你。」

「不，我的情況與你說的並不一樣。」

「不一樣的。」平野再次強調。醫師有點訝異地問：

「比如說，你在人群中會突然覺得周遭的人都在注意你而覺得恐慌嗎？」

「完全不會。反而混在人群之中更加安心。一想到在人群之中**那個東西**就不會注視我，反而很輕鬆。」

「喔？」

這位頭顱碩大、眼珠子骨碌碌地不停轉動

註：繪馬：為了祈求願望實現或還願，進奉給寺廟的屋形木片。上頭繪有馬代替真馬作為供品，並寫上祈求的願望。

的醫師，捲起白衣的袖子，面向桌子，乾燥的直髮隨著他的動作不停搖擺。

「所以說你看到了──幻覺嗎？」

「我覺得應該是──幻覺，可是卻很真實，非常清晰地出現在我的眼前。」

「原來如此，請你再描述得更詳細一點。」醫生說。平野便將事情經過詳細描述一遍，接著問：

「請問我瘋了嗎？」

「沒這回事。幻覺沒什麼了不起的，就連我也看過，任誰都曾看過。基本上幻覺與現實的界線曖昧不明，當我們明確以為那是幻覺的時候，那就已經不是幻覺了。如果說僅因見過幻覺就是狂人，那麼所有人可說都是異常。」

是嗎？

醫生拿起鉛筆，以筆尖戳著桌面。

「只不過你感覺到視線，並且害怕它的話，應該是一般所謂的強迫性神經症吧──嗯……」

「請問那是？」

平野詢問何謂強迫性神經症。

「比方說，有些人有潔癖，覺得身旁所有東西都不乾淨；有些人則是看到尖銳之物就感覺害怕；害怕高處、害怕廣場等等，這些都是很常見的恐懼症。細菌污穢，尖銳物讓人受傷，高處跌落令人致命。這些擔憂都是很合理的恐懼。我們擔心造成危害，所以對這些行動加以限制或禁止，這是理所當然的，不至於影響正常的社會生活。但如果說恐懼心態過強，演變成不用消毒水擦拭過的東西就不敢碰，不只不敢拿剪刀，連鉛筆也害怕的話，這就超出愛好清潔跟小心謹慎的範圍了。」

平野很佩服醫師的能言善道。

「這些一般人常見的強迫觀念若是超過限度，就會演變成強迫性神經症。例如說，把鉛筆這樣插入的話……」

醫師反向拿起鉛筆，輕輕做出要刺入眼球的動作。

「——就成了凶器。因為鉛筆能刺穿眼球，造成失明。雖然我們平常不會這麼做，但鉛筆能對眼球造成傷害是事實；也就是說，若不幸發生意外，就可能會造成這種後果。」

平野表示同意。醫師繼續說：

「但是——我們平常並不考慮這種可能性，你知道為什麼嗎？」

「不知道。」

「因為鉛筆是拿來寫字的，而不是拿來刺穿眼球的。對大部分的人而言，鉛筆是筆記用具，而非凶器。但是……」

「但是？」

「但是哪，當這種擔憂過份強烈時——一看到鉛筆就覺得會對眼睛造成傷害。於是為了保護眼睛，只好遠離鉛筆，不敢使用鉛筆。對受到強迫觀念所苦的人而言，鉛筆與凶器已經劃上了等號。如果恐懼感繼續升高，連覺得筷子也很危險，所有尖銳物都有可能造成危險，擔憂愈來愈強，就成了尖物恐懼症。到了這個地步，就會對社會生活產生影響。這全都是基於——尖銳物會刺傷人而來的恐懼。」

「我好像懂了。」

的確，這種情況不無可能。

「至於你的情況嘛——」

醫師轉動椅子，面向平野。

「基本上你有著被注視——應該說，有被偷窺的強迫觀念。任誰都不喜歡被窺視，任誰都厭惡個人隱私受到侵害。」

「你的意思是——我的情況是這種擔心變得過度強烈的結果？」

「你過去——有被窺視的經驗嗎？」

「在感覺到視線之後——」

「我是指以前。更早以前也行。即使實際沒有人偷窺都沒關係。」

「即使只是──被偷窺的錯覺也沒關係嗎？」

「是的。與其說被偷窺，例如祕密曝光了，**不想被知道的事情**卻被某人知道了之類的也無妨。」

──不想被知道的事情。

「或者**不想被看到的時候**卻被某人看到了。」

──不想被看到的時候。

「總之就是這類體驗。不管是小時候還是戰爭時的都可以。」

「戰爭時──」

「你心裡有底嗎？」

「嗯──可是……」

──說不出口。

不想被看到的時候被看到了──

「啊，應該是那件事。」

──那個孩子、被那個孩子看到了。

一道封印解開了。

精神科醫師觀察平野的狀態，一瞬露出果然不出所料的表情。

平野靜靜地說起他的體驗。他在戰場上殺了人，用刺刀刺入敵人的身體，埋下地雷，投擲手榴彈，發射高射砲。醫師說，「可是這些體驗人人都有，只要上過戰場誰都遇過，你並不特別，為何只有你會──」

那是因為……

「被注視了。那個孩子──注視著我。」

平野回想當時情況。

原本忌諱的記憶逐漸甦醒。

事情發生於南方的戰線上。平野在搬運物資時遭遇敵方的小隊。交戰中地雷炸裂，不論敵我都被炸個粉碎。轟隆一聲，眼前一片血紅。

「敵人幾乎全滅，同伴仍有好幾個人活

著，物資算是保全下來沒受到什麼損壞，所以我當時一心一意只想著將物資搬運回部隊。長官命令我如果遭敵俘虜就自盡，可是我還不想死，所以拚了老命，說什麼也要回到部隊。但是不知為何就是走不了，也站不起來。仔細一看，原來有人抓著我的腳。是美軍——」

美國士兵全身是血，但平野也拚了命掙脫。

「現在回想起來，他應該想求救吧，說不定早就死了，但那時根本管不了那麼多，我害怕得不得了，拿起掉落在地的刺刀，不斷刺呀刺，一股腦地刺在他身上，肉片四散，骨頭也碎裂了，他的手總算放開我的腳。就在這個時候……」

——是的，就在此時。

刺痛。

平野感覺到銳利的視線，抬起頭來一看。

一個未滿十歲的當地小孩，

躲在草叢之中，

——注視著平野的一舉一動。

「原來如此，這個經驗成了心理創傷。」醫師平淡地說。

「複雜的事情我不懂，我只覺得當時的行為不是人所應為，可是卻被看見了，而且——還是個非戰鬥人員的小孩子。一想起那個孩子，我就感到可怕。所以、所以我——」

所以——平野變得——

又一道新的封印解開了。

「所以你怎麼了？」醫師問。平野支吾其詞，沒有立刻回答。

「我——」

——原來是那個孩子害的。

「我在復員後——成了性無能者了。」

醫師一副無法理解的表情說，「我不懂你的意思。」接著又說，「是在戰爭中得病了？還是受傷了？」平野回答，「不是得病也不是受傷。」

「因為我變得──不想要孩子了，變得討厭孩子了。不對，我想是因為我害怕生小孩，所以才會性無能。」

「為什麼你會害怕小孩到這種地步？」

「我一直──不知道原因。但剛剛我總算懂了。因為那個戰爭時的體驗。沒錯。我害怕那個異國孩子的眼神。如果我生下的孩子，也被他用那樣的眼神注視的話──一想到此我就沒辦法忍受。我沒辦法接受──身為人父，自己是個無情的殺人魔。」

「啊，原來如此。」

精神科醫師重新捲好袖子，碩大的眼睛看著平野。

平野有點自暴自棄，決心將想到的事情全部傾吐出來。

「總之，就是因為如此──我沒辦法有圓滿的夫妻生活。起初還會找有的沒的理由當藉口，但畢竟不可能繼續搪塞下去。雖然妻子嘴上什麼也沒說，應該也覺得很奇怪吧。她很可憐。她──」

阿宮她……

「我不會洩漏出去的，都說出來吧。」精神科醫師有如在耳邊細語般溫柔地說。

「我妻子──有情夫。」

平野早就知道這件事情。

但是平野並不想責備妻子，也不想揭發真相，因為他知道為什麼會演變成這種事態。

戰爭剛結束時──

由於政府的疏失，戰死公報寄到妻子手中。

妻子以為平野早就死了，所以才會對那個親切的男人動了心。當時並不是一個女人家能獨立過活的時代。不管是不是男人先誘惑她，平野並不想責備妻子。因為對妻子而言，丈夫已經戰死了，她的行為既非不義也不是私通。

但是——平野從戰場歸來了。
平野到現在還記得妻子當時的表情。
彷彿以為自己被狐妖矇騙了一般。
妻子嘴上什麼也不説，但平野一看就知道她的內心十分混亂。
也許——妻子原本打算跟男人分手吧。
既然平野生還了，一般而言不可能繼續跟男人發生關係的。因此妻子對這件事情一句話也沒説。可是男人似乎不想就此結束，於是兩人的關係就這樣繼續下去——平野猜想。
平野決定默認妻子的私通行為。
「這樣的想法算不算扭曲呢？」
「我説過，人的心理狀況並不是能用『扭曲』一句話了結的，我想你一定有你的理由。」
「剛剛也説過了，因為我陽痿，無法跟內人發生關係，所以……」
「這就是——容忍偷腥的理由？」
「是的。」
「真的嗎？」
「什麼意思？」
「這沒道理。你的行為背後——一定有更深刻的理由，肯定如此。」
醫師如此斷定。
「為什麼你能肯定？」
「因為從你剛才所言，並無法明白説明你的視線恐懼症，你的妻子也沒有理由自殺。你在戰場上確實受了心理創傷，因而患了心因性陽痿，更因為這個性功能障礙，你默認了妻子的紅杏出牆。我想你這些自我分析很正確，十分接近問題核心。但是如果事態只有這麼簡單應該什麼事都不會發生。我想你現在早就不會害怕小孩了吧？而且你的妻子也沒理由自殺。」
平野一時啞口無言。
沒錯，若僅如此，妻子沒有理由自殺。

因為平野對妻子的不貞裝作毫不知情。

醫師繼續說：

「我想你應該知道你妻子為何自我了結生命的理由。那個理由就是你病症的根源。你並非害怕兒童目擊者的視線，也不是害怕自己非人道的行為遭到告發。那或許是契機，但不可能是病因。這種彷彿基督教徒的原罪意識般的美麗說辭，對你不過只是讓自我正當化的幌子罷了。」

不知不覺，醫師的語氣變得暴燥起來。

「如果你不肯說，我就替你說出來吧。」

醫生的語氣愈來愈具壓迫性。

「因為你的妻子──知道了。」

「知──知道什麼？」

「知道你裝作不知道的事。」

「咦──」

「我想，你妻子知道了你**已經知道**，所以才無法承受良心苛責──」

──是這樣嗎？

果真如此，那麼殺死妻子的兇手等於是平野。

「是的，如果真是如此，你的妻子等於是被你殺死的。因此你一直不願意深究妻子自殺的原因。你不想察覺妻子自殺的原因就在自己身上，所以你放棄了思考──」

「夠了！」

──啊，所以說，那時真的……

被看到了。所以妻子在──羞恥與屈辱與貞操的狹縫中痛苦掙扎，最後終於……

醫師彷彿在細細品味似地打量平野的臉，說：

「你──應該看過吧？」

「看、看過什麼──」

「你偷窺過吧？」

「你到底想說什麼──」

「看過你妻子與──情夫的偷情場面。」

「我——我才——」

「你看過吧？你偷窺了，看得一清二楚，對吧？」

窺視過。

「我——是的。」

——沒錯，平野的確窺視過。

一開始只是個偶然。

當他送貨回來，伸手準備拉開房門時，

——發覺房內有種不尋常的跡象。

平野已經忘了是聽見細微的動靜還是男歡女愛的聲音，抑或是空氣中的淫蕩波動。他猶豫起要不要進去。最後他決定先繞到房子後面抽根菸，到別的地方打發時間再回來。

但是他家是間僅比大雜院好不了多少的簡陋住宅，在後門反而聽得更清晰。

房子背後……

——那個孔洞。

他發現房子背後的木板牆上有個孔洞。

平野——由那個孔洞窺視房內。

他見到紅色的貼身衣物與妻子雪白的腳。

平野此時——

「其實——原本只是突發奇想。」

「對我說謊沒有意義哪，平野先生，你無須自欺欺人。你當時**明顯感覺到性衝動**，是吧？」

「這——」

「於是，你**著迷**了，對吧？接連又偷窺了好幾次。」

「你說得——沒錯。」

沒想到僅僅是透過孔洞窺視，妻子的肉體在平野眼裡宛如成了畫中美女般美麗、妖艷。隨著活動春宮畫的甜美氣息，平野的情緒也跟著變得高揚。

醫師說得沒錯——

平野對此著迷了。

男人每週會來家裡一次，通常都是平野出

外送貨的日子——每週的星期四。

日子一天天過去，偷窺已然成為平野的猥褻習慣。

醫師的眼中閃爍著些許勝利的光芒。

「你不願意承認自己是個有偷窺妻子姦情興趣的低級人類，我沒說錯吧？」

「沒錯……」平野承認。

「平野先生，你知道嗎？所謂的性癖好其實因人而異，沒什麼好覺得羞恥的，就算你在偷窺中感到性衝動，也算不上極度異常的癖好。當然了，如果所作行為與法律牴觸的話，自會遭到懲罰，但你沒有必要哀怨自己是個品行低劣的人。不，甚至你如果不承認自己有這種癖好，你的病症將永遠無法好轉。」

或許——的確如此吧。

其實平野並不覺得自己污穢。的確，當時曾好幾次覺得應該停止這種行為，但是平野終究無法戰勝甜美而充滿蠱惑的不道德引誘。

平野無數次以視線姦淫了與情夫陶醉在性愛之間的妻子。他藉由**偷窺**達成了在正常形式下無法達成的對妻子的扭曲情感。

只不過，

這當然是——個人秘密。

不能被妻子得知的事實。

平野雖然懷抱著扭曲情感，但他仍然深愛著妻子，也不願意破壞與妻子的正常生活。

就算妻子可能內心煩悶不堪，只要她打算隱瞞下去，平野就繼續裝作完全不知情；同時，他偷窺妻子偷情場面之事——也絕對不能被發現。

某一天，

平野透過孔洞偷窺的視線，

與妻子不經意的視線相交。

不該被看見的時候被看見了。

不想被知道的事情也……

——阿宮。

「不對，你説的並不對。即便內人發現有人偷窺，也不可能知道偷窺者是我。那個孔洞只有這麼點大啊——」

「可是你妻子自殺了。」

「這、這是沒錯——」

「你妻子自殺的……」

「咦？」

「你妻子自殺的時間，不就是這個事件剛發生後沒多久？」

「這——不……」

「我説得沒錯吧？」

隔週的星期四，妻子死了。

平野一如既往地從孔洞偷窺，但見到的卻是吊在梁上的妻子屍體。

男人不在。

「但是——內人在這一個星期裡，完全沒有異常狀況。不，她甚至比平時更開朗，更有活力……」

「可是你自己不也一樣？」醫師露出略為嚴肅的口吻。「擔心偷窺被發現，令你表現得更老實，所以那一個星期，你表現得比平時更溫柔、更謹慎。你的妻子也是如此。」

「但是……」

「事到如今，已經沒有任何方法確認你妻子是否知道偷窺者是你，就算知道也沒有意義。重點是你自己**是不是如此認為**的。」

「我——不知道……」

「你刻意迴避思考這件事情吧？你一直盡可能地不去想前因後果。現在你更應該仔細去理解。我問你，在那之後，在你妻子自殺之後，你還繼續偷窺嗎？」

「我——失去了偷窺對象，怎麼還可能偷窺呢？」

「難道一點也不想偷窺嗎？」

「我——不曾想要偷窺過。」

「老實承認吧，平野先生。你是有偷窺癖

好的人。不管是不是孔洞都好，你必須透過某種濾鏡才能跟這個社會接觸。」

「我只對我妻子——」

「不。你不管是誰，只要能偷窺都好。即便現在，你也一直有想偷窺的衝動。」

「沒這回事。我——不是性變態。」

「你這種說法並不是那麼適切。我再重申一次，性癖好並沒有是非對錯。你只是有偷窺這種非正常的性欲望。這實在沒辦法。」

或許——是如此吧。

「聽好，平野先生。你感覺到的視線，其實來自於你的潛意識。你刻意壓抑著想偷窺的衝動，但是潛在欲欲望仍然從強力的壓抑下滲透出來。這種欲望不是說壓抑就能壓抑的住欲。當潛在的強烈欲望浮上意識層面時，會扭曲變形成為一種恐懼。其實，**無時無刻注視著你的是你自己**。」

精神科醫師瞪了平野一眼。

「你看到的幻覺之眼，並不是你妻子的。你仔細想想，那難道不是**你自己的眼睛**嗎？」

醫生的話語裡充滿了自信。

「不——並非如此。」

平野堅決地否定了。

醫師訝異地詢問原因。他對於自己的分析似乎沒有一絲一毫的疑問。

「真的——是如此嗎？你敢確定嗎？那只是你不這麼認為而已吧？那就是你自己的眼睛——」

「不對。那不是我的眼睛。」

「是嗎？」

「因為——一點也不像啊。」

完全不同。

「平野先生，人的記憶非常不可靠，且會配合自己的欲望變化。你再想想，那真的不是你自己的……」

「可是這並**不是記憶**呀，醫生。」

平野語氣堅決地打斷醫生的發言。

接著突然說：「醫生，請容許我問一個無聊的問題，請問這個房間在幾樓？」醫師冷不防地被問了意想不到的問題，不明所以地回答：

「四樓——」

「是嗎？那麼……」

平野站起身。

「那麼，從你背後的窗戶……」

他緩緩地抬起手，指著窗戶。

「凝視著我們的那隻眼睛……」

「眼睛？」

「那隻眼睛又是誰的眼睛呢？」

「凝視——什麼意思？」

「你沒感覺到嗎？視線正投射在你的背後哪。」

「你、你胡說什麼——」

「我沒有胡說。看啊，那隻眼睛不是正在窗邊一眨一眨的嗎？這根本不是什麼記憶，我是看著**實體**說的。」

「那、那是你的臉倒映在玻璃窗上。這、這裡是四樓，怎麼可能——」

「不對。窗戶上面沒有我的倒影，我只看見眼睛。跟我的眼睛毫不相似的一隻大眼睛。醫生你也感覺到了吧？就是那種感覺。這就是我所說的視線——」

盯。

「醫生，我相信你的分析——應該都是正確的。我有想偷窺的衝動，我有可恥的性癖好，內人死了也是我害的。但是這些道理——」

這些道理——

「——都沒辦法說明**存在於我眼前的那隻眼睛**！」

「眼、沒有什麼眼睛啊！」

「你真的這麼想的話回頭不就得了？醫生

你不斷否定眼睛的存在，但是從剛才就不敢回頭，只敢盯著我瞧。眼睛就在背後呀，在醫生你的背後。為什麼不敢回頭看呢？只要你不敢看，它就存在於該處。我想你一定也感覺到視線的存在吧。而我……」

平野看著窗戶旁的眼睛。

眼睛啪嚓地眨了一下。

5

有人在注視著。

從電線桿後面、建築物的窗口、電車置物架的角落。從遠方，由近處。銳利的視線，刺痛，刺痛。

如今即使走在路上，視線也毫不留情地投射向平野。全身暴露在視線之中，他覺得快被視線灼傷了。

川島一個人站在車站旁等候。

川島一看見平野，立刻露出迫不及待的表情走向他。「唉，平野兄，你變得好憔悴啊，真不忍卒睹哪。」他憐憫地說。

「你去看神經科，結果醫生怎麼說？」

川島問。平野憂鬱地回答，「呃，他說我有點異常。」

「但是川島，那位醫生自己也挺有問題的，看他那樣子，真不知道誰才是病患呢。」

「是喔？他是一位有名的醫生介紹給我的。說是他的得意門生。看來徒弟本領還是不夠。」

川島努著下巴，不滿地踢著地上的小石子出氣。平野想，他大概期待會有什麼奇特的診斷結果吧。

「學者基本上還不都那個樣子。」

「真是。」

結果什麼收穫也沒有，徒然回憶起許多討厭的事情罷了。平野打一開始就不抱期待，倒也不怎麼失落。只不過一想起妻子，肺部下方仍會有一陣錐刺般的痛楚。

而且他打從心底覺得——想見妻子。

懷念的感覺或多或少撫慰了平野。

刺痛。

啊。

從車站旁兩人約見的地方，又有視線投射而來了。

「川島，我想休息一下。抱歉，今天我就自己回去了。讓你擔心真不好意思，先告辭了。」

平野說完，朝自己家的方向走去。

沒人在的家裡安靜極了。

平野從玄關筆直地朝一年到頭鋪在榻榻米上的床鋪前進，坐了下來。好暗。黑暗令人恐怖。

肩胛骨下方的肌肉、左邊的肩膀、右大腿、腳底——刺痛、刺痛……暴露在無數的視線之下，黑暗中全身都是死角。

平野連忙打開電燈，房間正中間在電燈光芒照射下逐漸明亮起來。一隻飛蟲撞上電燈，沙沙沙地在燈泡上爬動。

眨、眨、眨。

眨眼的聲音。

平野緩緩地抬起頭。

污黑的土牆、在髒污的天花板、在角落。

一隻眼睛注視著他。

——這不是妻子的眼睛。

——也不是那孩子的眼睛。

——更不是我的眼睛。

眨。

眨。

這次從紙門的破洞傳來。

眨、眨、眨。

眨眼的聲音。眨、眨。

眨眨眨眨眨眨眨眨眨。

眨眨眨眨眨眨眨眨眨眨眨眨眨眨。

啊啊整個房間都是眼睛。

「看什麼看！」

平野大聲吼叫。

全部的眼睛都閉起來，視線暫時被遮蔽住了。

心臟的跳動有如鼓聲鼕鼕作響，太陽穴上的脈搏怦怦跳個不停。不知為何，平野覺得非常**不安**。

平野把頭埋進棉被裡。他現在害怕視線，更害怕自己肉體表面與自己以外的世界直接接觸。

──人的內在只有空虛，人只是副臭皮囊罷了。

所以眼睛所見世界都是虛妄，人靠著皮膚觸感認識世界，皮膚是區別內外的唯一界線，但這個界線卻是如此脆弱，所以不能讓它暴露在危險之中。平野用棉被覆蓋皮膚，密不通風地覆蓋起來，弓起身子，把臉埋進枕頭之中。

這樣就不會被注視。這樣就能安心了。只有像這樣分隔自己與世界，平野才能獲得安定。

只要露出一點點空隙，外在的世界立刻就會入侵。平野緊密地包裹自己，把自己跟視線、跟世界隔離開來。

──只有自己一個人的話，就不會被注視了。

只有棉被的防護罩裡是平野的宇宙。

不知過了多久，平野在棉被的溫暖之中感覺到妻子的溫暖，輕輕地打起盹來。

如同處於母親的胎內般，平野安心了。

枕頭刺痛了臉頰。

好硬。彷彿針一般的奇妙觸感。

──怎麼回事──這是什麼？

眨。

緊貼著臉頰的那個東西張開了。

黏膜般的濕濡觸感。

——嗚。

臉離開枕頭。

在枕頭表面，一顆巨大的眼睛看著平野。

「嗚、嗚哇啊啊啊啊！」

平野吼叫。

翻開棉被。

——是眼睛。

眼睛眼睛眼睛眼睛。

眼睛眼睛眼睛眼睛眼睛眼睛。

眼睛眼睛眼睛眼睛眼睛眼睛眼睛眼睛眼睛。

不只天花板和牆壁，紙門上、柱上梁上門檻上，連榻榻米的縫線上，整個房間都是眼睛。全世界睜大眼睛盯著平野瞧。平野再次大聲吼叫。

枕頭上的眼睛眨呀眨地開闔。

「——不要看！」

紙門的眼睛，牆壁的眼睛

「不要看不要看，別看我！」

他嚇得站不直，正想用手支撐身體時，手掌碰到了榻榻米上的眼睛。瞳孔黏膜的溼潤感觸。睫毛的刺痛感。

討厭，後退，雙手朝後摸索。

討厭討厭，手指碰到枕頭旁的工具箱。

被碰倒的箱子發出喀啦喀啦的聲音倒下，鑿子錐子槌子等工具四散八落。

——可以當作凶器，可以把眼睛鑿爛。

可以把眼睛鑿爛。

平野握著製作工藝品專用的二釐鑿。

反手緊緊握住，手心冒汗。他撐起身體，房間內所有的眼睛對自己的舉手投足都有反應，想看就看吧。

平野把枕頭拉近自己，枕頭上的眼睛更睜得老大，瞪著平野的臉。他將尖端慢慢地、一點一滴地靠近黑色瞳孔。溼潤、綻放怪異光芒的虹膜陡然縮小，尖銳的金屬接觸到黏膜。

用力——插下。

陷入。

鑿子深深地插進眼球之中，眼球潰爛。

「不要看，不要看不要看。」

平野又將鑿子戳向隔壁的眼睛，一個接一個將榻榻米上的眼睛鑿爛。

鑿子陷入眼球裡，一個、一個、又一個。

「不要看！別看我！」

將世界與自己的界線一一破壞，平野的內部擴散至外部。不要看，不要看。

他站起來，朝牆上的眼睛鑿去，一股勁地亂鑿一通。

吼叫，發出聲音的話恐懼感也會跟著平復。不，平野已經失去了恐懼或害怕等正常的感覺。

他像一名工匠，仔細地將眼睛一個一個鑿爛。

這是最確實的方法。

接下來輪到紙門的眼睛，這太容易了。

鑿子沾滿了黏液，變得滑潤。

或許是自己的汗水吧。

不知經過了多久，平野總算將房間內的所有眼睛都鑿爛了。等到結束的時候，已經不知道自己在幹什麼了。

柔和的陽光從坑坑洞洞的紙門中射入房間，照在臉頰上，皮膚感覺到溫暖，平野總算恢復自我。

總算——能放心了。

平野有如心中魔物被驅走一般，渾身失去了力氣，孤單地坐在坑坑疤疤的房間中央。

房間完全被破壞了，平野覺得破爛的房間跟殘破的自己非常相配，竟也覺得此時心情愉快。

——真是愚蠢。

自己真的瘋了，怎麼可能有眼睛存在？

就在這時候，

頸子兩側至肩胛骨一帶的肌肉因緊張變得僵硬。

「是誰？」

轉身回望，矢野妙子就站在眼前。

她睜大了烏黑明亮的大眼——

「不要看我！」

握著沾滿血污的鑿子，臉色蒼白憔悴的平野祐吉逃出信濃町的租屋。

此乃昭和二十七年五月清晨之事。

第肆夜

鬼一口

在原業平擄走二条后，
於破屋暫歇。
鬼至，一口吞下二条后
此事載於《伊勢物語》，歌曰：
佳人曾輕問，
白玉為何物？
答曰為白露，
盼與君同逝。（註）

——《今昔百鬼拾遺》／中之卷・霧

註：鬼一口：典出《伊勢物語》當中的第六段〈芥河〉。

1

鬼來了──

做壞事的話──

做壞事的話鬼就要來了──

鬼會把你從頭一口吞下──

孩提時代。

年紀很小的時代。

仍舊幸福的時代。

鈴木敬太郎依然清楚記得，孩提時代經常被人用這類話語嚇唬。這種騙小孩的話頂多在四、五歲以前管用吧。忘了嚇唬我的是父親還是母親，大概兩者都有。

──多半是這個緣故。

鈴木想。

鈴木莫名地對鬼感興趣，並不是想研究這個題材，亦不是想徹底追查其來龍去脈，單純只是興趣而已。

鈴木在一家地方報社擔任鉛字排版的工作。他不是學者也不是學生，頂多讀讀一般人也懂的民俗學的相關書籍，充其量──就只有一知半解的知識罷了。

鈴木自我分析之所以到了這把年紀，卻仍對鬼怪之事有興趣，乃從小被灌輸嚇唬的話語老在腦中縈繞不去之故。

應該沒錯。

理由很簡單，鈴木認為──自出生至四、五歲的這段時光，是他一生中最幸福的時期。

雙親在他六歲生日前離了婚，之後不知為何，輾轉由叔父扶養長大，之後再也沒見過父母。聽說父親於十年前去世，母親在隔年亦離開人世，而扶養他長大的叔父後來也死於戰爭中。

等到復員回來，鈴木已是形單影隻，孤獨一人。

因此，鈴木敬太郎除了鬼以外，對家庭也

很執著。

只是舉目無親的鈴木本來就沒有家庭，充其量只能看著別人的家庭投以羨慕的目光。所謂的「執著」其實就只是這種程度而已，或許稱為「憧憬」更為恰當吧。

鈴木對家庭十分憧憬。

做壞事鬼就會把你從頭一口吞下——

這是父親說的？

還是母親說的？

那時的記憶是如此深刻，卻似遙遠。

鈴木始終無法忘卻，卻又不能清楚地回想起來。

印象中一家人似乎曾經——齊聚一堂和樂融融地合照過。自己在母親懷抱中，父親站在背後，叔叔則站在父親旁邊，鈴木在朦朧之中依稀記得這個情景，但是現在卻怎麼也找不到這張照片了。

記憶中——照片好像被撕破了。但是否真是如此，鈴木也不知道。只不過從老成世故的成年人的感性來看，就算被撕破也不足為奇。在那個年代鬧到離婚想必是件大事，這類照片也應早早就被處理掉了。

大家都這麼做，不必在意——

來，吃吧——

吃吧？

吃什麼？這是什麼時候的記憶？在回想童年往事的過程中，摻雜了毫無關聯的記憶。是因為**那名男子**的關係嗎？

一個月前，鈴木在街上看到了鬼。

雖沒有角，卻給人很不可思議、很不祥的感覺。

鬼想要毀壞即將破滅的家庭。

做壞事的話鬼就要來了——

鬼會把你從頭一口吞下——

原來我——是個壞孩子？

所以才——

2

所謂的鬼……

「所謂的鬼──究竟是怎樣的怪物？」

鈴木問。薰紫亭的店主一如平常滿臉笑容地答道：「鈴木先生，鬼就是那種穿著虎皮兜襠布，臉紅通通的……」他講到一半停了下來，又立刻反問：「不不，您問這個問題應該不是想聽這麼普通的答案吧？這些您認識早就知道了吧？」

店主的聲音輕柔高亢又彬彬有禮，說起話來習慣比手畫腳，所以即使在閒談，也像大費周章說明半天。鈴木每次跟他聊天總有錯覺自己在課堂上聽講。店主就是這麼個古道熱腸的人。

「不，其實我想問的真的就是這麼普通的問題。一般所謂的『鬼』，就是那種頭上長了角，在節分（立春前一天）時被打得落荒而逃的那種怪物嗎？」

「這個嘛，我不是專家，所以也不是很清楚……」店主的笑得更燦爛了。

「不過基本上，鬼都是有角的，不，應該說有角所以才算鬼──」

「對對，就是這點，我想問的就是這種問題──」

鈴木語氣誇張地強調。他將原本抓在手上的飛車（註一）擺回棋盤邊緣。反正這局棋再下兩步，鈴木的敗北就決定了。

「──例如，所謂的鬼是否必須有角嗎？即使具有其他應有特徵，但沒有角的話，是否還能稱鬼呢？」

「這個嘛──」

薰紫亭早早察覺鈴木已無心下棋，便將手上把玩的幾顆棋子放回棋盤。他說：「既然有『隱角』（註二）這種說法，可見沒有角就難以判別是否為鬼哪。」接著他又笑了笑，半打趣地說：「您該不會是因為角行被我吃了才問這問題吧？」接著店主又說：

「秋田縣有種妖怪叫**生剝**，據說那其實不是鬼呢。」

「啊！我記得那是一種大人帶著大面具假扮妖怪嚇小孩的民俗活動。好像在除夕夜舉行的。扮妖怪的人挨家挨戶拜訪。不過我記得這好像是『春訪鬼』（註三）那類的妖怪吧？我在相關書籍上看過，跟火斑剝或脛皮怪同樣是在春天來訪的鬼——」

「話說，我記得您似乎很喜歡看折口（註四）的書？」薰紫亭點點頭，將棋盤挪到一旁，表現出洗耳恭聽的態度。

鈴木則由原本正座的姿勢改為輕鬆坐姿，將原本放在旁邊的茶移到自己面前。

薰紫亭一邊收拾棋子，一邊問鈴木：「不過**生剝**並不算壞妖怪吧？」

「嗯，並不會做壞事呢。」

「是呀，甚至富有教育意味呢。外表像個鬼，面容凶惡，拿著菜刀恫嚇小孩，質問小孩是否愛哭，是否做壞事——」

做壞事的話鬼就要來了——

鬼會把你從頭一口吞下——

「——所以說，這麼恐怖的怪物恐怕還是

註一：飛車：日本將棋中的棋子之一，類似象棋中的「車」，能走縱橫方向，一次的步數不限。之後提到的「角行」則類似西洋棋中的主教，能走斜線方向，亦是一次的步數不限。

註二：隱角：日本傳統婚禮服飾中，覆蓋在新娘髮上的白色冠狀物。名稱由來眾說紛紜，其中一種認為頭上長角為憤怒的象徵，用白冠將新娘頭部遮起來，表示順從。

註三：春訪鬼：在日本東北各縣的傳說中，普遍存在的一種妖怪的總稱。生剝（なまはげ）、火斑剝（アマメハギ）、脛皮怪（スネカ）等均是。傳說這些妖怪會在春天來臨時挨家挨戶上門去，如果有人懶惰不想工作，窩在火爐前太久，結果皮膚遭到低溫燙傷（當地叫做アマメ或ナモミ），這些妖怪就會懲罰懶人，剝掉他們身上燙傷的皮膚。

註四：折口：折口信夫（一八八七～一九五三），日本民俗學家、文學家、詩人，學者柳田國男之徒，在民俗學上有重大成就。對春訪鬼亦有諸多研究。

一種鬼吧。況且別的不說，**生剝**也有角呢。那張凶惡的面相，完全是副鬼的模樣哪。」

薰紫亭破顏微笑，語氣沉穩地接著說：

「若要論好壞，反倒小孩子才壞。」

「心裡若無愧，就算被威脅也不會覺得恐怖吧？」店主最後如此作結。

「可是店主啊，我認為沒有心中無愧的小孩哪。小孩子當然知道壞事不應為，做了壞事會受到責罵。但是他們缺乏知識與經驗，無從判斷何謂好事壞事。所以我想──每個孩子總是擔心是否在不知不覺中做了壞事呢。」

「原來如此。所以說愈認真的好孩子，愈可能在無意識中恐懼囉？」

「我認為小孩子其實無好壞。若是有不管自己行為是否合乎模範，都堅決認為自身是清廉潔白的達觀孩子，反教人覺得不舒服，您說是吧。**生剝**去嚇唬的都是幼小的孩子，被那張臉一嚇就哭出來了。我看即便是大人，被這麼恐怖的臉拿菜刀抵住身體也會嚇得半死吧。」

「的確很可怕哪。活到了這把歲數，我要是被那麼可怕的怪物嚇唬，說不定也會哭出來。」和善可親的店主揮舞著雙手誇張地附和。接著他又說：

「但是有人認為**生剝就是生剝**，並不是鬼。嗯……我也說不上來，讓我想想……對了，那張臉的確恐怖，但也很有效果；那張臉一看就知道正在生氣，就知道它不是人類，頭上長了角，又赤面獠牙──」

「的確如此哪。」鈴木點頭，說：

「怎麼看都覺得那是典型的鬼臉呢。」

「不，與其說**是**鬼，更重要的是**不是**人。」

「不是──人？」

「嗯，所以生剝才會長成那樣子。其實換成別張臉也成，只要讓人一看就知道那不是人就行啦。」

「讓人知道不是人——？」

「是的。如您所言，沒有心中無愧的孩子。但是孩子——其實不只孩子，每個人都會撒謊。一旦心懷愧疚，便想掩飾，如果是人，還能矇騙，可是怪物的話就矇騙不了。生剝的臉部其實隱含著『我不是人，騙我沒用，老實招來吧』之訊息。」

「原來如此，所以說——」

「披著簑衣，遮掩臉部挨家挨戶上門的怪物——這些春天來訪的怪物雖然恐怖，仍算是一種神明。它的確不是人，倒也不見得是鬼。那張臉之所以如此可怕，單單只是為了要嚇唬人——為了讓人畏懼啊。」

「因此才用鬼臉嗎？」

「與其說鬼臉，倒不如說是用那些角、獠牙來嚇人的。」

「喔喔，原來如此。」

薰紫亭拉拉和服袖子，整理儀容，說：

「所以一些原本不是鬼的妖怪只因長了角，卻也被當成鬼了。」

「所以啊，」店主接著說。

「嗯？」

「長角的並非全都是鬼呢。」

「您的意思是——也有相反的情況囉？」

「應該有。若問童話故事裡的鬼是否都有角，大部分的人都會回答既然是鬼，肯定有吧，但那只是一種偏見，其實並非如此。例如《宇治拾遺物語》中取瘤爺（註）的故事裡出現

註：取瘤爺：日本童話故事。大意如下：有兩個老公公比鄰而居，兩人臉上都長了一顆大瘤，一個清心寡欲，一個貪得無厭。有一天，清心寡欲的老公公晚上碰上了鬼開宴會，在宴會上表演舞蹈而大受歡迎，鬼要他明天再來，便將他臉上的瘤拔下當作抵押。隔壁貪婪的老公公聽了很羨慕，也去參加了鬼的宴會，但由於他的表演很差勁，鬼很生氣，於是將另一個老公公的瘤裝回他臉上，要他別再來了。就這樣，寡欲的老公公臉上沒瘤，貪婪的老公公卻多了一顆瘤，變得更加痛苦了。

了許多鬼，卻沒提到有角——」

薰紫亭是專賣日本古書的舊書店，店主對古典文學自是很熟悉。

「——總之，傳統對鬼的印象——頭長牛角，身穿虎皮兜襠布——是狩野元信（註一）發明的。俗稱丑寅方向是鬼門，我看應該也是配合這個形象，取其諧意而來的。」

「那麼，古代的鬼沒有角囉？」

「應該說，有沒有角都無所謂。角只是用來表現鬼很恐怖、很邪惡的象徵。」薰紫亭說。

「鬼非得象徵邪惡嗎？」

「畢竟是鬼嘛。」店主搔搔頭。

「雖然您說對此不精，卻是十分了解呢，您真是太謙虛了。」鈴木很佩服地說。

「不不，我的專業是黃表紙跟洒落本（註二）啊。」店主惶恐地搖搖手，連忙表示：

「為免讓您誤會，我先招了，這其實是我現學現賣來的知識。我在中野有個朋友對妖怪神佛之事非常了解，他跟我一樣都是開舊書店的，這些知識全是他灌輸給我的。您對此領域已經十分專業了，但那位朋友更是異常熟悉。以前曾聽他談過這個話題，所以才略懂一些。在本國，神與鬼並不是絕對對立的兩種觀念——記得那時談論的是這個話題。神明並非全然善類，當中亦有禍津日神這種惡神。只不過他說，荒神（註三）雖會帶來災禍，但祂們終究是神而非鬼。於是我就問，鬼是否跟神一樣也分善惡？他回答我鬼無善鬼，若善即非鬼，而是形似鬼的別種妖怪，我聽完恍然大悟。」

在這間整齊清潔、彷彿茶館別室的客廳裡，只擺了插著枝的花瓶與年代久遠的將棋棋盤。夕陽射在紙門上，榻榻米形成兩種顏色。

薰紫亭的外觀年齡貌似三十又似五十，十分奇妙。他面朝紙門說：「喔，已經傍晚了嗎？」

黃昏即將來臨。

「所謂的鬼——肯定就是邪惡之物嗎？」

「似乎是如此。據說鬼（oni）是從隱（on）的發音轉化而來；所謂的隱，乃是隱藏、不可視之意。意味著鬼平常不見蹤影，總是躲藏起來。」

「躲藏起來嗎？」

「是的。欸，這也是現學現賣。所謂的鬼，其實是一種流傳於都市的怪物。與都市對立的異人、山人、盜賊、化外之民都被當成鬼。若非基於中央、政權或正道這類高高在上的觀點，這種歧視便無以成立。此外，都市的知識階級對佛教有深刻的理解，這也促進了鬼的誕生。」

「嗯，的確如此。」

「相反地，若是以村落與深山的關係為主軸的村落文化，恐怕就無法生出『鬼』的概念了。不管任何社會群體，即便以村落為主體的社群都存在著恐懼的象徵，但是這些怪物並不會被叫做鬼，而是叫做山神或妖怪。」

「可是我記得中央以外的地方也有鬼吧？雖說都城的確是鬼的大本營，但一般的村落社群也有鬼呀。比如牛鬼、山鬼，或者那個有名的鬼島之鬼（註四）——」

那是岡山縣的傳說。

「即便如此，這些地方之鬼仍舊與都市息息相關哪。雖然用都市文化與地方文化來概括二分這兩者略嫌草率，為求方便容我姑且為

註一：狩野元信：狩野元信（一四七六～一五五九），日本江戶時期的狩野派畫家。

註二：黃表紙、洒落本：皆是江戶時期流行於民間的一種刊物。前者由內容較為幼稚的草雙紙（一種圖畫故事書）演變而來，以說笑與諷刺的故事為主。因封面為黃色而得名。後者以描寫胭脂巷內妓女與遊客間的言行為主。

註三：荒神：指會帶來災厄的惡神。

註四：鬼島之鬼：即童話桃太郎傳說中的鬼，住在鬼島，後被桃太郎所討伐征服。

之，畢竟這樣較容易理解。關於這都市文化與地方文化之間有何差異，請您想成是資訊量的差別──或者說，資訊處理能力的差別好了。」

「您的意思是都市人的處理能力比較強？」

「應該說，兩者的方式不一樣，是截然不同的處理規則。我所謂的村落與都市是在這層意義下做區隔。了解了這點之後，再來思考背後的結構便會發現──傳說，是會循環的。」

「循環？您的意思是……」

「都市裡聚集了來自各地的人是吧？就跟東京現在也聚集了許多外地人相同道理。人會帶來資訊，都市則有許多種能將資訊傳遞至遠方的媒體，如瓦版、讀本（註一）等等。這種媒體能將訊息傳遞至遠處，也能長期保存；也就是說，鄉下的故事傳播到都市，經由媒體又回到鄉下，原始的故事受都市風格洗禮，成為新的當地古老傳說，然後經過一段時間又傳到都市，週而復始。」

「原來如此。」鈴木理解了。

「發訊地成為收訊地，收訊地成為發訊地，日子久了，也不知道哪個才是原型了。所以啊，假設有人在某深山中的村落裡發現一則自古流傳的故事，恐怕沒人敢保證那個故事完全沒受過影響、原創於該地吧。資訊交換變得頻繁，區域特性就顯得曖昧不明哪。」

薰紫亭略略歪著頭。

「店主，所以您認為都城之鬼基本上還是各地鬼傳說的原型嗎？那麼──鬼的概念是受到佛教強烈的影響嗎？以地獄圖中的凶惡獄卒為藍本，並與各地傳說中的各種妖異的造型統合在一起，產生了各式各樣的鬼，這樣嗎？」

「您說的沒錯，寺廟在當時畢竟勢力很大的。」薰紫亭說完，稍事停頓，視線望向遙遠的遠方。接著又以有些懷念的語氣說：

「還有，說到鬼，就不得不提一下陰陽道。小孩子的捉迷藏遊戲其實是陰陽道遺留下來的習俗呢。」

捉迷藏。

接下來——

接下來換小敬當鬼了——

鈴木討厭捉迷藏。

「這樣啊？」鈴木語氣平淡。店主微睜細眼，說：「應該沒錯。」

「因為捉迷藏的遊戲規則是鬼來抓人，被抓到的孩子就得當下一個鬼。鬼是會傳染的。因此這個遊戲中的鬼其實更接近『穢』(註二)的概念。」

「『穢』嗎——」

接下來換小敬當鬼了——

不。鈴木沒玩過捉迷藏。

理由非常簡單明瞭，因為他害怕。

假如，

被鬼追上的話——

——會被一口吃掉。

壞孩子——會被鬼吃掉。

但是實際上捉迷藏似乎並非如此，被抓到的話——**鬼會傳染**；不是被吃了，而是自己成為鬼。這個遊戲的規則就是如此。

薰紫亭自然無法察覺鈴木心中在想些什麼，他繼續說：「所以說鬼跟陰陽道的流行與散播也是息息相關。」

原本細長的眼睛瞇得更細了。

「此外，大概就是傳統演藝的發展了

註一：瓦版、讀本：前者為江戶時代用來傳達天災、火災、自殺事件等重大時事的印刷品，訊息印在木板上，販賣者邊念邊賣，所以又稱讀賣。後者類似小說，相對於圖畫為主的草雙紙，讀本以閱讀文字為主，故名之。

註二：穢：原文「ケガレ」，是一種宗教概念。相對於髒污（ヨゴレ）只是一時的、只限於外在的、容易清淨的狀態，穢則是一種永久性的、內在的不淨，必須透過宗教儀式才能去除。

吧──」

「演藝嗎？」

「嗯。底下只是我一個外行人的見解，您聽聽就好。我認為情感的表現在演藝之中，必須明顯易辨才成。這是一種迫切的需求，不管是戲劇還是舞蹈都是如此。一一說明只會掃觀眾的興，又不適合掛著牌子演出。於是面具與人偶應運而生，與剛才提到的**生剝**是相同道理。」

「您指情感的可視化？」

「是的。演藝必須將情感明確地表現出來，讓人一看就知道是在生氣、怨恨或悲傷。因此，最好的方法就是將情感轉化為任誰都能一眼便知的符碼。例如說，在能劇《葵之上》（註一）中登場的般若面具可說就是一種鬼的基本造型。」

「的確如此。」

「這個面具也有角，所以說角其實是一種符號。」

「是鬼的象徵？」

「不，應該說是一種表現憤怒、怨恨或憎恨等強烈負面情緒的記號。《葵之上》中，六條御息所在生靈的狀態時戴的是『泥眼』，這種面具還沒有角，後來才變成了『般若』。如果負面情緒繼續醞釀下去，就會變成更恐怖的妖怪，到時不管有沒有角都無所謂了。」

「怎麼說？」

「您知道有齣戲叫做《道成寺》（註二）吧？就是安珍清姬的故事。清姬因嫉妒而發狂，最後不是變成蛇了嗎？」

薰紫亭把手扭來扭去，做出蛇的樣子。

「啊，對對，我好像看過一張圖，長角的人面蛇纏在吊鐘上──圖畫中清姬的身體完全化成一條蛇了。但能劇中應該沒辦法這麼演吧？」

「演出時是用面具與蛇紋衣服來表現，

要裝出蛇身畢竟還是有困難呢。此時清姬配戴的面具叫真蛇，這個面具長了又尖又長的角，相當可怕。般若經常被視為一種鬼，真蛇反倒不會，這也不奇怪，畢竟是蛇妖嘛——真蛇的話，與其說是鬼更接近怪，雖有角卻非鬼，是成精之怪。」

「成精——妖怪嗎？」

「順便一提，那個丑時參拜的《鐵輪》（註三）中，橋姬的面具叫做生成。生成的額頭上有個像瘤一般的小角；而《葵之上》中，六條御息所的面具叫做中成，其實就是一般俗稱的般若面具；《道成寺》的則叫做本成。主角清姬戴的是蛇面具——真蛇。」

「這些面具名稱中的『**成**』代表著什麼意思？」

「這個嘛，『成』指變化，變化成蛇的意思——正確而言，是變成**妖怪**。妖怪化的程度愈高，角就愈明顯。但是真蛇面具終究是蛇，並不是鬼。反而中成面具的般若比較接近一般的鬼——」

「原來如此。」

註一：葵之上：取材於《源氏物語》的能劇，原作者不詳，由世阿彌改作而成。主角為《源氏物語》主人翁光源氏早年的情人六條御息所。她嫉妒光源氏的第一任妻子葵之上，其強烈的恨意化成了生靈（活人的強烈情感轉化成的怨靈），生靈對葵之上作祟，葵之上因而重病，藥石難治。後來請來法師驅走生靈，生靈更為憤怒，因而化作般若（能面的一種，表示因嫉妒與憤怒而化作鬼的女性，因能面製作者之名為般若坊而得名），最後受到高僧的法力淨化才消失。

註二：道成寺：源於「安珍、清姬傳說」。主要敘述少女清姬愛上僧侶安珍，安珍不願回應她的愛而屢屢欺騙她，藉機逃離。一路追尋的清姬最後在憤怒之下變成了蛇，殺死安珍。

註三：鐵輪：源於「宇治橋姬傳說」。原本的橋姬傳說中，橋姬是個善妒的女性，她向神祈求，請神讓她活著變成鬼來殺死她怨恨的女性。神可憐她，說如果她能改變樣子並浸在宇治川二十一天就能如願，於是橋姬頭戴鐵環，環上插了三根火炬，嘴上又含著兩端有火的火炬，半夜走到宇治川裡。最後終於如願成為鬼。能劇則將橋姬改為被搶走丈夫而憤怒不已的女性，她頭戴鐵環，插上火炬，夜半丑時將釘子插入草人中，欲詛咒丈夫與他的繼室。此即日本傳統咒術「丑時參拜」的由來。

「另一方面，生成也與鬼不大相同。有名的鬼女橋姬在劇中戴的是生成面具，表示她那時仍算是人。也就是說──鬼既是人也是魔物，可說是位於人魔交界上的怪物。」

「您是指鬼並不完全算是魔物嗎？」

「是的。鬼除了有角與膚色不同以外，其餘在外型上與人類幾乎無異。所以我說角很重要就是這個道理。因為如果沒有角的話，鬼與人幾乎沒有區別。──啊，這也是從朋友那裡聽來的，像是河童、天狗之類的妖怪在計算的時候是用『隻』來數，可是鬼的話卻是用『個』來計算。鬼可說是非人之人。」

「鬼──是人嗎？」

「是人哪，卻又不全然是人。」薰紫亭一副好好先生的和善表情，接著說：

「另外，『鬼』用漢字發音念作『ki』，在中國代表靈魂、死者魂魄的意思。」

「所以說，鬼是幽靈嗎？」

「當然不是幽靈呀。中國的『鬼』的概念本來就跟日本不同，日本的鬼可不會在柳樹下一臉怨恨地冒出來嚇人吧。**這個歸這個**──」

薰紫亭做出幽靈嚇人的手勢。

「──而且日本的鬼不見得死後才能變鬼，回到剛才能劇的話題，劇中出現的鬼都是在活著的狀態由人變成鬼，而具代表性的鬼像酒吞童子、茨木童子（註一）也都活得好好的，是生物呢。所以我們都說『擊退』鬼，要砍頭顱，而非讓鬼了卻煩惱，成佛升天。」

「說得也是──」

鈴木覺得有些混亂，原本只是隨口問問的問題，似乎一點也不簡單。只不過，僅管只是隨口問問，疑問本身倒是已存在於鈴木心中許久。

「──我似乎更不懂了。」

鈴木陷入沉思。雖然這只是個無關緊要的疑惑，他卻無法不去思考。

「——鬼究竟是什麼？跟有沒有角應該沒有關係吧？」

「是的，至少我如此認為。」

「也就是說，店主，角雖然是表示此物非比尋常的記號，但不見得是鬼的註冊商標。您也說過，除了鬼以外，亦有許多有角的神魔。」

薰紫亭不斷地點頭，說：「沒錯，鬼也有沒長角的，所以說僅僅有角並不能跟鬼劃上等號。」

「所以角只是用來表現異於常人的記號。這麼說來也沒錯。若以角的成長程度作為指標——蛇妖之類的**妖怪**的角長得很雄偉，意味著遠超乎人類，而鬼則比神或魔物接近人類——店主您剛才是這個意思吧？但是鬼絕對不是人——」

「當然不是人，因為是鬼啊。」

「雖為人卻非人，符合這個條件的只有死者了。可是若問鬼是否為幽靈——您卻又說不是。鬼並不一定是死的，傳說故事中有太多例子可資證明。故鬼也不是幽靈。可我實在不懂，無法理解啊。」

「在我們的文化裡鬼和幽靈完全不同呢。」

「這樣看來，鬼的屬性非常分散，又是神明又是妖怪又是幽靈，幾乎可以歸類到每種類別嘛。鬼沒有實體，與基督教的惡魔不同，不一定是與神敵對者，也不是單純的邪惡，那麼鬼究竟是什麼？單純只是如漫畫或商標之類的恐怖怪物嗎？」

「這個嘛——」店主露出有點哭笑不得的表情。不久，他啪地一聲擊掌說：

酒呑童子、茨木童子：前者又稱酒顛童子，傳說為京都附近大江山（一說為滋賀縣附近的伊吹山）結黨搶劫的盜賊頭目，亦說是鬼。後者則為酒呑童子的部下。

「我們不是常說——『化作鬼心腸』嗎？這句話指要人變得冷酷，貫徹意志。」

「的確有這種說法。意思要人捨棄慈悲之心，變成像鬼一樣殘忍嘛？抹煞情感，有如鐵石——」

「不，我認為不是。」

「咦？有什麼不同嗎？」

「你想，『化作鬼心腸』之後做的是什麼？通常都是好事吧，很少人用『化作鬼心腸』來形容壞事啊。」

這麼說來倒是如此。

「因為做壞事的人本來就跟鬼差不多了。」

「所以沒有必要變成鬼……那麼，這句話究竟——」

「這句話通常用在形容為了成就某種大義而割捨個人執著，或者為了貫徹正道而斷絕情誼等等。『化作鬼心腸』並非形容冷酷、殘忍或毒辣的心情，而是破除迷惘，實行平常辦不到的事情之意。」

鈴木點頭同意。

薰紫亭接著說：

「所以啊，不管是死是活，有角沒角，這些其實都不重要。」

「那麼……？」

「所謂的鬼，追根究柢，就是能做出**常人難為之事**的超人，難道不是？」

「常人——難為之事？例如什麼事？」

「我所說的並非神通力、天眼通或飛天之術等有如魔法般的能力。這些事一般人的確辦不到，而且不管怎麼痛下決心也絕對辦不到、不可能達成。我所指的是——全心全意去做能完成、但平常絕對不會做的事；實際上辦得到，但一般人無法達成的事。而鬼，就是能夠輕鬆自在地、毫無所懼地辦到這些事情的怪物。」

「所以重點就是——有志竟成？」

「沒錯，這很重要。」店主說。

「能行人類絕對辦不到的奇蹟、祥瑞的是神佛；透過修行獲得法力、魔力的是仙人或修行者；至於超乎人類理解範圍、能精怪幻化的，就是妖怪。只要是器物、禽獸變化而成的都是妖怪，而不是鬼。鬼——我們所熟知的鬼，跟這些都不相同。鬼能達成**人類能實行卻難以辦到的事情**。只要能毫不猶豫地達成這種事情的狀態就可稱為鬼。例如幽靈，只是喊著『我好恨……』的話僅是普通的幽靈，若會作祟的那就是鬼了。這在——」

「這在活人身上，也是相同道理——是嗎？」

「是的。即使在活人身上，也是相同道理。而角就是為了清楚明白地表現這種狀態的記號。有時我們將江洋大盜、十惡不赦的壞蛋叫做鬼，因為他們行徑殘忍，違反法律打破戒律，做出世人難容之事。」薰紫亭說。

「這些事並非不可能辦到，只要有心，就辦得到。」他做出如此結論。

——雖辦得到。

——卻非常人所能為。

「那麼罪犯都是鬼囉？」

「不對不對，並非如此。」店主大大地揮著手。

「不能將所有的罪犯混為一談哪。犯罪者指的是違反現行法律的人，但狀況可說是形形色色。有人苦惱許久才痛下決心犯罪，也有人因過失而犯下罪行。比如殺人，若能毫不猶豫地殺人，那就真的是鬼了。但假如有一絲絲迷惘，或殺了人之後才後悔的，這仍然是人。只有毫無所感地殺人者才是鬼呢。」

「啊，原來如此。」

——毫不猶豫地……

——毫無所感地……

「故事中的鬼不都會吃人嗎？」

──會被吃了。

「吃人並非是辦不到的行為。即便是人，肉身說穿了跟牛馬亦無不同。不像河豚肉有毒吃不得，也不像木石銅鐵無法下嚥，總之當作食材是沒問題的。只是古今東西的文明國度裡幾乎沒有人吃人肉，吃人肉被視為一種禁忌而遭到禁止，一般人絕不可能去吃人肉的。」店主說：

「綜觀世界各國，有些地區依然保有吃人習俗。不過這些習俗多半是一種宗教性的儀式，絕對不是隨隨便便抓個人就吃了。某些三流的報刊雜誌還會加油添醋地報導這些吃人習俗，將當地居民形容得彷彿吃人惡鬼一般。但他們畢竟不是安達原的鬼婆（註）呀，哪有可能隨便就抓個旅行者來吃啊。要吃也不是當作食物來吃，而是為了對死者表示敬意才吃的。我國不是有些地區還留有吃骨頭的習俗嗎？這兩者在精神意義上是相通的。再者，不是因宗教而吃人的地方，多半也存有許多禁忌，例如不能吃同族人等等。」

「吃人習俗──嗎？」

壞孩子──

會被鬼吃了──

「如果是鬼的話就能毫不猶豫地吃人吧？」

鬼要來了──

做壞事的話──

做壞事的話鬼就要來了──

鬼會把你從頭一口吞下──

「您說──鬼會吃人的，是吧？」

「是的。怨靈殺人靠的是作祟引起災禍；幽靈的話就只會怨恨，讓人生病，但不會將人從頭一口吞下；至於妖怪就是嚇人與惡作劇。可是從來就沒聽過牢騷滿腹或只會嚇人的鬼，鬼啊，都是直接對人造成物理性的傷害。從我國最早有關鬼的記載──《出雲國風土記》中，大原郡阿用鄉的一目鬼早就在吃人了。而《伊勢物語》的二条皇后高子與業平私奔，碰上了鬼也是被一口吞掉。所以啊……」

「原來如此，我懂了──」

總算了解了。

不管角或兜襠布，

還是神或妖怪，

其實這些條件都無所謂。

「鬼──是會吃人的。」

鈴木強調地說。

也就是說，鬼是暴力。

鬼──是會吃人的怪物。

會吃人，所以才成了鬼。

薰紫亭似乎鬆了口氣。

「總之，不管是歌謠中的鬼或文獻上的鬼、口傳文學中的鬼、觀念上的鬼或通俗的鬼，總之形形色色，若將之全部混為一談，視為同一物的話也實在不妥。剛才臨時想到的這些觀點僅是我這個外行人的一己之見，請勿當成定論。只不過我還頗為滿意這個說法，迫不期待想跟我那個朋友聊聊呢──」

但鈴木已心不在焉了。

夕陽剩下最後的餘暉。

薰紫亭店主依舊說個不停，他的臉孔在黑暗之中已然模糊難辨。

鈴木覺得不安。

說話者不管聲音、語氣、手勢或體格，都與薰紫亭店主別無二致，更何況鈴木從剛才就一直與他對話，根本毋庸置疑。

但是──

憑甚麼能斷定他不是鬼呢？

註：安達原的鬼婆：流傳於日本福島縣的民間故事，故事中吃人的妖怪，貌似老婦，每有旅行者來家中借宿，便會吃了他們。

鬼之形同人之形。
不對，鬼就是人。
人活著也能化作鬼。
——所以需要角。
無角，無以辨人、鬼。
無角，人鬼無區別。
「鬼——會吃人的。」
做壞事的話——
鬼就會從頭——
鬼就會——

3

事情發生於緬甸戰線。
鈴木想起來了。
那個在夢中出現過好幾次的光景。
部隊遭到轟炸。
鈴木被熱風壓倒，眼前一片血紅——
鈴木瀕臨死亡。

但是鈴木發覺自己處於瀕臨死亡的狀態——亦即，還活著——是在意識恢復又過了一段時間之後。意識恢復時，肉體幾乎完全不得動彈，説理所當然倒也是理所當然。

過了很長的時間，鈴木的手腳等肉體的原有感覺才總算恢復。在這段期間裡，他連眼皮也睜不開，感覺就像——失去了肉體，只有意識漂浮在黑暗之中。

但鈴木終歸是活下來了。

痛覺逐漸從末梢甦醒，疼痛讓處於混沌之中的自我輪廓明顯起來。不久，眼睛張開，鈴木在朦朧之中慢慢掌握了現在的狀況。

狀況真是悽慘無比，部隊全滅了。

先前，只覺得戰場生活很漫長，既辛酸又痛苦，令人難以忍耐。然而，結束卻只需一瞬，一切都沒了。

——真的只有一瞬間。

令人厭煩的長官跟討人厭的軍官全死了。

——真的只有一瞬間。

但是，鈴木還活著。

等鈴木撥開瓦礫與屍骸的小山，站起身子的時候，已是第二天晚上。

身體竟然還能動，自己也覺得不可思議。

鈴木記得他的動作鈍重而緩慢，出血、撞傷、空腹，加上疲勞與骨折，動作遲緩也無可奈何。

他下意識地走進森林，躲入大樹洞裡。鈴木想，自己應當死在這裡。

帝國軍人沒有敗逃這個選項，一旦敗北，寧可玉碎不為瓦全。

拋下死去的同袍苟活，這種行徑是不被允許的。

鈴木深深感到罪惡感。

自己的行為不正是敵前逃亡嗎？與其忍辱苟活，還不如毫不留戀地自盡，這是身為大日本帝國軍人的鈴木所應走的唯一道路——此時的鈴木一心向死。不只理智上判斷應當如此，情感上更覺得——就這樣活著太對不起為國犧牲的同伴了。

鈴木的心臟迄今持續跳動的原因，絕非他擁有旺盛的鬥志或過人的見識。

僅僅是偶然。

他是個膽小、既無體力亦無技術、欠缺戰鬥意志的新兵，率先陣亡的應該是他，但現在居然還活著。苟且偷生的愧疚感，迫使鈴木尋死自盡。

但是——鈴木最後還是沒死。

首先，就算想死，他也缺乏器具自殺。

不管從崇高的天皇陛下手中拜領的刺刀、手榴彈，還是自盡用的毒藥或上吊用的繩索，全部都沒了。

鈴木的身上空無一物。

沒有辦法自殺，於是他真心期望著自己能

在被敵軍發現前衰竭而死。

這時鈴木發現了，自己根本無須做些什麼──

只要保持現狀即可。

躲在這裡只要小心一點就不會被發現，只要繼續靜靜地待在這個樹洞裡──終將難逃餓死的命運。雖然是個稱不上自盡的可恥方式，鈴木覺得倒也頗適合膽小的自己。

反正鈴木現在全身力氣用盡，連站都站不起來的他必定會餓死在這裡。

一旦決定這麼做，意識立刻變得矇矓。鈴木昏厥過去了。

他做了個夢。

夢見被人責罵。責罵他的人不知是父親、母親，還是叔叔。

壞孩子──

你是個卑鄙的孩子──

卑鄙！你知不知恥啊！──

做壞事的話鬼就要來了──

鬼會把你從頭一口吞下──

你這樣還算日本國民嗎──

閉上眼睛！咬緊牙關！──

這是隊長說的話嗎？也可能是長官或老兵。

是鬼，鬼就要來了──

抓住你了。

不，是被抓住了。

接下來換小敬當鬼了──

「別動，保持你的體力。」

「咦──」

「戰爭很快就要結束，所以你要活下去，活下去就有希望得救。」

「結──結束……」

睜開眼睛一看，眼前是熟識的軍官。鈴木雖然想對肌肉下達姿勢端正的指令，但身體仍不聽使喚，不僅無法站起，肌肉還不停地抽搐。軍官制止鈴木，要他別動。

「長、長官，可是——」

「你要活下去，別死在這裡。像我，老早就拋下部隊逃亡了。唔，你先別激動，我知道你可能很憤慨，但我可沒有理由受你指責。你看看你，不也仍羞恥地活著？我們的部隊在官方紀錄上已經全滅了，事到如今也沒辦法到野戰醫院接受治療。所以在結束前盡可能躲藏起來。活下去，就有希望得救的。」

「結——結束？」

「要不了幾天，戰爭很快就要結束了。這種戰爭拖得愈久對國家來說損失就愈大。橫豎會輸的話，不早點投降搞不好會賠上整個國家，軍方再怎麼愚昧，至少也懂這個道理。他們開口閉口都是玉碎，可是總不可能舉國上下一起犧牲吧？因為真正的玉可還在啊。」軍官說。

鈴木用判斷力變得非常遲鈍的頭腦，反覆思索著他不敬話語中的真正意義。

「這個森林裡到處都是日本兵的屍體，大家都奮戰到底，全死了。我看到這些頑固不知變通的士兵屍體，不知為何就滿腹怒火。一想到這些人的下場竟是在這裡腐朽、乾枯，我就覺得不甘心。因此我從這些屍體身上——」

軍官拿出一個萬寶袋，從中取出用破布包裹的東西。

「——切下了指頭。」

他說。

「——我想至少讓他們的指頭能回到母國的大地上，能確認身分的傢伙就寫上姓名，打算回到日本本土後交給家屬。當中也有些人還活著，像你一樣混在屍體之中。我趁著黑夜檢查一具具屍體，確認是否尚且生存，因為只有我沒有受傷，也不虛弱。但即使知道對方還活著，卻什麼忙也幫不上。不管我如何鼓勵他們，給他們水與食物，等到隔天再去看時還是死了。」

「你是我發現的生還者中最有精神的一個。」軍官說。

他用水壺餵鈴木喝水，給了他幾顆水果，說：

「別急著吃，慢慢地吃，我明天還會過來。」

說完便離開了。

鈴木已不記得那些異國的水果是什麼東西，滋味是甜是苦。反而清楚得記當時因為手發抖，以致水果掉了好幾次。

明明只是吃水果，卻令他精神異常興奮。吃完後沒不久，更感到飢腸轆轆。他想，原來飢餓在填過肚子後才有感覺啊。他餓著肚子，近乎昏厥地入睡了。大概沒做夢。只知道天氣很熱，好幾次差點熱醒，皮膚感受冷暖的觸覺似乎恢復了。

白天熱得像烤爐。

手腳的傷口長了蛆，但也沒有力氣將之抖落。

到了晚上，軍官果然遵守約定回來了。

「喔！還活著呀。」

「我、我……」

「別想要自殺哪，那是笨蛋才會做的事。」

鈴木──感到困惑。

「別一臉疑惑哪。為了國家去死，為了天皇陛下去死，轟轟烈烈地去死，去死去死去死，天天被人命令去死，結果你真的想死嗎？我問你，今天如果在這裡死了，日本就能戰勝嗎？沒辦法吧？日本根本不可能戰勝啊。」軍官不屑地說。

「你今天在這裡自盡，對戰局一點幫助也沒有，所以趕快放棄無聊的想法吧。不只是你，在這裡死去的每一個人對日本的利益一點貢獻也沒有。包括我，軍隊全都是螻蟻，不管是死是活，都無法在歷史上留名。那麼又為何要死？為了什麼而死——」

軍官直視著鈴木，鈴木彷彿被蛇盯上的青蛙般嚇得直發抖。

「——少了一隻螻蟻也沒有人會因此而高興。一億人民全都是螻蟻。說什麼一億火球，全員玉碎，以為國民上下一心，必定能上達天聽，達成悲願——這不過是精神主義的妄想罷了。螻蟻不管多少隻都只是螻蟻。懂了嗎？所以我們螻蟻能做的，就是活下去，就算覺得恥辱也要活下去，這沒什麼不對的。」

軍官兩手捧著鈴木的臉。

「懂了嗎？好歹——我也是你的長官，你要聽從我的命令，你要活下去。」

鈴木哭了。但不是欣喜或悲傷或後悔的淚水，就只是沒來由地流個不停。

軍官檢視鈴木傷口的痊癒狀況。

「傷口看來沒問題。你要抱著傷口長蛆就一口吞下的氣魄，否則沒辦法活著踏上祖國土地。化膿的地方我會想辦法幫你治療。來，把這個吃了。」

遞給鈴木的破爛飯盒裡放了細碎的肉片。

「只要我還活著我就每天來看你。來，吃吧。肉很新鮮，不必擔心。」

鈴木已經記不得肉的味道了。

只記得吃起來黏糊糊的。

第三口開始大口大口地吃。

雖然還不至於填飽肚子，至少滿足了。還沒來得及道謝，鈴木就陷入了昏睡之中。

次日白天鈴木又被熱醒了。他感到很不舒服。

至此，鈴木心中總算萌發想活下去的欲望。欲望愈來愈膨脹，此刻他才覺得無法動彈的四肢是多麼令人怨恨。

慢慢地，鈴木感受到孤獨與恐怖了，他擔心會被敵人發現。被發現的話運氣好則被俘虜，不好則可能被殺。既然都恢復到這種地步，鈴木強烈地期望能活著回家。

軍官每天規律地來探望他。

鈴木則每天吃著他帶來的肉。

鈴木向軍官道謝，感謝他帶來如此寶貴的食物，心懷感激地吃下。

——好吃。

什麼味道早就忘了，只明確地記得，真的很好吃。

「**大家都這麼做**，不必在意。」

軍官說。

4

「又在——毆打父母了。」

鈴木停下腳步。

夕陽西下，黑暗籠罩周遭一帶。

黃昏——看不清楚錯身而過的行人是誰的時刻，又稱逢魔刻，意義或許是——不知來者何人，而碰上魔物之時刻吧。

鈴木告別薰紫亭，踏上回家的路上。

鈴木還滿喜歡從目前的住處前往薰紫亭路上的街景。鈴木之所以頻繁拜訪薰紫亭，一方面當然他非常欣賞店主人品，另一方面或許也是為了——欣賞路上帶點寂寥的景色吧。

與薰紫亭店主下棋、閒扯自然很有趣，但在前往的路上隨性閒晃也十分愉快。

低矮的瓦片屋頂、長期受陽光照射而褪色的招牌看板、黑色板牆與受蟲蛀的電線桿、鋪上磁磚的理髮店、只做鹹煎餅的煎餅店、石牆上長了青苔的照相館——

鈴木來到照相館前時，見到了這副光景。

一個母親蹲趴在地面。

揍她的是女兒吧，一個臉上仍留有稚氣的年輕女孩。

母親哀求女兒別再賣淫，女兒嫌煩便出拳

打人。

鈴木不知看過多少次類似的光景了。

第一次是三個月前的事。

鈴木以前很喜歡放在照相館店頭的全家福照片，每次經過時總會駐足欣賞一番。

那天——他聽見怒吼，櫥窗的玻璃破了，喜愛的照片倒了，玻璃碎了一地。雖然很驚訝，但那時以為只是普通的父女吵架。

但事實並非如此。

之後鈴木每次經過這裡，總看見他們在吵架。每次見到，女兒變得愈來愈壞，衣服愈來愈花俏，她燙起頭髮，濃妝豔抹，像個娼婦一般。鈴木曾經在附近看過她與戰後派（註）的男朋友摟在一起卿卿我我，也看過她嬌滴滴地依偎在駐日美軍的臂膀下走路。

另一方面，照相館僅短短三個月變得破舊無比，昔日的幸福光景早就不知到哪去了，客人也不再上門。只是經過店門口就能明白照相館有多麼破舊，破掉的玻璃也不修補，全家福的照片也倒在櫥窗裡沒有再放好。

看到這種情況，鈴木總覺得心有不捨。

此外……

鈴木發現**那名男子**的存在，則是在一個月前。

那名男子站在照相館斜對面的郵筒背後，靜靜地注視大吵大鬧的女兒與哭喊的夫婦，仔細觀察這一家人的不幸。

同樣是在黃昏時刻。

男人的臉孔潔白乾淨，隔著夕陽的薄膜，顯得模糊難辨，僅看得出他的打扮整潔入時，在老舊的街景中顯得格格不入。或許是因為如

註：戰後派：由法文「après-guerre」而來，原指法國於一次大戰後勃興之在文學藝術層面上不受舊有規範拘束的創作風潮。在日本特指二次戰後無視舊有社會道德，成群結黨犯罪的年輕人。

此，男子所在的景象──不知為何給鈴木一種不祥之感。

──這個景象。

那時總覺得似乎在哪看過。這種既視感並不是錯覺，鈴木立刻想起來了。

──這麼說來，

那名男子總是看著這一家人。

他一直以來都注視著這個不幸的家庭的不幸爭吵。鈴木大約每三天經過一次照相館，每兩次就會遇上一次爭吵。

有時悶不吭聲地直接經過，有時則會停下腳步圍觀。但是，**那名男子**每一次都出現在附近。

──他一直都在觀察。

──他……**那名男子**……

──他──是鬼。

鈴木莫名地如此認為。

雖然他沒有角，外型也與正常人無異，但鈴木仍然直覺如此。

──為這個家庭帶來不幸的是**那名男子**。

他──是鬼。

沒有理由，只是突如其來的想法，但是鈴木卻非常強烈地確定，因此今天才會向薰紫亭的店主詢問關於鬼的問題。但是……

──今天──不在嗎？

果然只是偶然嗎？不，應該是錯覺吧。就算他真的是鬼，跟這個事件又有何關係？

反過來說，認真想這類奇怪問題的鈴木才是奇怪呢。如果這世間真的有鬼，那應該是──

又聽見被毆打的母親的哀嚎。

鈴木躲在圍牆背後觀察情況。

──那女孩──

「那女孩叫做柿崎芳美，是個壞女孩。」

不知不覺間，

那名男子就站在鈴木身邊。

「你看，現在不幸正籠罩著那個家庭。真的是非常不幸呢。這家照相館即將倒閉，房子也要轉手賣給他人，一切都結束了。」

男子淡淡地闡述事實，話音中不夾帶一絲情感。

「你──究竟是……」

男子很年輕。聲音聽起來很年輕，但看不清楚他的臉，光線太昏暗了，只看得出他是個打扮得體的紳士，一抹髮油的芬芳掠過鼻頭。

「你看，母親不管怎麼被女兒毆打都不抵抗，可見心裡有鬼；而父親看見這個情況也不敢出來制止，多半是害怕那些討債的就躲在附近吧。」

「請問你是──」

鈴木正想開口問他是否為債主時，男子搶在他把話說完之前，說：

「那個被踢的女人叫阿貞，不是女孩子的真正母親，是個愚蠢的女人。芳美的親生母親死於空襲。阿貞是後母，所以對女兒一直很客氣，沒有自信扮演好母親的角色，但女兒就是討厭她這點。」

男子語氣冷淡地繼續說：

「哎呀，女人被推倒了，額頭好像割傷了哪，真污穢。」

男子冷笑。

昏暗之中看不清楚。

母親的額頭似乎流出黑色的液體。

──流血了嗎？

男子站在鈴木旁邊僅約三十公分的距離，以更冷酷的語氣說：

「這個家庭以為自己的不幸是貧窮害的，但是他們在經濟層面上碰到的困境與其他家庭其實無甚差異。在這個時代，這不過是司空見慣的情況，沒幾個人能過經濟富足的日子。要說貧窮，大家都很貧窮。戰爭剛結束，表面上人人雖因解放而欣喜，但內心的一角總有股失落。為了掩飾這種感覺，大家都自欺欺人，裝成幸福的樣子，盡可能很有活力地生活。所以跟那些自我欺瞞的傢伙相比，反而這一家人的行為才是正常的。他們很醜陋，毫不隱瞞本性。看，又踢了，看來這個暴躁易怒的女孩對繼母真的很不滿呢。」

「你──你究竟是──」

「不幸的源頭並非貧窮，而是愚昧哪。」

男子再次打斷鈴木的發言。

「你、你說愚昧──」

「是的，就是愚昧。那個叫做阿貞的女人因為生活太痛苦，轉而向宗教尋求慰藉。每個星期一次，浪費錢去聽莫名其妙的講道，真是無聊。女兒總是勸阻她不要迷信。那女孩對可笑的宗教沒有興趣，所以才會學壞來作為抵抗。可惜哪，靠那種東西根本無法撫慰人心，靠著那種東西根本無法彌補空蕩蕩的裂痕。」

這名男子──或許是照相館一家的親戚吧，鈴木突然想到。因為他非常了解這家人的狀況。

「事情的起端在女兒的行為上──」

男子見鈴木保持沉默，便又殘酷地述說這家人的故事。

「──在今年春天以前，女兒一直是這個家的驕傲。她的確是個好孩子，但這只是表面上的假象，內心並非如此。愛耍小聰明、個性狡猾的孩子表面上大部分都是好孩子。」

他說的──沒錯。

小孩子都會撒謊，只要謊言沒被拆穿，大家都會以為他是個好孩子。

但是一旦謊言被拆穿了──

「這可瞞騙不了我的眼睛。」男子說。

「這個家庭的大人不知反省自己的愚昧，只知將幸福寄託在孩子身上，所以才會陷入此般窘境。即便是家人，也不可能彼此沒任何嫌隙地緊密團結在一起，總會由裂痕之中生出愚蠢可笑的問題；就算是親子，也無法彼此互補身上欠缺的部分。女兒學壞，做出近乎賣淫的行為而受到輔導，父親不去了解真正理由，只知胡亂責罵一通，而母親就如你現在所見，就只能唉聲嘆氣不敢抵抗，難怪女兒的行為一天比一天惡劣。」

「難怪？這是什麼意思？」

「女兒與死去的妻子容貌非常相像，父親在女兒身上追求已逝妻子的美貌，但女兒敏感察覺了父親齷齪的想法。真是可笑，父親的確愛著女兒，但這種愛法對女兒只是困擾。」

鈴木感覺心情像是吞下鉛塊般難受。

男子又以嘲笑口吻說：

「而繼母則打從心底嫉妒女兒，看到她的臉就會想起前妻，表面上卻慈愛以待。這種虛假的對待方式終將失敗，因為女兒個人的人格在家庭裡沒受到尊重。喔——父親出來了。」

照相館老闆的身影出現了。

大家都成了漆黑的暗影。

「哼哼，儼然鬧劇的第二幕即將開始。那個父親——叫國治的男人，是個膽小又狡猾的傢伙，但天生就不是做生意的料。他根本不敢對女兒表示意見。雖然現在好像很生氣地罵人，但你很快就會知道那只是演戲。看哪，他舉起手來，卻遲遲不敢一巴掌打下去。」

「夠——夠了！請你別再說了！」

鈴木側過頭，不想再看到這個家庭的悲劇。

「從剛才到現在，只聽到你不知節制的放肆言論，你……你這傢伙究竟為什麼要說這些給我聽？揭發親戚的恥辱究竟有什麼有趣的——」

「哼，我才不是他們的親戚。」

「那、那你是——」

「我只是個蒐集者。」

「蒐集者？」

男子緩緩地將他那張有如能面面具般的臉轉向鈴木。天色依然昏暗，無法看清臉部細節。

「我只是個不幸蒐集者，專門蒐集──充滿於這世上的一切不幸、一切悲傷、一切苦悶。」

「可──可是你，你的行為未免也太──」

「我可沒有理由受你指責。」

我可沒有理由受你指責──

「咦？」

「你自己不也只是袖手旁觀嗎？你每次不也很愉快地觀賞這一家人的不幸，難道不是嗎？」

「我才沒有──」

「所以我才會告訴你這些哪。這一家人已經陷入了無可救藥的不幸泥沼之中。」

「我才沒有愉快地觀賞，我──」

「別說謊了。就算你不是在說謊，只要你不出手相助，不出言忠告，只是袖手旁觀的話，跟我就沒什麼差別。你一次也沒有向他們伸出援助之手，你總是一副事不關己地享受著這副不幸的光景。他人的不幸就是自己的幸福哪，你的表情充滿了滿足。」

「不、不對，我──」

那女孩是個壞孩子──

壞孩子就該從頭一口──

鬼──

男子嗤笑地說：

「**大家都這麼做**，無須在意。」

大家都這麼做，不必在意──

鈴木一時不知該如何回答。

──我為何一直看著這一家人？

為何會一直注意著照相館一家的不幸呢？

真的是因為事不關己所以愉悅地享受著他人的不幸？

「那個──那個女孩子──」

「就是你所想的那樣。」男子說。

「她是個壞女孩。那個家庭的不幸雖然部分來自父母的愚昧，不過最主要還是那個女孩的緣故。只要那女孩不存在，這對夫婦就能和平共處了；但是話又說回來，只要那女孩不見了，這個家的中心便會產生巨大的裂痕。裂痕是愚昧的象徵，有缺陷的東西全部都是劣等品。」

男子的眼睛捕捉著女兒的身影。

初秋的晚風掠過鈴木的領口。

有幾分寒意。

──這名男子──

在紛雜的黑暗之中，一家三口的爭吵持續著。彼此尖聲叫喊著對方絕對無法理解的話語，永遠沒辦法達成共識的議論依然持續著。

──那就是家庭。

倒在櫥窗中的那張照片看起來是多麼的幸福美滿呀，結果還不都是一樣？只是裝作看不見、聽不到，回避著存在於背後的現實罷了。

你是個卑鄙的孩子──

像你這麼可惡的孩子──

滾開，不要回來了──

壞孩子壞孩子壞孩子──

壞孩子就該被鬼從頭一口吞下──

「那個壞女孩就由我帶走了。」

「咦？」

轉過頭，已經不見男子身影。

──啊。

接下來換小敬當鬼了──

「不對！」

鈴木短促地叫喊起來。不對不對，一頭霧水，飄忽不定的目光掃過照相館面前。父親抱起倒地的母親，兩道黑影變成一個黑色團塊靜止不動。

壞女孩也──消失了。

「不對，不該是這樣！」

鈴木出聲叫喊，衝向黑色團塊。

不對不對，自己並非──

──並非是存心如此做的。

那時。

對父親訴說叔叔與母親的事，只是因為他很高興，而非刻意告狀。真的不是刻意告狀的。而且母親不是總是教他不可以說謊，不能隱瞞事實嗎？人一旦有所隱瞞，就會產生愧疚。父親不是也教育他，只要心中沒有陰影，就不會說謊嗎？

所以……

那一天，

在玩捉迷藏的遊戲時。

當鈴木為了尋找藏身處，而走進入置物小屋時，發現母親與叔叔在小屋裡面。母親瞠目結舌地瞪著鈴木。

叔叔則顯得狼狽萬分。

但是……

──鈴木覺得很高興。

母親很溫柔，很溫暖，鈴木最喜歡母親了。

住在一起的叔叔很喜歡小孩，每天都陪鈴木玩耍，所以鈴木也很喜歡叔叔。當他發現兩人竟然一起出現在置物小屋時，雖然有點吃驚──但還是──非常高興。

絕對不能告訴爸爸這件事喔──

爸爸生氣起來很恐怖──

這是祕密──

母親與叔叔異口同聲地告訴他。

但是鈴木畢竟只是個小孩子。

但是鈴木實在太高興了。

父親是個很嚴肅的人。

但是……

因為自己是乖巧的好孩子，沒什麼好擔心的，所以鈴木並不害怕。小孩子尊敬很有威嚴、很偉大的人。雖然父親生起氣來很恐怖，鈴木知道他不會沒來由就發脾氣。況且……

做壞事的話鬼就要來了——

鬼會把你從頭一口吞下——

隱瞞是壞事吧？

撒謊是壞事吧？

如果撒謊的話，

如果隱瞞的話，

鬼就會……

所以……

——所以，鈴木將這件事情告訴父親了。

家庭也就此分崩離析了。

在此之前，鈴木的家庭就像那張照片般幸福美滿。

父親氣得滿臉通紅，破口大罵；母親則一臉蒼白地哭個不停，兩個人都像鬼一般可怕。

鈴木不明白情況為何會變成這樣，他哭著辯解。

母親還是如鬼一般可怕，說了：

我明明就要你保守祕密。反覆強調，要你遵守約定。你是個卑鄙的孩子。都是你害的，一切都被你破壞了。像你這麼卑鄙的孩子給我滾開——

父親也同樣如鬼一般可怕。

你這個愚蠢的孩子。你是我的孩子，我為你感到可憐。明知事情與你無關，但我還是沒辦法克制自己的情感。我不想看到你這個下賤蕩婦生的孩子的臉。你滾開，去被鬼被蛇給吃了吧——

——被鬼吃了。

被鬼……

找到你了，小敬——

接下來換小敬當鬼了——

「你們沒事吧！」

鈴木出聲詢問。兩名憔悴的男女，動作生硬地抬起一頭霧水的臉。頭髮零亂的女人額頭受了傷，血淌流到鼻翼附近。神色莫名膽怯的男子看到鈴木突然急著將臉遮掩起來。

「不，我不是討債的。你們的女兒——女兒到哪去了！」

「芳美？芳美……」

男人搖搖晃晃地站起來。

「芳、芳美——你在哪——」

薄暮悄然滲透到市町的各個角落，滑稽又可憐的父母在淡藍的暮色之中，彷彿游泳般來來去去，但終歸尋覓不著女兒的蹤影。

「芳美——消失不見了！」

從頭……

一口……

壞孩子從頭一口吞下。

5

事件發生不久，柿崎照相館就關門歇業了。但鈴木自那天起再也沒經過那條路，所以並不知道何時關門的。

那天之後他也不再去薰紫亭了。

傳聞柿崎芳美從此不見蹤影。如同那名男子的預言，女兒的失蹤真的成了這個不幸家庭的休止符。

那名男子究竟是什麼人。

——應該是……

應該什麼也不是吧。

一定只是個愛湊熱鬧的旁觀者。

鈴木想，搞不好在那名男子眼裡，鈴木的行跡更可疑呢。事件發生於黃昏時刻，如同鈴木覺得那名男子的臉融入黑暗之中，模糊難辨，男子一定也看不清楚鈴木的臉，彼此的條件是相同的。

芳美毆打父母，趁著鈴木情緒混亂而轉頭的瞬間離開，然後離家出走了。絕對不是消失不見。

現在大概成了美軍的專屬情婦，過著優雅的生活吧，鈴木想。

——才沒有什麼鬼呢。

真可笑。僅過一晚，鈴木的恐怖妄想立刻褪了色。在這之後，他再也沒思考過關於鬼或柿崎家或那名男子的事情。包含自己的過去，鈴木忘記了一切，再度回到了日常生活。只要認認真真地度過每一天，根本沒有時間思考鬼的事。

鈴木非常勤勉地工作。

天天、天天埋首於排版的工作之中。

在

在田

在田無

在田無發現

在田無發現的右腕

在田無發現的右腕根據指紋比對的結果，幾乎可斷定是住在川崎的柿崎芳美（十五歲）之手。亦發現疑似被害人的左腕與雙腳。胴體與頭部則至今仍未發現。此外，其他被害……

從頭——

從頭一口吞下——

壞孩子被鬼吞了——

啊啊，那些肉是……

接下來換小敬當鬼了——

鈴木敬太郎突然由職場消失了。

此乃昭和二十七年九月中旬之事。

第伍夜

煙煙羅

屋靜，而蚊香薰惱。
煙如綾羅，隨風飄搖，
其形變化萬千，
故名「煙煙羅」。

——《今昔百鬼拾遺》／上之卷・雲

1

白煙噴湧。
撥開表面如鱗片凹凸不平的漆黑團塊。
煙仍冒個不停。
底下顯露火紅的木炭。
臉部覺得燥熱。
熱氣獲得釋放，掀起旋風。
繼續暴露在熱氣下眼睛會受傷。
他閉上眼，轉過頭。
燒成黑炭的柱子倒下。
煤灰在空中飛舞。
——看來不是這裡。
慎重跨過仍不斷噴發瓦斯的餘燼。
地面的狀態很不穩定，剛燒完的殘灰隨時可能崩塌，而瓦片或金屬溫度仍高，可能造成灼傷，更危險。
——只不過……

燒得真是一乾二淨。
大火肆虐過後，這一帶成了荒涼的焦土。
這裡沒有任何一件東西不可燃，幾乎燒得一片精光，除了幾根柱子沒燒盡，建築物可說完全消滅了，彷彿身處陌生的異國風景畫之中。
幾道白煙升向晴朗無雲的冬日天空。
——應該就在附近。
警方的鑑識人員快要到達了，可是步履依然緩慢。
——要比他們更快。
跨過瓦礫。
名義上雖是搜索失蹤人員，怎麼看都是在尋找遺體，也難怪警察們提不起勁了。
——那是……
在瓦礫與灰燼堆成的小山背後隱藏著一個巨大的物體。
大概是燒毀的佛像。
小心腳步，一步步攀登而上。

煙霧冉冉上升。

發現融化的金箔。

——很接近了，應該就在這附近。

重新戴上工作用手套。

這麼巨大的佛堂崩塌，說不定——不，肯定——得深入挖掘才找得到。算了，這樣也好。

——因為……

埋深一點煙才不會溜掉。

拿起鶴嘴鋤向下鋤。

挖掘、撥走。

翻開。

汗水從額上滑落。

顎杯鬆脱，取下帽子，用袖口擦拭汗水，重新戴好。

順便捲起袖子。

山上寒冷，這裡卻十分灼熱。

地面冒出蒸氣。

——啊。

在黑炭與餘燼之間——

發現了一個幾近純黑的物體。

——是頭顱，這——

完全化成骷髏了。放下鶴嘴鋤，雙手撥開瓦礫。

將成堆的瓦礫撥除。

真的是骷髏，燒黑的骷髏。這就是那個——

一道煙霧緩緩升起。

有如薄紗布帛似地輕妙升起。

從懷中取出罐子，打開蓋子。

——不會再讓你逃了。

2

「我真沒想到你們竟然離婚了，之前完全沒這種跡象啊。」崛越牧藏語中略帶驚訝，他打開茶罐蓋子，目光朝向這裡。

「對不起。」棚橋祐介不知該回應些什麼，總之先向牧藏道歉。

「沒必要道歉吧？就算要道歉，對象也不該是我哪。」

牧藏說完，接著問祐介要不要喝茶。看得出來，他十分注意祐介的感受。

「好，天氣很冷呢。」祐介的聲音聽起來沒什麼精神。

「快打起精神來。」牧藏說。

牧藏是年近七十的老人，雖是個鄉下人，說起話來卻十分有威嚴，心態上還很年輕，不會暮氣沉沉。看到祐介支支吾吾地不知如何回答，便嘟囔著：「算了，這也無可奈何。」他拿起茶匙將茶葉舀入茶壺，動作熟稔。牧藏的妻子去世已近五年，早就習慣了鰥居生活。

但是他的手指嚴重皸裂，慘不忍睹。

祐介刻意不看老人的手指。

牆壁上掛著污黑的半纏（註一）。

牧藏的眼前就是這件有點年代的裝飾品，他彎著腰，拿燒水壺注水入茶壺，突然皺起眉頭，也不瞧祐介地開口道：「前陣子的出團式可真熱鬧哪。」

他在避開話題。

果然很在意祐介的感受。

「畢竟是連同慶祝老爺子退休的出團式嘛，大家都很用心參與。」

聽祐介說完，牧藏故意裝出無趣的表情道：「真無聊。」接著將沖泡好的茶遞給祐介後又說：「我看是總算送走我這個沒用的老頭子，所以很開心吧。」

「話說回來，你來幾年了？」牧藏問。

「什麼幾年？」

「你進消防團的時間哪。」

「喔──」

祐介回答：「十三年了。」牧藏原本蹙著

的眉頭逐漸舒展，很感慨地說：「原來過那麼久啦……」

祐介進入箱根消防團底倉分團已過了十三年，在團上是數一數二的老手。

另一方面，牧藏則從消防團還叫做溫泉村消防組的時代開始，辛勤工作三十五載，於去年年底退休，如今隱居家中，不問世事。

如同牧藏所言，今年的出團式比起往年還要盛大。一部分是為了慰勞牧藏多年來的辛勞，另一部分則慶祝爭取已久的搬運用小型卡車總算配備下來了。

出團式上，牧藏穿著十幾年來掛在牆上裝飾的半纏，老淚縱橫感慨地說：「老人將去，新車又到，加之正月賀喜，福壽三倍哪。」

「我跟老爺子比只是個小毛頭而已。」祐介不卑不亢地說。

「哪裡是小毛頭，你這個老前輩不振作一點，怎麼帶領新人啊！」牧藏叱責道。

「現在的年輕人連手壓式唧筒都沒看過。」

「對啊，會用的人只剩我跟甲太。TOHATSU唧筒（註二）來了之後也過了六、七年，團員有八成是戰後入團的年輕人。」

「說的也是。」

牧藏抬頭望著半纏。

他看得入神，接著難得地吐露老邁之言：「老人經驗雖豐富，很多事還是得靠年輕人哪。」

祐介也望向半纏。

大板車載著手壓式唧筒在崎嶇不平的路上

註一：半纏：一種日式防寒短外套。分棉半纏跟印半纏等種類，印半纏背後印有家徽或小隊標誌等，消防人員穿的即為此類。

註二：TOHATSU唧筒：TOHATSU株式會社是生產船外機、各式唧筒等設備的製造公司。在一九四九年首次生產可搬運式的消防唧筒，大受好評。

奔馳——祐介入團時仍是這種時代。當時法披（註）加上纏腰布的帥氣打扮，與其被叫做消防人員，還是覺得叫做打火弟兄更適合。

牧藏正是一副打火弟兄的風貌，比起拿噴水頭，更適合拿傳統的消防隊旗，即使在古裝劇中登場也毫不突兀。祐介對牧藏的印象就是一副標準江戶人的氣質，或許正是來自於他當年活躍於團上的英勇表現吧。

如今灑脱的老人搖身變成好好先生，面露笑容問：

「卡車來了後應該輕鬆很多吧？」

「呃，好不好用還不知道。」

「喂喂，為什麼還不知道吧？」

「沒火災，還沒用過啊。」

祐介簡潔答道。牧藏聽了笑説：

「説得也是，最近都沒聽到警鐘響。這樣也好，沒火災最好。」

牧藏笑得更燦爛了，不久表情恢復嚴肅，問道：

「對了——理由是什麼？」

「什麼理由？」

「離婚的理由哪。」

「喔。」

「喔什麼喔，你專程來不就是為了這檔子事？」牧藏盡可能語氣淡定、面不改色地説。然而不管是表情、語氣都表現出牧藏不知從何開口的心情。祐介敏鋭地察覺他的想法，略感惶恐，但也覺得可能是自己想太多。

不知為何，祐介想不起牧藏平時的態度。

「沒有理由啊。」

「沒有理由？説啥鬼話。」

「真的沒有嘛。」

「真搞不懂你。」牧藏説完，一口氣將熱茶飲盡。祐介喝了口茶潤潤喉，將茶杯放回茶托，並悄悄地將帶來的包袱挪到背後。

——還不能拿出來。

「我自己也——不知道。她說我——太認真了。」

「這不是很好嗎？」

「一點也不好啊。」

祐介又端起茶杯，湊向鼻子。熱氣蒸騰的茶香撲鼻，弄得鼻頭有點溼潤。

「她不喜歡我全心全意投入消防工作。」

「要你多用點心思在家裡的工作上？」

「也不是。消防本來就不是天天有，我也很用心做工藝，可是她就是不滿意。」

「不滿意？你人老實，不懂玩樂，這我最清楚了。這十年來沒聽說過你在外頭玩女人，就連喝酒也是我教壞你的。」

「嗯……」祐介陰沉地回答。

水蒸氣從茶杯中冉冉而升。

輕柔，飄搖。

很快就消失了。

輕柔，飄搖。

祐介，你怎麼了？

飄搖。

「喂，你在發啥呆啊。」

「這個……」

「什麼？」

「這個水蒸氣，原本應該是水珠子吧？」

「還以為——你想說啥咧。」

「嗯……」

水蒸氣與煙不同，很快就消逝無蹤了。

祐介正思考著這問題。

透過蒸氣看牧藏的圓臉，老人一臉訝異表情，原本細長的眼睛瞇得更細了。

祐介也學牧藏瞇起眼，老人的臉隨著蒸氣搖晃地變形，在歪曲的臉上嘴巴扭動起來，說：「我看你是太累了。」但祐介似乎沒聽清

註：法披：一種日式短外衣。

楚。

「喂，振作一點啊！」

牧藏大聲一喝，站起身，拿燒水壺注水入水壺裡，又放回火盆上。

「真是的，沒用的傢伙，我都快看不下去了哪。你在火災現場的氣力都到哪去了？你現在是附近各消防團的小組長，別因為老婆跑了就一副失魂落魄的樣子，太丟臉了。」

「嗯……」祐介有氣無力地回應。蒸氣飄散了。

「老爺子。」

「幹啥？」

「老爺子，你還記得我家那口子──流產時的事嗎？」

祐介問。

「還記得哪。」牧藏小聲回答。

「記得是終戰隔年嘛？有五年了。那天好像是大平台的那個……對了，五金行的垃圾箱失火了。」

「對。」

那是一場嚴重的火災。

祐介一接獲通知，放著臨盆的妻子一個人在家，立刻氣喘吁吁地奔跑到現場。四周環境很糟糕，滅火工作非常不順利。該處地勢高，附近的建築物也多，最糟的是距離水源遙遠，總共花了五小時才將火完全撲滅。加上善後工作，消防團費了十四小時才總算撤離現場，非常辛苦。

當時祐介全副精神都投入消防工作，抱著小孩，背著老人，勇敢地深入烈焰之中救火。

或許是他的努力奏效了，那場火災中沒有人員死亡。等到東方發白之際，疲憊的祐介渾身癱軟地回到家一看──

妻子正在哭泣。

妻子流產了。

產婆生氣地瞪著祐介。

枕旁插了一炷香。

一縷白煙裊裊升起，搖搖晃晃地在空中飄盪，消失了。

祐介想不出有什麼話可說。現在不管說什麼都會成了辯解，不管說什麼都無法安慰、無法平復妻子受傷的心。因此祐介只能茫茫然地、像個笨蛋似地看著飄渺的煙。

這時祐介心中所想的，就只是——原來這種情況也燒香啊……

輕妙地，輕妙地。

飄搖。

「那時的事情——」

「還懷恨在心嗎？」

「她到現在還是會提——」

水壺口又冒出蒸氣。

輕柔。

「——爾後只要發生口角，她就會詰問我：『你重視別人的命甚於自己孩子的命吧？』」

「這件事不該怪你啊？」牧藏說。

「又不是你人在現場孩子就能得救。當老爸的頂多就只能像頭熊般在產房面前晃來晃去，不管平安產下還是胎死腹中，生產本來就不是人能決定的。就算男人在場，還不是只會礙手礙腳？」

「是沒錯。」

「更何況你背負的是人命關天的重責大任，怪罪你太沒道理了吧？」

「這也沒錯。不過她說這是心情上的問題。」

「算了，這也不是不能理解，畢竟不能用道理解釋得通的。但那次只要我們組裡少了一個人手，火勢恐怕就控制不了，悲劇也就會發生，如此一來不知道會死多少人哪。」

「這也沒錯。」

「怎麼了？說話怎麼吞吞吐吐的。」

牧藏又啜飲了一口空茶杯。

「我想問題其實不在於此──而是她覺得太寂寞了吧。」祐介說。

應該──就是如此。

「唉。」牧藏面露苦澀表情。

「你老婆悲傷、難過的心情我能體會，也很同情你們的遭遇，只不過事情都已經過去了，何必到現在還在翻舊帳？」

祐介什麼話也沒回答。

牧藏一臉老大不高興。

「算了，甭說了。總之你可別因此覺得責任都在你身上喔，這不是你的錯。要說心情，你的心情又該怎辦？老婆流產，悲傷的可不是只有她自己吧？你不也一樣悲傷？我記得你那一陣子整個人兩眼呆滯無神，我都不敢出聲向你搭話了哪。」

「嗯，那時真的很痛苦呢。」

「所以說，你們夫婦應該**互不相欠**了吧？已經結束的事情就別再東想西想了，要樂觀積極一點。你們第一胎流產後就沒生過小孩了嘛？」

「或許就是因為──所以更……」

「唉。」牧藏歪著嘴，嘆了一口氣。

「所以說，離婚的原因就是這個？」

「也不是這麼說。」祐介回答。他只能如此回答。

「從那次後──她就很不喜歡我參與消防工作；不僅如此，即便不是消防，只要我去工作就很不高興。她也知道不工作就沒飯吃，但知道歸知道，就是不高興。我愈認真工作，她就愈生氣。但是，我真的不工作了，她也不高興。」

「真難搞啊。」

「是啊，真的很難搞。所以我總是滿懷愧疚地工作。不論我怎麼拚命工作她也不會誇獎我，實在沒有成就感。可是不做就沒辦法過生活。」

「所以你才——」

「她其實也懂的。」祐介有點自暴自棄地說。

「其實她不是不懂道理，也知道自己很無理取鬧。」

「她的要求實在很不合理哪。」

「可是問題就是，並不是合不合理的問題。我——倒也不是不能理解她的心情。」

水壺中的水開了，發出嗶嗶聲，水蒸氣不斷冒出。

「怎麼說？」

「我想，她應該就是太寂寞了吧，也沒別的理由了。」

「我可沒辦法理解哪。」老人取下水壺，倒進別的壺裡冷卻。

熱氣蒸騰冒出。

輕柔。

飄搖。

「你們不是結婚六年了？還七年了？你現在仍不到四十歲，你老婆也才快三十而已，沒必要這麼早就放棄生孩子吧？俗話說四十歲以後生的孩子叫做恥子，可見四十以後也還是能生的。」

牧藏將稍微冷卻過的開水注入茶壺。

——孩子嗎？

跟孩子並沒有關係。

祐介沒回答，他將稍微放涼的茶喝進喉裡，接著伸手向後抓住包袱，拉到身邊來。

「老爺子。」

「幹麼？」

「老爺子為什麼想當消防員？」

「幹嘛問這個？」

「只是想問問。」

老人哼的一聲，盤起腳，縮起脖子，皺起眉頭，毫不猶豫地回答：「這有什麼好問的，當然是為了救人啊。我是愛好誠實與正義的人，嘿嘿。」說完，頂著一張恐怖的臉笑了。

「──這麼講是好聽，其實是我沒有學問，手也不靈巧，有的只是膽識跟腕力──」

老人捲起袖子，拍拍黝黑的上臂。

「──會當消防員，是因為沒別的好當了。當兵跟我的個性不合，問我為什麼我也只能跟你說就是不合。對我來說，與其殺人寧可救人哪。」

「原來──如此。」

早知道就不問了，祐介很後悔。這個理由太正當了，正當過頭了。

──跟自己相比，實在太……

「就──只有這樣而已嗎？」

祐介又問了一次。牧藏努起下唇，說：

「怎麼？不服氣嗎？」

「也不是──不服氣……」

「哼，我想也是。」牧藏抬頭朝上，看了天花板一會，從手邊的菸灰缸上拿起菸斗，抽了一口。

一臉享受。

──煙。

呼，吐出一口煙。

紫煙飄搖升起。

祐介盯著煙瞧。

──啊，煙……

「這附近經常有地震吧？」

「嗯。」

「所以也發生不少二次災害。」

「真的不少。」

「我的祖母也是死於火災。」

「所以才會──當上消防員？」

「算是有關係吧。」牧藏說。

「人的心思其實很複雜，不會只因一個理由就生出一種結果。理由總是有好幾個，產生的結果也是好幾種。任誰都有某種執著，只不過大部分都是偶然形成的。即便你的離婚也一樣。」

「偶然——嗎？」

「偶然，此外就是執著。」

「執著……」

——沒錯，就是執著。

「那你呢？你又是為啥來當消防員？」牧藏沒好氣地問。

「我沒跟您說過嗎？」

「我又沒問過這種無聊問題。」

煙。

牧藏又吐出煙霧。

煙霧瀰漫，矇矇矓矓。

煙霧充斥於密閉的房間裡。

飄搖。

「煙——」

「煙怎麼了？嗆到你啦？」

「不是，就是煙啊。」

「你到底——想說啥？」

「我當上消防員的理由，就是煙啊——」

3

十三年前，發生了一場大火。

記得是母親去世的隔年，也就是昭和十五年。相信沒有記錯。

倒數回去，祐介當時應是二十五、六歲前後。只不過祐介對自己的年齡一向不怎麼在意，或許是他獨居慣了吧。對普天之下孑然一身的祐介而言，年齡大小根本無須在意。當時的祐介早就失去了會惦記他年齡的家人與親戚。

那年冬天下大雪。

印象中那天是正月三日。祐介由小涌谷朝向一個更偏僻的小村落前進。

他受人請託，準備將東西送到該村落，謝

禮只是一杯屠蘇酒(註)。送達之後，果然如同出發前所言——主人端出屠蘇酒與煮豆款待。祐介自嘲地想：「這簡直跟小孩子跑腿沒兩樣嘛。」

當年物資十分缺乏，恰巧祐介的肚子也餓了，所以他還是心懷感激接受謝禮。

就在回家的路上。

踏雪而行。

不經意地抬起頭。

劃破晚霞的，是一道……

煙——

黑煙、白煙、煤灰、火星……各式各樣的煙。

滾滾濃煙直衝天際。

原來那並不是晚霞。

突如其來一陣寒意。

或許是——預感吧。

幾個村民奔跑趕過祐介。

不久，圍繞祐介的緊張氣氛化作喧囂由四面八方傳來，聲音愈來愈近，最後一堆人湧入，充斥祐介身邊。

松宮家的宅邸燒起來了——

這可不得了啊，事情嚴重了——

——火災——嗎？

前方染成一片橘色。

祐介避開村民向前奔跑。

——啊啊。

燃燒著，赤紅地燃燒著。

比起——比起**那時的火焰**還要強烈上數十倍、數百倍；**與那時相同**，不，遠比那時更激烈地、轟轟作響地燃燒著。

祐介看得出神。

眼睛被火焰染成了赤紅。

四處傳來「水啊！快拿水來！」的吆喝聲。

祐介覺得他們很愚蠢。

杯水車薪，一看便知這場大火已經沒救了。即使屋頂穿洞，天公作美下起大雨也無法消解猛火。

人……裡面還有人嗎——

消防組！快叫消防組來啊——

燃燒的木頭劈里啪啦地發出爆裂聲。

面向火災現場，額頭、臉頰烤得快焦了，但還是無法不看。突然轟地一聲，房內似乎有巨物倒下。隱約傳出尖叫與哭泣聲等人聲。

聽起來像痛苦的**哀鳴**。

——啊啊，有人身上著火了。

祐介確信如此。

接著下一秒背後立刻有人大喊——有人在裡面！彷彿受人驅迫，祐介踉蹌地向前奔跑。

——有人、有人燒起來了。

祐介如同撲火飛蛾，慢慢地、緩緩地向地獄業火邁進。

抬頭一看，大量的煙霧掩蓋了天空。

「原來你那時候——在現場啊……」

牧藏很驚訝，旋即變得悲傷，他凝視祐介眉間。

「嗯……」祐介陰沉地回答。

「記得那次——死了五個人？」

「沒錯。」牧藏也陰沉地回應。

「松宮家的那場大火是我三十五年消防生涯中最大的污點。那天我真的很不甘心，眼淚流個不停。要是我們到達的時間能再快個一刻鐘，說不定至少就能再救出一個人了。因為——犧牲者當中，有三個人因無路可退而燒死，若能幫他們開出一條逃脫路徑——」

「您說得沒錯。」

「沒錯？——什麼意思？」

「在老爺子到達前，村民拚命用桶子、臉

註：屠蘇酒：日本習俗裡，過年會喝屠蘇酒。據傳是華佗創始的藥方，在平安時代傳入日本。

盆舀水滅火──但火勢實在太凶猛，終究沒人能靠近宅邸──」

「這是當然的。」牧藏露出疲憊至極、老態龍鍾的表情。祐介臉朝下，躊躇了一會兒，說：

「老爺子，我當時繞到建築物的背面……」

「背面？可是要繞到背面不是有困難嗎？你自己也不是說火勢之猛，外行人連接近都有困難，背面的火勢想必也相當大吧？」

燃燒著，能能烈火燃燒著。

「我那時往熊熊燃燒的屋子走去，不知不覺間──已經穿過了凶猛的火勢。此時，在經過宅邸時，我從窗戶看到了……」

「看到什麼？」

「有人──趴在窗前，手貼著玻璃。」

哀泣。

「像這樣，樣子很痛苦。」

牧藏感到驚訝。

「是那個外國傭人……唉，果然──再早一點就好了。」

「他痛苦地掙扎著，或許身體著火了。沒過多久你們就到達現場，我到現在還記得老爺子你把門破壞後，全身淋水進屋救人的勇姿，但是我那時真的無能為力。」

「廢話。現在的你我不敢說，那場大火根本就不是外行人能奈何得了的，一個不小心就會葬身火窟，多一具屍體罷了。」

「但是……」

「但是啥？」

「我覺得如果我那時如果打破窗戶，或許能救出那個傭人，不，一定能救出來。」

「所以你後來才──」

牧藏在此沉默了。

祐介畏畏縮縮地抬起頭。

牧藏表情茫然地望著祐介。

「——所以，這就是你當消防員——的原因？」

「這也算——原因之一吧——」祐介語帶含糊地回答。

「或許這是影響我的原因之一。不過我跟老爺子不一樣，個性沒那麼正面，我一直不把正義感、責任感這些當一回事。但是——嗯……或許就跟老爺子說的一樣，人並不是那麼單純的——」

祐介臉側向一旁，不敢直視牧藏茫然的臉。他望了一眼背後的包袱。

「——因為理由有好幾種，造成的結果也有好幾種啊。」

牧藏剛才吐出的煙仍殘留在狹小的房間，成漩渦狀盤旋於空中。

煙。

「是煙。」

「煙……你又說煙——煙到底是什麼意思？」

「煙就是煙。」祐介輕輕地吹散漩渦。

「煙是我當上消防員的理由，同時也是老婆跑了的理由。」

「——我不懂。」

——當然不懂。

「基本上，那場松宮家的火災的確是我當上消防員的契機，但是——」

煙……

那時……

「見到有人著火卻無能為力的我，在屋子後面看著老爺子你們滅火。不久，屋子燒毀一半，熾熱的空氣撲向我的所在位置，我立刻逃向山上。然後——就在小山丘上觀看，直到火完全熄滅為止。」

「到火完全熄滅為止——嗎？」

「正確來說，是看到煙完全消失為止。」

「煙？」

「我被煙迷住了。我一直看呀看的，看了一整天。」

「你是怎麼回事？」牧藏訝異地問。「我就是無法不看。」祐介說了不成藉口的藉口。

因為，這是事實。

「我的目光無法離開煙霧，好幾道煙不斷湧現，輕妙飛快地升上天空，從燒毀的柱子上……從仍在燃燒的梁上……從燒焦的地面上……即使是在焦黑的屍體被搬運出去、警察到達現場之後，煙仍未止息。就算是屍體身上，也仍然不斷冒出煙來。」

「你……」

牧藏感到困惑。

「你究竟……」

「煙。煙煙煙。到處都是煙。那時，如果警察沒來現場，我肯定會奔向火災現場，**沐浴**在煙霧之中。」

「沐浴在──煙霧之中？」

「老爺子。」祐介身體前傾，說：

「你說煙到底是什麼？我沒多少學問，什麼也不懂。若說煙是氣體，跟瓦斯又有所不同，跟水蒸氣也不同，跟暮靄、晚霞都不同。」

「煙就是煙嘛。」

「對，煙就是煙。煙生於物體，只要是物體就能燃燒，燃燒就會產生煙。即便是人，燃燒就會產生煙，所以煙是靈魂。煙不是都升到天上嗎？物體本身的污穢燒淨後變成了煙，剩餘的殘渣就只是渣。煙才是一切物體的真實姿態。」

「你、你在說什麼夢話！煙不過是極細微的煤炭，細小的煤炭被熱空氣帶上天空便成了煙，如此罷了。要說殘渣是渣，煙不也是渣？」

「老爺子，您說的並不正確。煤是煤，跟

純白清淨的煙不同。而且煙雖然會擴散，卻不會消失。煙只會飄走，絕不會消失不見。煙才是物體的真正姿態。」

「祐介，你——」

煙——是永遠。

牧藏身體僵直，他僵硬地向後退，眼神透露出不信任感。在牧藏眼裡，祐介或許，不，肯定與瘋子無異。牧藏以看狂人的眼神瞪著祐介。

——太異常了。

「沒錯——我很異常。就算有種種理由足以說明我為何加入消防團……實際上——多半也是煙的……」

4

女人燒死了。

那是祐介十歲左右的事情。

祐介憧憬那個女人，愛戀那個女人，但心情上並不感到悲傷、寂寞，因為這個戀情打一開始就不可能實現。女人是哥哥的未婚妻。

——和田初。

阿初燒死了。

是自殺。死於大正結束，昭和來臨之際。

死因不明。

事後調查才知道，那天恰巧是陛下駕崩的隔日。

雖說如此，阿初的死應該不是——過於悲傷而追隨陛下自殺。但理由又是什麼，祐介也不知道。沒有人告訴他原因，他也從來沒向別人問過。

總之，祐介早就接受了這個事實。之後二十幾年來，祐介一次也不曾思考過阿初自殺的理由。

——現在回想起來。

阿初或許是——寧可一死——也不願意

與哥哥結婚；或者恰好相反，想與哥哥結婚，但受到無法想像的反對——只好一死。可以想像——阿初應是受到難以跨越的阻礙，才被逼入死亡的深淵。

又或者根本與此毫無關係，阿初只是臨時起意，突然萌生自殺念頭。總之不管理由為何，現在早已無法確認，即使能確認也毫無意義了。

自殺者的心情，祐介無從了解。

別人的心情原本就無法了解，自以為了解也沒有意義，因為根本無從確認。不管關係多麼密切，別人永遠是別人。即使是戀愛的對象，這道阻礙依然牢不可破。因此祐介對於阿初自殺的動機完全沒有興趣。

面對她的死亡，祐介既不悲傷，亦不寂寞。

只是……

阿初在祐介眼前自焚了。

對祐介而言，這個事實才是真正重要的。

阿初不是本地人。

她講話的方式、語調與當地人不大相同。當時的祐介並不知道說起話來輕聲細語的她來自何方。

反正不知道就不知道，他也不想多問。

因為他覺得刻意去打探阿初溫柔的腔調與她的來歷，只是一種不解風情的行為。

現在想來——記憶中的阿初語調很明顯來自於關西，大概是京都的女性用語吧。但不論是否真確，其實也無關緊要。

不管如何，異地風情的言語、高雅的舉動、總是打理得整潔淨白的外表、輕柔曼妙的小動作——這些構成阿初的種種要素，在這個小山村中都顯得格格不入。

她明顯是個外地人，一舉手一投足都突顯出她與本地人的差別。

因此……

因此在不知世事的山村小孩眼裡，阿初是多麼地耀眼燦爛啊。十來歲小毛頭的愛情，頂多就是如此程度。實在不願意用戀愛、思慕等詞語來形容如此程度的情感。這只是小毛頭的憧憬罷了，毫無意義。

是的。

這並不是戀愛。

祐介說不定還沒對阿初開過口呢。他不知道阿初成為兄長的未婚妻之經過，也不知她為何在成親之前便來祐介家。只知道她某一天突然來到家裡，在箱根生活了三個月後，於即將舉行婚禮的前夕——自焚身亡了。

祐介對阿初的認識就只有這麼多。

此時的祐介仍只是個小孩，他沒去上學，跟著父親學習木工。

他不是塊讀書的料，個性內向，所以也不習慣城市的風雅生活。相反地，他並不排斥繼承家業，每天只是默默地削著木片，從沒表示過不滿。笨拙歸笨拙，也還是有樣學樣地做出了臉盆、杓子等器具。

兄長則與祐介不同，擅長與人交際，有做生意的才能，當時頂著採石場負責人兼業務員的頭銜，收入還不錯，總想著有一天要離開村子，闖出一番大事業。

或許年紀相差甚多也有影響，兩人之間鮮少有對話。

祐介對這個兄長幾乎沒什麼好印象。

父親——似乎以這個無心繼承家業的孩子為榮，反而與唯命是從、心甘情願繼承家業的祐介疏遠。事實或許相反，但至少當時的祐介感覺如此。也許父親是為了將祐介培養成獨當一面的工匠才嚴苛以待，也許父親是一番好意，期望祐介能早點獨立。但這只是經過二十年後，總算能體會為人父母心情的祐介之揣測。不管父親當時的本意如何，至少當時的祐介感到十分不滿總是事實。

是故，祐介討厭父親，也討厭兄長。他從來沒有將不滿表達出來。這並非憎恨或怨懟，就只是單純的厭惡。就在這樣的狀況下……

阿初來了。

阿初來的那天──

祐介老是做不好工藝品，不知失敗了多少次，在泥地板的房間角落拿著鑿子不斷努力練習。

此時，在一個身穿高貴華美、有點年代的服飾的婦人引領下，一名女人靜靜地走進房間。祐介想，她們一定是兄長的客人，所以對她們在隔壁房的交談，祐介並沒有興趣。

祐介想，反正很快就會回去了。

她們是誰根本無所謂。

他斜瞟了女人一眼。

如此而已。

但是，阿初並沒有回去。

母親細聲向他介紹：「她是哥哥的媳婦。」之後阿初就在家裡住了下來。

祐介不知該如何與阿初相處。

於是他更埋首於木工之中。

他從來沒有與阿初說過話。

只是……

阿初在父親或兄長面前並不常笑，反而在祐介面前露出幾次笑臉。那應該只是客套的表現吧？不，說不定還是嘲笑呢。

反正怎樣都好。

不論阿初對祐介是否有好感，或者瞧不起，或者生疏，對他而言都是相同的。祐介無從得知阿初的真正想法，只能憑藉自己的感受做出判斷。對祐介而言，事物的表象就是一切。不管內在是否另有深意，事實就是阿初對祐介笑了。

祐介逐漸喜歡上阿初。

那一天。

從自家後門出去，靠山處有一片略為傾斜

的空地，積滿了雪。祐介抱著一堆木屑走了過去，他正在打掃工作場地。

不知為何，阿初全身濕淋淋地站在空地正中間。

手上拿著蠟燭跟提桶。

祐介轉頭，移開視線。

那時，祐介總認為不該正眼瞧阿初。

「祐介弟弟……」記憶中，阿初似乎曾對他呼喚。

或許只是錯覺。

聞聲，抬起頭來。

火……

啊。

阿初著火了。

原來潑在阿初身上的是油。

好美。轉瞬之間……

鮮紅的火焰包覆著阿初。

裝點著阿初肢體的火焰，比起過去所見的一切服裝還要更美麗。

豔麗的緋紅火焰在纖白的肌膚上竄流、蔓延，與軀體交纏，女體的輪廓在晃動的熱氣中變得朦朧模糊。女人的臉恰似陶醉，原本潮紅的臉頰於瘋狂的紅色火焰中染成深紅。

阿初小聲地**哀鳴**。

接著，在地面上打滾。

滾滾黑煙升起，油脂劈里啪啦四散，女人痛苦不堪地滾來滾去。

火焰的形狀隨其動作變幻無窮，轟轟烈烈地讚頌女人之死。

在火焰之中映著形形色色的東西。

祐介只能茫然呆立觀看這一切。

完全沒想過要阻止或救助她。

雖說，他對全身著火的人也無力阻止、救助。

女人變得全身焦黑死了。

她已不再美麗。

祐介看著煙。

輕妙升起的煙。

大人趕到現場時火已完全熄滅。有人哭泣，有人大叫，現場一片騷動。女人已失去生命，只剩下一具有如燃燒不完全的木炭般的物體。眾人將物體搬上板車，不知運到何處去了。

煙──

只有煙留下。

祐介在腥臭、充滿刺激性煙味的嗆鼻空氣裡，戰戰兢兢地……

吸了一口氣。接著，他又再一次深深地……

吸了一口氣。

不小心嗆到，咳個不停。

祐介漫無邊際地思考。

──煙，究竟是什麼？

是氣體嗎？跟瓦斯又有所不同，跟水蒸氣也不同，跟暮靄、晚霞都不同。煙由物體產生，物體燃燒就會產生煙，煙升往天空。

物體受到火焰淨化，變成了煙，剩餘的殘渣就只是渣罷了。煙正是物體經粹煉後的真實姿態。煙會散去，卻不會消失；頂多是到了某處，絕不會失於無形。煙是這世界上的一切物體的最終真實姿態。煙是──永遠。

從那一天起。

祐介就迷上了煙。

煙。

幾天後，阿初舉行火葬。

大家都在哭泣。兄長嚎啕大哭，母親啜泣，父親嗚咽，眾人悲傷掉淚。

每個人都在哭泣。葬禮會場充滿了哀戚，慟哭、哀切、感傷、憐憫與同情，淚水沾濕了每個人的臉。

但是──祐介的感想卻只有：「原來燒過一次的東西還要再燒啊……」他真的不知道大

家為什麼這麼悲傷。

接著，

不久，

從像是怪物般聳立的煙囪頂端，

升起一縷白煙。

阿初化作白煙，輕妙地攀向天際。

微風吹打在煙上，煙的形狀輕柔變化，形成漩渦，混合扭曲，或聚或散。

最後，變成了一張女性的臉。

可惜大家都低頭哭泣，沒人發現煙的變化。

多麼愚蠢啊。

大家把骨頭當寶，但燒剩的殘渣有何可貴？骨頭不過只是堆硬塊，沒有必要的部分罷了。

深深埋在地底，至多腐朽。

只知低頭的傢伙們永遠也不會懂。

女人——阿初在空中笑了。

她逐漸變得稀薄。

稀薄之後又浮現。

浮現之後又模糊。

混於空氣，女人無限擴展。

不是消失，而是擴散開來。

女人與天空合而為一。

——啊！

好想要這道煙啊。

若有翅膀，好想飛上煙囪的頂端，深深吸一口煙啊——祐介真心地想。

直到太陽西下，火葬場的燈火關閉，四周逐漸昏暗為止，祐介一直楞楞地看著天空。

「你很悲傷嗎？你也為我悲傷呢。」兄長問。「別開玩笑了！阿初或許屬於你，但阿初的煙卻是我的！」祐介想。

5

牧藏不知該說什麼，只是以看狂人的眼神瞪著祐介。等到祐介完全說完後，他瞇起眼，手指抵著眉間，彷彿若有所思，接著開口：

「這是事實？還是玩笑話？」

——豈是玩笑。

「絕非謊言。」祐介回答。

「嗯——這——少小之時目擊自焚現場——如果你真的親眼見到——畢竟會成為心理創傷吧。」

「創傷——嗎？」

祐介並不認為。

「你覺得很可怕吧？」

「一點也不可怕啊。也不覺得悲傷。對我來說，這只是個單純的事實。」

「你雖這麼說——」

老人感到困惑。

「——不對，或許你自以為如此，但我認為，這個經驗事實上成了創傷。換作是我——唉，這種事情若非親身經歷恐怕無法真正了解那種感覺吧，至少我就無法想像。對了——令兄呢？他怎麼想？」

「兄長嗎？他後來沒娶其他女人，在阿初死後——大約兩年後，早早去世了，是病死的。父親也在同一年追隨兄長逝去。只剩下我與年邁的母親相依為命，度過一個個不怎麼有趣也不怎麼歡樂的日子。母親後來也在我埋首工作時，沒人陪伴下寂寞地過世了——」

祐介想起來了。

「——兄長、父親與母親都……」

輕柔。

輕妙地。

「——他們都化作美麗的白煙，從火葬場的煙囪緩緩升天了。只有我替他們的煙送別。最後只剩我留了下來。」

「唉……」牧藏發出嘆息。

祐介自顧自地繼續說：

「不管是原本討厭的兄長、忌憚的父親、衰弱的母親，變成煙後都很美麗。討厭之事盡付祝融了，無論此生的阻礙與醜陋俗世的污穢，皆悉燒得一乾二淨。淨化後，由火葬場煙囪輕妙地——」

牧藏緩慢地張開細長的眼睛。

「你——很疲倦了吧？」

牧藏說，再次張開的那雙細長的眼睛裡，閃爍著些許的憐憫。

「你只是疲倦了。」牧藏又重複了一次。

「嗯，我是很累了。」

「一直以來我都是孤家寡人，雖然託老爺子的福娶了老婆，我想還是單身比較適合我。受您多方關照還這麼說真是對不起。但是，跟老婆過的生活只讓我覺得很疲憊，她應該也這麼想吧。所以我覺得虧待她了——」

「說什麼鬼話。」牧藏拿把玩在手上的菸管在菸灰缸上扣了幾下。

「要說沒爹沒娘，我不也一樣？我的爹娘在我還小的時候就走光了，可是我從來就不覺得自己一個人過較好。跟孩子的娘生活了五十年，現在她死了，我還是不覺得自己一個人過較好，因為我還有孩子、孫子。所以說——我不會要你改變想法，但……」

「已經太遲了。」

「會太遲嗎？」

已經太遲了。

「我和她已是同床異夢，我似乎——沒辦法真心對待她了。」

「這是因為——」說完，牧藏楞了一會兒，接著又難以啟齒地開口道：「——因為那個叫做阿初的女人的關係嗎？」

「你現在還是——對那個女人——」

並非如此。

「不是的，我並沒有愚昧到那種地步。」

「你說愚昧──可是你是真心愛上那個叫做阿初的女人吧？」

那不是愛。

「我再重複一次，我並不是真心喜歡她。我那時只是個十歲出頭的孩童，只是個乳臭未乾的小毛頭啊。」

「跟年齡沒有關係，不論你說是憧憬還是啥，跟喜歡有啥不同？最近不是有些軟弱的傢伙，明明就老大不小，還一副沒斷奶的模樣嗎？」

「我並不是那種人。」

「或許你不是那種人，但是愛上的女人在眼前死去──比被她不理不睬受到的打擊更大得多。她這麼一死，在你的記憶中只會愈來愈美化哪。」

「您說的是沒錯……」

「廢話，當然沒錯。那女人到底有多美我不知道，在你年幼無知的眼裡想必很美吧。你的老婆也算是十中選一的美女，但跟回憶中的美女一比……」

「我並不是這個意思。」

並不是這樣的。祐介並不厭惡妻子，他討厭的是無法回應妻子需求的自己。「反而應該是我被老婆討厭吧。」祐介說。

「那是因為你缺乏誠意。你剛剛也說無法發自內心疼老婆，我看就是因為你還執著於那個死掉的女人的關係。這樣一來我總算懂了。」

老人略顯放心之情。

或許以為自己總算理解事態了吧。

「忘了那女人吧。因為你到現在還執迷不悟地想著那女人，你老婆才會反覆重提死掉的孩子。我看你們一起忘記過去，重新來過吧，我會幫你說情的。」

牧藏大聲地喊著「忘了吧！忘了吧！」問

祐介妻子現在在哪，要去幫他講情。祐介滿臉困惑。並不是這樣的。

「不對，不是這樣的。我都快四十了，不至於到現在還被乳臭未乾的回憶所束縛。事實上，這十幾年來我幾乎忘了那女人。」

「真的——是這樣嗎？」

「直到**最近**我才回憶起來，跟老婆處得不好則是更早之前。所以說——」

「那麼……」

「您沒辦法理解嗎？」

「我不懂啊。」

祐介拎著包袱上的結，放在膝蓋上。牧藏一副難以理解的表情。問：「那是？」

「是煙。」

「啥？」

「我的意思是——這就是我跟老婆離婚的原因。」

祐介撫著包袱。

牧藏屏息以待。

「你——裡面——放了什麼？」

「就說是煙啊。」

「別開玩笑了！」

「我不是開玩笑。這是——對，我本來很迷惘——原本不想拿出來就告辭的——唉，沒辦法。」

「告辭？走去哪？」

牧藏冷汗直冒。

祐介覺得他有點可憐。

「老爺子。」

「什——什麼？」

「之前那個——寺廟的大火。」

「寺廟——啊，山上那場大火嗎？」

「對。那場火災規模很大，箱根分團全部出動——不只如此，附近的消防團也都來了，連神奈川的警察也全體集合。火災地點的環境很糟，沒人想到那裡竟然有廟，畢竟連條像樣的道路也沒哪。雖然廟最後還是燒毀了，但沒釀成森林大火已是不幸中的大幸。」

「那又──怎樣？說明白點。」

祐介笑了。

「最早到達現場的是我們分團。地理位置上我們最近，倒不意外。可惜卡車好不容易發配下來，山路崎嶇派不上用場。沒法子，只好又把大板車拖出來，載著TOHATSU唧筒上山去。」

「是──嗎？」

「現場非常驚人。到目前為止，我從沒看過那麼大的火災。空中染成一片紅，而且是混濁烏黑的暗紅色，彷彿──」

祐介閉起眼睛。

「──彷彿世界末日。」

「是、是嗎？」

「比起阿初燒死的時候、比起松宮家的火災還嚴重得多了，宛如整個世界都燒了起來。而且不同於大地震或空襲時的恐怖感，寧靜至極。」

「寧靜？」

「寧靜、肅穆地燃燒。只不過──現場的警察說寺廟裡還有三個人在，多半沒救了。他們**衣上著了火**──」

「衣服上？」

祐介將包袱放在榻榻米上。

「於是──我就說要進去救人，大家都阻止我。當時山門已經燒毀，並逐漸延燒到附近的樹林。比起滅火或救人，阻止森林火災的發生更為重要。但是我一想到──有人……」

──有人著火的話。

「結果你還是進去了？」

「進去了。」

身上澆水。

披著溼透的法被。

衝進熊熊燃燒的寺廟裡。

衝進世界末日的烈火裡。

「我見到阿初了。」

「什麼？」

「一個**很像阿初的和尚**，全身著火，在巨大佛像前燃燒著——」

牧藏站了起來。

「住口！」

接著大聲地說：

「喂，祐介！我不想聽你這些無聊故事。我本想悶不吭聲，沒想到你竟說起莫名其妙的鬼話。你到底想說啥？突然來我這兒，說你跟老婆離婚，我原想不是你外頭有女人，就是老婆給你戴綠帽子，所以才耐著性子聽你講，你竟給我瞎謅起天方夜譚！」

「所以說……」

「從頭到尾言不及義，不管問你啥你全都否定，迴避問題。最後還說起啥鬼煙啊煤啊的——胡扯也該有個限度吧。」

「所以說，就是煙啊。」

「煙又怎麼了！」

「那時已經太遲了，那和尚已全身著火，但他不作掙扎，似乎一點也不痛苦。我想，或許他那時早已往生。那個和尚在我面前著火，全身焦黑而死。我又眼睜睜地看著人燒死了。但是——」

祐介抓著包袱的結。

「這次——我等到火熄滅。」

「什麼？」

「火勢花了兩天才完全結束，我在火熄之後，以失蹤者搜索隊身分率先進入現場。說失蹤是好聽，根本不可能還有生存者，所以大家都提不起勁。但是我不一樣，我急著想找到呢。我直接走向大佛所在之處，那裡還不斷冒著煙哪。我在附近挖掘，果然被我挖到骨頭，雖說已燒成黑炭，總算讓我找到那個和尚了。於是我拿出這個罐子——」

祐介解開結。

四角朝四方攤開。

「──**採集了那個燒死的和尚的煙。**」

「你──你開什麼玩笑。」

空無一物的透明藥罐。

裡面──一片白濁。

白霧茫茫。

「老爺子，你看，煙不會消失，只是會散去而已。所以只要像這樣裝在罐子裡──將之封住，就會永遠──留在裡面──」

「你不要胡說八道！」

牧藏怒斥。

「一點也不是胡說八道啊。你看，在這裡面輕柔飄搖、白霧茫茫的──你看啊老爺子，這就是阿初的臉哪。雖然有點小，因為多餘的部分已經燒掉了嘛。這才是阿初的真正姿態，是封裝在罐子裡的靈魂呢。」

祐介溫柔地將罐子拿在手上，遞給牧藏。

「你自己看。她──我老婆說我瘋了，然後就跑掉了。但是你看，真的有張臉吧？這麼漂亮的臉──我怎麼可能瘋了？老爺子，你自己看個仔細吧。」

「你──你瘋了。難怪老婆跑了，這、這種東西──」

輕柔。

祐介弟弟……

「愚蠢的傢伙！」

牧藏用力撥掉罐子。

罐子從祐介的手中滑落，在榻榻米上滾動。

蓋子鬆脫。

啊，煙會溜走……

唔哇啊啊啊！

牧藏大叫。

一道有如女人臉孔的煙從罐口升起，在房間裡搖搖晃晃地飄盪，輕柔地形成漩渦──

「不行，不行，不可以啊！」

女人的臉愈來愈擴大，愈來愈稀薄、模糊。不久由窗戶、紙門的縫隙逃離、擴散，終至消失。

最後之際，女人……

——笑了。

而棚橋祐介像失落了什麼。

此乃昭和二十八年早春之事。

第陸夜

倩兮女（註）

楚國宋玉東鄰有美女，
登牆窺宋玉，
嫣然一笑，惑陽城。
美色惑人心，不分古今。
朱唇美女，巧笑倩兮，
或為淫婦之靈也。

——《今昔百鬼拾遺》／上之卷・雲

註：倩兮女：典出宋玉〈登徒子好色賦〉。

1

不習慣笑。

不知該怎麼笑。

試著揚起嘴角。

綳緊嘴邊肌肉，想做出笑容卻難以如願。

——這樣看起來像在笑嗎？

鏡中映照著一個把嘴抿成一字、看似心情不好的女性。愈用力嘴角就愈朝橫向擴張，反而像是發窘，也像在胡鬧，但就是稱不上笑臉。

——是眼鏡的緣故嗎？

拿下眼鏡。

世界變得模糊。

無所謂。

完全無所謂。

映於鏡中的表情扭曲，變得更奇妙了。

究竟如何才能做出所謂天真無邪的笑容？

不管怎麼思考、怎麼努力都不懂。

——是臉頰的問題嗎？

臉頰用力。

讓嘴巴朝橫向擴展，全神貫注在顴骨上。

一張緊綳的奇妙笑容便完成了。

看起來一點也不愉快。

——必須舒緩一點。

眉間有皺紋，看起來就不像笑臉。

指抵眉間。

閉上眼簾，輕輕按摩。

——真愚蠢。

自己的行為多麼滑稽啊。

滑稽歸滑稽，卻一點也不好笑。

年紀不小的女人在鏡子前擠眉弄眼，認真煩惱笑臉的問題。

無聊。

明明這世界上有這麼多緊迫的事情尚待思考與實行。

——但是，至少現在……

女人再次注視著鏡子。

從來沒畫過妝。他說——只要略施薄妝，不失禮節即可。男人不需為了禮節化妝，只有女性必須取悅異性才能在社交上獲得認同，她一向認為這是件可笑之事。

——笑。

記得柏拉圖曾經宣稱，絕大部分的笑都建立在犧牲他人之上。

笑是受制約的衝動突然獲得滿足時產生的心理狀態——佛洛伊德如此分析。

追根究柢，笑是惡意的扭曲表現，是迂迴卻直接了當的歧視。無須引用波特萊爾也能證明，笑是多麼畸形而低級的行為啊。

但是……

身為人就不得不令臉頰的肌肉抽搐，機械式地做出醜陋表情。

笑吧笑吧笑吧。

矯飾矯飾矯飾。

山本純子拚命牽動臉頰肌肉。

——不笑的話。

就會被笑。

嘻嘻嘻。

——被笑了。

嚇了一跳，抬頭一看。

窗外……

圍牆上空——

一個巨大的女人正在笑著純子。

2

被男人求婚後，她莫名其妙地在意起學生們的舉動。

柱子背後，階梯底下的陰影，校園的角落。

少女們聚在一起竊竊私語，如風聲般的細

語。

只要一與純子眼神相交就逃離，聽見腳步聲也逃離。

──被笑了。

覺得自己一定被人嘲笑了。

但是──這倒也不是現在才有的情況。嚴格的教師、頑固不知變通的舍監、魔鬼般的女教官──純子在女孩們心目中向來如此，不論何種場合，學生總是對她敬而遠之。

一直以來，女孩們看到純子就轉頭，一聽見腳步聲就逃走，與如今狀況無異。問心無愧便無須膽怯，這表示女孩們做了虧心事。

純子一直都這麼認為。

──可是，

為什麼現在會如此在意？

純子明明沒做過什麼虧心事。

純子的生活方式從來就不怕受人檢視，也沒做過會被人嘲笑的事情，這點她很有自信。

純子這三十年來，一直活得光明磊落、堂堂正正。

她的心中從來沒有陰霾，就算有人背地裡說她壞話，她也不會在意，因為在背後說壞話才是錯誤的行為。

傳述錯事之人乃是愚者。

傾聽愚者的話語只是浪費時間。

多聽無益，只會帶來不愉快，不愉快就是一種損失，所以她從來不聽這些雜音。

有想表達的意見，為何不敢堂堂正正對她說？無法當面說出的話語，就算是合理之言也無須傾聽。

這就是純子的信念。

──可是，

最近卻在意得不得了。

女孩子們都在說些什麼？為什麼遇見她就偷偷摸摸地逃走？是在說她壞話嗎？是在輕蔑她、責罵她、嘲笑她嗎？

——這種事。

不敢相信會發生這種事。

自己應該沒在女孩面前示弱過，基本上純子沒有弱點。身為教育者、管理者，純子的防禦有如銅牆鐵壁。

或許是對戰前偏差教育的反彈，最近教育界的風潮是盡量對學生表現友善，亦師亦友的關係被認為是最理想的。但是，純子認為這樣的想法是錯誤的。

純子當然不認為戰前的教育方針正確，無論由任何層面檢視，那種教育都是錯誤的。皇國、軍國等妄語自然不值得一提，即使並非如此，無論在什麼情況下，不帶批判地將偏頗的意識形態強加諸於人都不適當，這種行徑即所謂的洗腦。相信任誰都知道這個道理。但是，假如那是不具備政治意涵的思想，或不帶主義的溫和行徑，純子認為只要該種教育方針不保留學生思索、選擇的空間，終究與戰前的教育無異。管他是否主張和平，是否為民主主義——無疑地都是一種偏差的意識形態。

這個世上沒有不偏頗的意識形態，但是如果教育者感到迷惘，受教者也只會感到疑惑。

不論是否多方顧慮，不論是否熱心實行，教育終究只是一種洗腦——這是個難以撼動的事實。

因此純子認為，教師必須立於隨時受人批判的立場，這才是正確的。

與學生**稱兄道弟**，便無法維持應有的緊張感，純子覺得教師與學生應保持一定的距離；教師必須經常自我批判，而學生也不應該照單全收，全面接受教師的說法，無論是否未成年或仍是孩童，都不應該忘記批判的精神。

所以才需要教導啊——許多人主張如此。

但是如果連判斷的基準也必須灌輸，依然只是一種洗腦罷了。所謂的洗腦，就是使對方喪失自我判斷的能力，判斷應該完全由學生自己進行。

即使三、四歲的小孩子，只要好好教育，也會自己學會判斷；反之，如果到了十四、五歲還不能判斷事情善惡，問題恐怕出在學校教育之外。學校並不是培養判斷力的場所。

人格的建構該由父母、家庭與社區，以及孩子本身負責。

——因此，

她認為教師對學生的人格出言指導是一種越權行為。

教育者並不是神，即使能教導培育，也無法創造人類。若有此錯誤體認，方針就會產生偏差，態度也會變得傲慢。

學校並非聖域，教職亦非聖職，這裡只是一個單位機關、一種裝置，教師只應教導自己能教的事物。

應當了解自我的分際。

即使如此，純子還是無法理解那些沒辦法把握應盡之責、只想與學生保持親近關係的老師的想法。

此外，她也無法原諒以「算了，當老師**也好**」或「沒別的職業好選擇，**只好**當老師」等不像樣的理由選擇了教職的傢伙。

不敢正面承受批判，便無法擔當教師之責。所謂的教職，乃是與學生、與社會，以及與自己的鬥爭。

片刻也不得鬆懈。

所以，純子從未笑過。

——是的，明明她從未笑過。

學生們為何又會笑她？

她非常在意。

待純子回過神來，發現自己竟弓著背、抱著雙肩，彷彿想保護自己般畏畏縮縮地走路。

——自我意識過強了。

絕對是。真愚蠢。

純子挺起胸膛，揮舞手臂，闊步前進，似

乎想趕走內心的愚昧，腳步聲喀喀作響。

石砌的校舍之中，

腳步聲由四面八方反彈回來，消失。

由巨大石柱背後，

一道陰影閃過。

嘻嘻。

——笑了。

純子朝該處奔跑而去。

柱子背後站著姓神原的老教師，神原雙眼所見之處，一群女學生笑嘻嘻地奔跑離開。

神原的視線追著女學生，直到不見影蹤，接著她轉頭面向純子，以彷彿百年前的宮廷女官的緩慢語氣說：「山本老師，你怎麼了？」

「那些女孩——」

——在笑什麼？

「剛才那些學生——」

「啊。」神原瞇起眼睛。

「她們在走廊上奔跑，真不應該呢。」

「這……」

並不是想說這件事——

「她們一看到我就立刻跑掉了，但其實我一直都站在這裡。那些女孩子並沒做什麼壞事，只是邊走邊聊天而已。一定是冷不防地發現我在附近，覺得尷尬難為情吧。」

「她——們說了什麼話？」

「哎呀，即使是教師也不應該偷聽談話內容啊。」

老教師和藹地笑了。

「可是——」

「——既然逃跑，應該是在說些不該說的閒話吧？」純子表示疑問。

神原表情詫異。

「所謂不該說的閒話是？」

「就是被人聽到很不好的事情。」

「例如？」

「這——」

──例如，關於我的壞話。

純子說不出口。

「本學院戒律嚴格，走廊上禁止私語，所以她們才會逃跑啊，我看她們只是在說一些無關緊要的小事吧。」

應是如此吧，一定沒錯。

──但是。

「但是──我好像聽到她們笑？」

逃走時似乎嘻嘻地笑了。

聽純子說完，神原歪著頭回想說：

「這──或許在聊天時有說有笑，不過她們一看到我的臉立刻縮起脖子逃走了──如果她們邊跑邊笑鬧，我一定會立刻告誡她們的。」

是的，這間學院有條禁止笑鬧的戒律，但沒有人遵守，就連眼前的老教師，在剛才短暫的談話時間裡也微笑了好幾次呢。

──不可能遵守的規定，乾脆別制定。

純子這麼認為。

這間學院是一間強制住校的女子教會學校，因此這類戒律或禁忌皆從基督教義而來。

但是──雖然在此任職，純子本身卻完完全全是個無神論者。

學院表面上揭櫫基督教理念，但信仰本身早已成虛骸，於學院之中不具任何機能。只不過眼前這位神原老師倒是個虔誠的基督教徒。

即使是虔誠教徒的神原──也會笑。

純子──從來沒有笑過，總是一副苦瓜臉。

有時連純子也受不了自己為何老是看起來心情不好。

即便現在亦是如此。

「山本老師，你──是否累了？」

神原問。

的確是累了。

夏天以來，純子遇到了單憑自己難以處理

的嚴重問題，不論她怎麼苦思也找不出理想的解決之道，十分棘手。

而且問題還是兩個。

一個是學生賣春。

另一個則是——

——結婚。

賣春與結婚，一般並不會將這兩個問題相提並論，但對純子而言，這兩個問題卻必須透過同一個關鍵字並列提起、並列而論，這個關鍵字即是……

女人。

純子擔任教職之餘，還是個熱心參與女權運動的鬥士。站在女權運動的角度，不管賣春或結婚，皆是封建社會對女性不當壓榨的腐敗制度。

所以，純子無法單純將賣春視為違反善良社會風俗的不道德行為，或牴觸法律的犯罪行為而加以撻伐。

相同地，她也無法將結婚視為人生最大的幸福而全心全意地接受。

如果不假思索便接受這類制式的泛泛之論，等於是放棄個人的判斷，所以純子日夜不分地拚命思考。

當然，純子平時就會思索這類問題。只是，理論與現實往往無法完美畫上等號，現實中的事件不可能依循道理思考、獲得合理的結論後就得以了結。

賣春的是自己的學生，要結婚的則是自己，兩者都是現實的事件，要判斷、要提出結論都必須經過充分的思考，輕舉妄動只會留下禍根。

結婚終究只是一己之事，影響所及範圍還不大，若無法下定決心還能先擱著。

但是賣春就不一樣了。

僅依循社會規範對學生的不當行為做出懲罰很簡單，但事情並不會單純地就此了結，純子的一舉一動都可能影響學生的一生。純子不願意將自己的意見強加在學生身上，但是這種情況下，不管學生是基於什麼信念才做出賣春行為，社會都不會原諒她。

純子認為，事情的解決之策恐怕只有清楚地傳達自己的看法，並充分尊重學生個人的意志下，讓學生自己判斷做出決定。

社會這種無可救藥的愚蠢結構或許會迫害學生，但保護學生是教師應盡的職責。

她與學生討論了無數次。

在學生做出決定之前，她都不打算向學院報告這件事。

因為大部分的教職員都是受到男性優勢社會洗禮的性別歧視主義者。

顯而易見地，與放棄思考的人對話是無法獲得理想結果的。

總之，這件事情絕不能隨便處理。

經過三個月抱頭苦思的日子。

純子已是疲憊不堪。

但是——即便如此，她並不認為她的煩惱影響了日常的職務，她自認善盡職責。

她向神原老師表示如此。

「你做事太認真了。」老教師說。

「以致旁人看你也覺得疲累。如果你一直都這麼緊繃，身體會承受不住，緊繃的情緒也會傳染給學生啊。」

「請問——這樣不好嗎？」

「不是不好……」老教師踏出蹣跚的腳步。

「孩子們害怕你呢。」

「求之不得。」

「你不喜歡受學生愛戴嗎？」

「我沒打算討好學生。我——就是我，想批判我，當面對我說即可，只要合乎道理，我自然服輸；只要能駁倒我，我隨時願意改變自己的想法。」

「你太好戰了。」老教師停下腳步，一臉受不了地看著純子。

「我認為你參與的女性解放運動很有意義，也看過你在雜誌上發表的文章。我認為女權運動的主張非常正當、合理，看到某些部分還覺得很暢快，日常的不滿也得以抒發了呢。」

「謝謝您的稱讚。」

「但是……」老教師話鋒一轉，改以教誨的語氣說：

「你不覺得自己的論調有點過於嚴苛了嗎？」

「是——嗎？」

「你所寫的內容雖正確，寫法卻非常男性化。」

「是——這樣嗎？」

「是的。」神原說：「你認為只要高聲主張，就能改變這個世界嗎？最近有許多婦人參政，我認為這是好現象——但是，在我眼裡，這些女權鬥士的行為舉止幾乎與男性無異，不知是否只有我如此認為呢。」

「我不同意您的想法。因為不這麼做女性就無法獲得認同，這個社會仍然以男性為中心啊。」

「我說的並不是這種問題。山本老師，你以及這些女性參政者使用的話語，都是以男性使用的文法拼排而成的啊。」

「您說——男性的文法？」

「是的。我們女性如果不能以女性的言語來爭取，即使這個世界的主導權由女性掌握，終究只是短暫的光榮。同樣是男性的行動方針，只不過換成女性來主導，等於換湯不換藥啊。」

她說得沒錯。

「可是——」

「所以說呢——」老教師又在走廊邁開腳

步。

「主張正當，是否就可以把不正當的對象打擊得體無完膚？如果基本思考模式是『不正當者本來就該被打倒』，最後可能就是勝者為王敗者為寇。那麼獲勝者不就永遠是力強聲壯者了？」

「正因為不正當者力強聲壯，所以我們才需要高舉雙手，大聲呼籲同志齊力對抗，現況是正當的一方受到蹂躪啊。」

「嗯——但是不管主張多麼正確，過度激進的言論並不一定有效果呀。相反地，有些人雖然論點不怎麼縝密合理，卻能潛移默化地影響輿論。或許你認為這種作法狡獪卑鄙而無法認同，但有時候，能獲得最終成果的才是最佳作法呢。」

「您的主張我並非無法理解，但是我恐怕沒辦法回應您的指教。」

純子無法踏上正攻法以外的道路。

「唉，山本老師你還年輕，或許還無法體會這種道理吧。」神原說完又微微一笑，純子覺得有些惱火。

——年輕。

早就不年輕了。

純子今年三十歲，學生在背地裡稱呼她阿姨或老太婆，愛挖苦人的學生甚至叫她鬼婆。

純子早就知道這件事，連眼前的這位神原，在學生之間的稱呼也是「老婦人」。

——沒錯，「阿姨」。

知道自己被人如此稱呼，恰好是在被人求婚的時候。

——這就是原因嗎？

或許是如此吧。

你們知道嗎？山本阿姨又——

可惡，那個死老太婆——

女孩們在背地裡竊竊私語。

被叫做鬼倒無妨。所謂的鬼，乃是能為人

所不能為者，那麼鬼的稱呼反而如己所願。

但是被叫老太婆就很討厭。

與性別歧視相同，純子認為將年齡當作個人特性予以誇大諷刺是件難以原諒之事。年齡與性別雖會影響個人特性，卻非其全部。

純子認為，反而拿肉體特徵——若論好壞，純子當然認為這種行為很不恰當——當作譏諷個人的材料還更正當一點。

也就是說……

很明顯地，「女人就該如何如何」、「都幾歲了就該如何如何」等等說法是一種歧視。因為，性別或年齡等條件個人無從選擇，此與因出身或家世來歧視他人沒有任何差別。

有些人一邊說不該用出身、身分來衡量他人的美麗詞藻，在口沫未乾之前卻又說起「女人就應遵守規範」、「女人不該強出頭」——這類蠢貨根本就是放棄了思考。

這與基於血型、星座等毫無根據且個人亦無從選擇的事項來定位個人一樣愚蠢。

這不是一句「開玩笑罷了」就能解決的。

戰後人人嘴上掛著「民主主義」、「男女平等」等聽來理想順耳的詞藻，但在頌揚這類美麗詞句的同時，他們卻無視於這世上如此多的歧視，而對於這些歧視的默認也直接影響了孩子。

小孩並非笨蛋，他們只是無法分別大人行為的善惡，囫圇吞棗地照單全收。

所以孩子才會有樣學樣地嘲笑別人「老頭」或「老太婆」。

明明無須思考便知年齡不應是貶低個人的要素。

純子認為，反而這麼簡單的道理也不懂的笨蛋才該被貶低；但這個社會似乎並非如此。

就連愚者也應該懂得女性原本就不應受到歧視，可是長期以來卻沒人察覺這個道理，更遑論其他歧視了。

忽視如此愚昧的社會狀況，將一切培育人格的責任推給教育者，終究是無法改變現況的。因此……

——或許就是因為如此……

純子責罵那位叫她老太婆的學生，很嚴厲地斥罵她了。她對學生徹底地表達她的意見，純子認為自己並沒有錯。但是……

——反效果——嗎？

的確，如同神原所言，不管立論多麼正確，只要採取高壓態度，就難以達到效果。或許對方在當下會向她道歉，表現出順從的態度，但是那個學生真的正確理解了純子所想表達的觀點嗎？而且在那之後——

——女學生們在嘲笑我的年齡嗎？

正當她在思考這件事時……

嘻嘻嘻。

由背後傳來轟然大笑。

回頭一看，巨大的女人幻影遮蔽了整個天空。

3

孩提時代，鄰居有個溫柔的阿姨。

說阿姨，其實是以幼兒的觀點為基準，她的年齡應該還不到中年。

憑藉模糊的印象來推測，她當時應該只有二十七、八歲，比現在的自己還小個兩、三歲呢。

當時前一句阿姨、後一句阿姨地叫著她。

——原來自己也叫人阿姨啊。

叫人老太婆無疑地是一種壞話，但阿姨這個稱呼本身仔細想來似乎沒什麼貶意。

「阿姨」與「阿婆」原本應該指父母的兄弟姊妹及祖父母的詞語，不是用來表示年齡的稱呼，而是一種表現親戚關係的言語。

——帶著親密之情。

曾幾何時，卻變成了一種歧視用語——純子想。

古代或許曾有過一段幸福時代：個人的年齡、性別與在社會上扮演的角色沒有衝突。在這種時代裡，這形容性別或年齡的詞語足以表達個人特性而不造成任何障礙。但是隨著人不斷進化，個體的型態細分化與多樣化後，這些詞語便失去了原有機能。

這些過去累積而成的對各階層個體的刻板印象今日依然存在，可是實際上的個體與這類印象之間難免有所差異，這些差異便會成歧視的來源。

但是幼兒無法辨識這些差異，這類詞語對他們而言並不具有歧視意義。

總而言之，純子當時毫無惡意地稱呼那位女性為阿姨。

純子並不知道她的本名。

那名女子經常親切地向她打招呼，給她糖果，唱歌給她聽，似乎很喜歡小孩子。

阿姨總是穿著漂亮的衣服。

只不過現在回想起來，她總是濃妝豔抹，頭髮用梳子挽起，衣著打扮有些不拘小節，和服的花紋亦過分花俏搶眼——在孩子的眼裡或許很漂亮吧——簡言之，那名女子像是從事特種行業的小姐。

純子的雙親都投身教育工作。

父親有如父系制度的化身，正是為純子所輕蔑的封建主義者；母親則像是為了與這種父親對抗才結婚的勇敢女性。

父親總是大聲怒吼，母親則總在眉間刻劃出深刻皺紋。

冥頑不靈的父親與神經質的母親，怒吼與靜謐，恰好形成對比。長期以來，純子以為所謂的父親就是強加要求的人，母親就是與之抗衡的人，她對此深信不疑。

不過，純子並不認為自己成長的家庭環境

異常，從來就沒這麼想過。因為她的家庭雙親健在，在經濟層面也很穩定，是個標準的中產家庭。

她並不覺得缺乏親情的滋潤。父母親或許不善於表達情感，思考也有點偏激，純子還是充分感受到雙親的慈愛與關照。

只是，她的家庭裡沒有笑容。

嚴肅的父親認定這個無常的世界沒有任何樂趣，所以純子從來就沒看過他的臉頰搐動過一下。只在要壓迫別人、攻擊別人時，他的表情才有所變化。

崇尚高雅的母親認為笑是一種低級行為，所以純子也從沒看過她的眉毛抖動過一次。只在感到十分苦惱或要威嚇別人時，她的表情才有所變化。

所以，純子也不習慣笑。

那女人──阿姨很喜歡笑。

真的很喜歡笑。

她在樹籬圍繞的自家庭院裡種植了山茶花等多種植物，總是很愉快地照顧它們。明明是稀鬆平常的光景，但對於當時的純子來說卻很異常。

純子記得起初以為阿姨瘋了。對於不知笑容的孩子而言，在笑的女人看起來就像怪物。所以純子當時只是楞楞地望著她，阿姨和善地對她微笑，對她開口說……

小妹妹，你是轉角的老師家的孩子嘛──

真讓人羨慕──

你們家好氣派啊──

爸爸媽媽對你一定很照顧吧──

說完，阿姨又笑了。

純子覺得她很漂亮。

她的臉蛋肌膚雪白，嘴唇嫣紅，眼睛閃亮動人，年幼的純子沒看過如此美麗的容貌。

阿姨用紙包了些糕餅送她。

這個給你吃，別跟別人說喔──

阿姨說。

後來純子好幾次隔著樹籬與阿姨說話。

也曾經受邀進入阿姨家裡。房子裡有股香氣，令她覺得輕飄飄的，心情很好。阿姨身上也有這種難以言喻的香味，現在回想起來，應該是便宜脂粉的氣味吧。

這是她的祕密。

純子對父母隱瞞事情，說來這是最初也是最後一次。不論在這之前或之後，她都不曾有過祕密。

在這之前她只是個不懂事的小孩，想藏也藏不住；在這之後她則堅信只要無愧於心，就沒有必要隱瞞，所以也不需要祕密。

純子當時並不認為自己做了壞事，只不過她有所自覺，知道這是必須保守的祕密。

阿姨——每一次純子去找她，她都會溫柔地對純子微笑。雖然母親認為笑是下流的行為，看到阿姨的笑容，純子實在難以認同母親的主張。

阿姨笑的時候絕對不會發出聲音，與其說哈哈大笑，更接近嫣然一笑。純子每次見到她，總嘗試著模仿她微笑。

但是不論如何就是辦不到，她就是不知道如何笑。不可愛的孩子只能擠眉弄眼做出怪異表情。

兩人維持這樣的關係，過了半年左右。

某一天，突然起了變化——

純子與母親一起經過阿姨家面前。阿姨隔著樹籬，一如既往和藹可親地對純子微笑，但沒有出聲打招呼。回頭看她的純子沒有笑，反而用瞪人的表情望著阿姨。

就只是如此。

明明就只是如此而已，母親卻在雙眉之間擠出了深深的縱紋。母親對阿姨投以寒冰刺骨般的冷徹目光，阿姨似乎覺得有些困惑，仍然帶著微笑，有點抱歉地向兩人點頭致意。

從那天起──純子與阿姨的祕密關係結束了。

母親洞悉了一切，次日立刻登門拜訪阿姨。純子沒被斥責，母親只對她說了一句：「不要再去那個家了。」短短的一句話，反而讓純子深刻地了解一件事。

那就是──再也無法跟阿姨見面了。

但她並不覺得悲傷。

那天之後，純子真的再也沒去過阿姨家。

之後又過了一個月。

那天是她最後一次見到阿姨。

事情始於突如其來的叫罵聲。

大街上似乎發生騷動，純子沒作多想地出門一看，見到阿姨被人從家裡拖到樹籬前，趴倒在地上。阿姨的面前站了著一名身穿昂貴的細碎花樣和服的婦人，對她大肆謾罵，有許多看熱鬧的民眾圍觀。

你這頭母豬──

婦人口吐與昂貴衣物不相稱的下流話語。

你這隻不知羞恥、愛偷腥的貓──竟敢拿我家的錢住這麼豪華的房子──你以為你是什麼貨色──還敢穿這麼漂亮的衣服──

婦人抓住阿姨的領子。

給我脱掉──還我！還我！──

婦人伸手欲將阿姨身上的和服剝下來。

她滿臉通紅，怒不可遏。看來阿姨應是某個有身分地位的男人包養的情婦。正妻忍受不了嫉妒，找上門來大鬧一番。

當然，當時的純子自然不可能知道這些複雜內情。年幼的純子眼裡，就只見到一個咄咄逼人的女人，與不斷低頭忍耐的女人而已。

婦人自以為行為正當，認為正妻的地位絕對優於情婦，但這是錯誤的，這種高下之別只在重視嫡子的父系社會當中有效。

受男人包養的生活方式或許並不值得褒揚，但是真正該受到抨擊的是包養女人的男人而非情婦。是否結婚登記，誰先誰後，就女人立場看來所作之事並沒有差別。只要正妻不是自力更生，必須仰賴男人扶養的話，可說與小妾亦無不同，因為兩者都是處於被男性剝削的立場。這兩種身分地位的差異由男人所賦予，在男人觀點看來，男人分別剝奪了正妻與小妾的人格，令她們只能**唯唯諾諾**地仰其鼻息過活。

淫婦——

妓女——

婦人罵盡了各種髒話。

這些都是男人的語言。

純子呆呆地看著這副光景。

母親從純子背後現身，以袖子遮住了她的眼睛，要她別看。

那個人是壞女人——

母親說。

四周一陣哄笑，純子從袖子的縫隙偷看，見到阿姨的衣服被人剝掉，躺在地上。

給我滾，滾得愈遠愈好——

婦人叫喊。

阿姨靜靜地站起來，在眾人嘲笑之中搖搖晃晃地走向純子家的方向。

她似乎遭到婦人毆打，臉有點浮腫。

但是——

阿姨臉上還是浮現了**淡淡的**微笑。

經過純子家時，阿姨瞄了純子一眼。

一如既往地，

溫柔地，

——笑了。

此時純子了解了一個道理。

這個世上有兩種人。

會笑的人與不會笑的人。

純子在母親懷裡想，自己應該屬於不會笑的人吧。

——因為，

純子到最後還是無法用笑容來回應阿姨。

——長久以來……

一直忘卻的……

純子試著回憶起埋藏於記憶深處的阿姨的笑臉。

她的臉部特徵幾乎完全消失，只剩下鮮明的紅唇與近乎抽象畫般的神祕笑容。

——笑。

女孩們的笑聲。

是的——笑。

純子之所以生氣，並不是因為被學生嘲笑年齡，也不是因為被人在背後講壞話。她們笑什麼其實都無所謂。純子對於被笑，不，對於笑本身有著深深的心理創傷，如此罷了。

為什麼有人能如此天真無邪地笑？

究竟有什麼好笑？

為什麼笑？

「為什麼笑！」

嘻嘻嘻。

嘻嘻嘻嘻。

就在純子出聲喊叫的同時，分不清是大笑還是嘲笑的下流笑聲響徹於磚石砌成的堅固校舍之中。

4

「我覺得你似乎把結婚視為可恥之事——」

男子語帶誠懇地說：

「——所以你才有所錯覺，認為打算結婚的自己很可恥，這就是你變得很在意學生目光的原因。」

「我想——沒這回事。」

「是嗎？」男子語帶疑問：

「——既然如此，你就沒有必要在意學生的言行了。不管在誰眼裡，你都是個好老師，沒有任何可恥之處。」

「我——並不覺得可恥。」

「有自信是非常好的事——但是，果真如此，你又何須在意他人目光？除了部分親戚以外，應該沒人知道我向你求婚吧？其他教師也就罷了，學生根本無從得知啊。」

是的，不可能有人知道。

「而你明知如此，卻仍在意學生們的眼光，不就表示這是你的心理問題嗎？」

「這——的確有這種可能。」

「所以說——」男子說：

「——你還是——在內心深處厭惡著婚姻。表面上答應我的求婚，卻還是十分迷惘。」

婚姻是種老舊因襲、形同虛設的制度，象徵著束縛與倚賴，壓榨與歧視。

純子一直很鄙視婚姻制度，在這層意義下說沒有迷惘是不可能的，但是這種事情她已經**看開了**。

「我並不——感到迷惘。」

「真的嗎？我很重視你的意願，如果你仍然有所迷惘，我們可以好好討論過再做決定。妥協就不像你了。」

自己也認為如此。

但是純子絕對不是因為妥協才接受求婚，而是——

——笑容。

男子一副認真的表情繼續說：

「我也同意現行的婚姻制度並非完全沒問題，許多部分都有必要重新檢視。但制度是制度，而我們的婚姻卻是我們之間的事，是締結於你我之間的對等契約。只要我們兩人對婚姻的認識正確，就能隨心所欲地以我們自己的方式來實現婚姻生活，不是嗎？——」

純子想——男子所言根本是理所當然、人盡皆知的道理，但是純子並沒有開口。至少他是個很誠懇的人。

「──事實上，結不結婚根本就無關緊要，僅僅一張紙並不能改變什麼。或許你會想：『我可不想受一張紙束縛。』我完全贊同這個意見；但反過來，結婚不也可說是──僅是在一張紙張上簽名蓋印，所以根本不構成束縛，不是？」

確實如此。

結婚，就只是簽名、蓋印、締結婚姻契約的行為，什麼也沒改變。不管是冠父母的還是結婚對象的姓氏都一樣，純子就是純子，不會變成別人。但是周遭的看法會改變，即使當事者不變，社會對自己的定位卻會改變。

「的確，社會對我們的定位是會改變。」

男子彷彿看穿純子的思考似地說：

「但這並不一定是壞事，至少對現在的你應該是好事。」

「什麼意思？」

「如果你想在男性中心社會裡進行改革，沒有道理不利用我現在所處的地位吧──」

成為這名男子的伴侶，等於是進入了家族企業的核心。

純子看著這男人的臉。

他是大財閥的當家之主。雖然純子一點也不在意這點，但他的確有錢有勢，擁有莫大資產。在世人的眼裡，他是個無可挑剔的伴侶，而且除去這些，他也是個有魅力的人。他誠實，表裡如一，寬容而有行動力，頭腦也很聰明。

純子並不討厭他。

與其說不討厭──毋寧說她喜歡他。

但是，不知為何在討論這事時，男子的話語總是表面而空泛，從來沒辦法說到純子的心坎裡。

例如……

「我真的很尊敬你」男子說。

尊敬與愛情並非同義，因為很尊敬所以想結婚，這個理由實在令人難以信服，所以男子求婚時純子坦白地回絕了。

但男子卻回答：

「我認為不管何種形式的愛情，不包含尊敬都是無法成立的。」

「如果無法尊敬對方，自然也無法打從心底愛上對方。」

「我尊敬你的人格、思考、生活方式。」

「我尊重你的個性，我是在這些體認下向你求婚的。」

這些話一點也不像愛的告白，僅是空泛言語的羅列。

但對於純子這種個性的女人，這些話反而容易入耳。理性而淡泊的純子一想到甜蜜話語與溫柔囁嚅就倒盡胃口，還是這種理性而淡泊的話語比較動聽。

而且，普天之下除了這名男子，怎麼找也找不出第二個人會對純子這種女人甜言蜜語吧。這是事實。

因此，純子反而慶幸男子沒在這種時刻說出肉麻話來。

「至於姓氏的問題——」

男子繼續說：

「——關於結婚登記時是否改姓，我認為改姓並非意味著某方隸屬於某方，倒不如想成這是為了獲得財產繼承權所必須的職位名稱或頭銜即可。在這層意義下我也是如此。我是個養子，原本不是這個姓氏，但我並不在意。即使我已經改姓，也不代表我就隸屬於這個家庭。」

「這——」

「我認為姓氏單純只是一種記號。不管姓氏是否改變，你就是你，並不會有所變化——當然了，這是假定你並不執著於現有姓氏的情況。」

──這些小事

純子一點也不在意。

男子求婚時純子覺得驚訝萬分，因為她還沒做好心理準備，同時學校裡又發生學生的偏差行為，所以遲遲未能下定決心。

然而，令她遲疑未決的並不是婚姻本身，但男子似乎就是無法理解這點。忽視家庭問題與婚姻制度，就不可能認真探討女性如何參與社會的問題。

長期以來，純子早就針對婚姻問題思考過千百回。

純子──雖然沒想到竟然有人向自己求婚──不分日夜地拚命思考調查關於婚姻制度的問題，亦曾撰專文探討。對於這個問題純子早有定見，不會輕易受他人影響，故也無法簡單說明。就算男子在這種狀況下表示他的意見，對她也起不了什麼作用。

因此……

「我並沒有──打算改姓。」

她決定簡單回答。

「那就好。」男子笑了。

有什麼好笑的？

「既然如此──這有點難以啟齒──難道是因為你覺得自己的年齡與擔任教職的立場會對我們的婚姻造成障礙嗎？」

「這──不能說沒有。」

是的，不能說沒有關係。

仔細想來，純子心中對年紀的確有著自卑情結。雖然她平時總斷然主張年紀不應成為貶低個人的因素，也嚴詞厲色地斥責過學生，但說穿了，自己內心還是存著一丁點對年齡的歧視意識。

但是……

「但是──沒有關係。」

純子回答。

姑且不論現行婚姻制度的是非，認為年

紀這麼大才結婚很奇怪跟認為女人不會工作一樣，都是沒有根據的歪理。不應受到這種思想影響，愚蠢的想法必須排除。

「那麼就沒有問題了嘛。」

男子說。

「沒——問題了嗎……」

「我需要你，不論是人生還是工作上，我希望在所有場合都有你為伴——這麼說或許不怎麼恰當，我認為你的才能不應侷限在這間小小的學校擔任教師，你應該在社會上一展長才，大放異彩才對。我願意全面協助你，包括你推行的婦女運動。」

是的，這名男子是少數——或者說，幾乎是唯一的——願意認真聽純子談論女權運動的男性。不敢說他完全理解純子的主張，但至少他願意用心去理解，這是事實。

他是個——誠懇的人。

「你怎麼了？」男子問：「——如果有什麼疑問請儘管說。」

「沒什麼——大不了的。我願意接受你的求婚，反正我的家族也不反對——」

但是……

——真的好嗎？

男子高興地笑了。

——為什麼笑？

「那麼——你願意按照預定跟我的家人見面嗎？」

「要見面當然沒什麼問題，可是我不保證他們會接受我。我就是我，我不會刻意討好人，該主張的事我也一定會主張。」

「這哪有什麼問題。」男子說：

「你只要表現出平常的自己即可。即使我娶了那些平凡無趣的——啊，這麼講似乎有點失禮——總之就是不知世事的千金小姐，我的家人也不會認同。但你有才能，我有自信他們會認同你是個人才。」

真的──會這麼順利嗎？

純子要去見的人，與其說是親戚更像是家族企業的核心幹部。這些盤據於男性社會中樞的人，真的能公允地評價女性嗎？

純子照實地表達了自己的疑問。

男子又微笑了。

「他們的確是群徹頭徹尾男性中心主義又有蔑視女性陋習的人，但是他們也不是笨蛋。這就叫擒賊先擒王。因為你具備真正的實力，所以無須擔心，一切──只需將你自己表現出來即可。」

「表現？」

「是的。」男子歡快地說：

「欸，別擔心，很簡單的。我再說一次，他們並不是笨蛋；說更直接一點，他們非常狡猾，而且頭腦很好。」

「這麼說是沒錯──」

「所以只要你的主張正當，信念正確，他們絕對會接受；如果不能跟他們站在同一個舞台，他們才懶得理你，他們就是這種人。因此──或許會讓你有點為難，但我希望你當天留意一下穿著打扮，不要穿你平時穿的衣服。」

「這點常識──我還懂。」

「總之請你稍作打扮，上點薄妝。因為我認為你是──我先聲明，這並非出自歧視女性的觀點──」

「──你是個美麗的人。」男子說。

純子覺得很困惑。

「然後──我們不是去戰鬥，所以請你盡量表現平和一點，最好能在臉上做出一點笑容──」

「笑容？」

要我笑嗎？

──該怎麼笑？

「是的。我猜你一定會說──又不有趣，

怎麼笑——」

——並非如此。

就算有趣……

就算有趣也笑不出來啊。

「很簡單的。」男子再次強調。

「表情是一種武器。」

「武器——嗎？」

「是的。」

「用笑——攻擊嗎？」

「當然不是。」男子分外認真地說：

「並不是攻擊——要形容的話，就是策略。笑能使人際關係更圓融，讓人與人之間的溝通更順暢，是一種有效的武器。這個武器有很多運用方式，例如想讓對手吃鱉，就別一開始向他正面挑戰，這是一種戰術。」

「笑是——戰術嗎？」

「是的。說戰術或武器似乎過於誇張，不太恰當，應該說工具比較適宜吧。在商業的世界裡，男性大多不覺得有趣也會笑，因為笑表示恭順，表示服從，表現出自己沒有敵意——露出笑臉是一種等同於願意在契約書上簽名的信息。當然，肚子裡懷著什麼鬼胎則另當別論。就算打算給對方好看，也會先表示友好態度，除非原本就想打上一架，否則從一開始就表露敵意，談判也不可能順利啊。笑臉是一種表現紳士風度、願與對方挖心掏肺的信息，是一種約定。笑是文明人的象徵。」

「可是——」

可是自己辦不到。

「你看，那些進駐的美軍不是經常拍擊膝蓋大笑嗎？雖然我認為笑話再怎麼好笑也沒好笑到那種程度，他們的反應太誇張了——反之，歐美人卻認為亞洲人幾乎沒什麼表情。這是一種歧視，因為禽獸不會笑，他們或許想暗諷亞洲人與禽獸相近吧。」

「禽獸不會笑嗎？」

「聽說不會笑。」男子說。

「動物之中，只有人類的臉部肌肉特別發達。關於禽獸是否有喜怒哀樂等情感，每位學者見解不同，但可以肯定的是，至少動物無法做出『笑』這種臉部動作，在解剖學的角度上來看不可能辦到。會笑的只有人類，不是有人說——笑是文化嗎？」

「嗯——」

「但是，雖說是文化，若以解剖學上的觀點來看，笑反而是天生的，而非後天學習而來的，因為就連嬰兒也會笑呢。只不過嬰兒是不是覺得有趣才笑我們就無從得知了。」

「嬰兒——會笑？」

嘻嘻地笑？

「會笑啊。很可愛呢。」男子說完又露出微笑。

「這麼說來——我聽過一個有趣的事情。雖然歐美人嘲笑我們面無表情，但是他們的笑卻也只有兩種。那就是『laugh』與『smile』。就是開口大笑與閉口微笑，只有這兩種差別。」

「開口——與閉口。」

「是的。」男子愉快地說。

「據說——開口笑起源於威嚇的表情。回溯到動物時期，我們做出笑容使用的肌肉與動物進行威嚇時使用的肌肉相同。」

「威嚇——嗎？」

「是的。例如老虎、猴子，甚至貓也一樣，當這些動物要威嚇敵人時，會將嘴巴張得開開的。當演化到人類時，這種威嚇行為就成了大笑。」

表示威嚇的——笑？

「相反地，閉口笑則起源於處於劣勢時舉白旗求饒的表情。當野獸被逼上絕境、無路可逃時，不是會垂下耳朵，縮起尾巴，嗚嗚地哀求對手饒命嗎？那就是微笑的本義，表示『別殺我，我不會抵抗了』——」

——不會抵抗了。

表示恭順的——笑。

「你怎麼了？」男子問。

「沒什麼。」純子回答。

「因此啊，西洋人的笑恰好完全繼承了威嚇與投降這兩種類型。日本人的笑則更為複雜，更為進化。我國關於笑的詞語有微笑、大笑、苦笑、哄笑、豔笑、爆笑等好幾種呢——」

説完，男子又笑了。

「因此啊，我看反而他們更接近野獸吧。唉，雖然只是説笑，這種話也算是種歧視了，請忘了吧——」

是的，笑就是一種歧視，用來表現威脅或諂媚的行為。沒有所謂慈悲的笑，也沒有所謂幸福的笑。

父母用威嚇來代替大笑。

阿姨用微笑來代替諂媚。

沒有優越感或自卑心，就無以為笑。

只有在賦予高下之別，帶著惡意對劣等者加以蔑視時，人們才能打從心底發出笑來。

「殺了你」、「別殺我」，由原始鬥爭昇華而來的就是笑。所以不笑的話——只會被笑。

討厭被笑。

嘻嘻嘻。

嘻嘻嘻嘻。

純子彷彿又聽見巨女的笑聲。

5

就這樣，純子決定結婚了。

既然心意已決，她必須學會笑。

所以她現在看著鏡子，努力學笑。

滑稽。

太滑稽了。

一點尊嚴也沒有。

但純子依然努力裝出笑臉。

可是歪曲的表情仍舊不會變成笑臉。

有如壞掉的文樂人偶（註一），表情滑稽。

或許化個妝會好一點，試著在臉上塗上脂粉與口紅。以為會變得如小丑般愉快的臉，結果卻是如小丑一般可悲。

嘻嘻嘻嘻。

聽說笑是天生的，如果這是事實，不會笑的人難道就不是人嗎？的確，不論學生、老教師還是他，他們都能自然地笑出來。沒人必須付出努力才能笑，他們就只是無意義地笑，無意義地歧視。縱使笑之中不具任何思想主張，他們還是會笑。

──為什麼我就不會笑？

純子凝視鏡子。

嘻嘻嘻嘻。

──被笑了。

嚇了一跳，抬起頭來。

窗外，圍牆上方──

一個巨大的女人遮蔽了天空，正在嘲笑純子。

──阿姨。

嘴唇鮮紅，是阿姨。

純子打開窗戶。

嘻嘻嘻嘻。

不對不對，完全不對。

阿姨出聲大笑。

她的巨大身體遮蔽了整個天空，低頭看著滑稽又矮小的純子，捧腹大笑。

啊，原來如此，真的很可笑呀──純子看著她的模樣，打從出生以來第一次笑了。

哇哈哈哈哈，哇哈哈哈哈。

好好笑，好好笑好好笑。

但是……

沒看鏡子的純子並沒有發覺自己正在笑。

就這樣看不見了。

山本純子遭到暴徒襲擊，帶著笑容而死。

此乃昭和二十七年師走（註二）將盡之事。

註一：文樂人偶：文樂為一種日本傳統人偶戲，又稱人形（人偶之意）淨琉璃。由口白描述故事狀況，操偶師操作人偶，配合三味線的伴奏演出。

註二：師走：傳統為陰曆十二月的別名，今陽曆十二月亦稱之。

第柒夜

火間蟲入道（註）

人生勤有益而嬉無功。
勤則無匱。
庸庸碌碌，懶散一生而死者，
其靈化作火間蟲夜入道，
舔燈油熄火，妨人夜作。
今轉音，稱「ヘマムシ」。
「ひ」與「へ」，五音相通也。

——《今昔百鬼拾遺》／中之卷・霧

註：火間蟲入道：火間蟲念作「hemamushi」。入道即和尚，也用來形容光頭。據說是懶惰者死後變成的妖怪，當人們挑燈夜戰時，會突然吹熄燈火，或在寫字時抓住筆，妨礙他人工作。

1

有蟲。

聽見沙沙作響的蟲爬聲。

這蟲好討厭，濕黏黏的，還黑不溜丟的。

大概是蟑螂吧。

想必沒錯。

而且，還長了一張老頭子臉。

岩川真司被蟲窸窸窣窣的爬行聲吵醒。

他在一間完全黑暗的客廳裡，在只有四疊半（註一）大小的狹窄客廳正中間。

不知這裡是何處，不知現在是白天還是黑夜，氣溫不冷也不熱。

只覺得天花板異常地高。

房間異常地寬敞。

分明只有四疊半的狹窄空間，牆壁看來卻很遙遠，伸手難及；一伸手，手臂卻像麥芽糖似地伸長，指尖離自己愈來愈遠。

聞到發霉的味道，還有塵埃的味道。

聽見聲音，哭泣的聲音與憤怒的聲音，安慰的聲音，怒吼聲、啜泣聲、大口喘氣聲、心臟跳動聲、皮膚發顫聲……啊，全都聽得一清二楚。

但是，也混入了沙沙的雜音。

是蟲。

有蟲。

蟲──在岩川的腦髓裡蠢動。

令人作嘔，從來沒經歷過如此不愉快的感受。塞了過多東西的腦袋裡，在如此狹窄、充滿髓液血肉的地方竟有蟑螂，實在難以置信。

聽見少年的聲音。

──是他。

是那個惡魔，那個把岩川的人生搞得一團糟的孩子，現在應該就在身邊。

岩川爬起身。

天花板陡然降低，彷彿隨時會頂到，好低的天花板啊。

啊啊，蟲好吵。

吵死了，什麼也聽不見。

岩川搖搖頭，世界咕嚕咕嚕地天旋地轉起來。

原來如此，是世界在搖動，自己一動也沒動。岩川覺得就是如此。但是——

父親是個可憐的人。

母親是個不幸的人。

老婆還活著嗎？

岳父死了嗎？

好想再見兒子一面。

唉，好想再畫圖啊。

岩川手握畫筆。

但是畫筆的筆桿好粗，筆尖銳利得像刀片，簡直像菜刀一般。岩川想，這隻畫筆沒辦法畫出細膩的圖吧，但是還是得畫。

岩川拿著菜刀在榻榻米上塗鴉，刻上「火間蟲」（註二）的字樣。

慢著，住手——

蟲，像老頭子的蟲在腦中說了：

別做這種事情——沒有意義——

住口，少囉唆，別想阻撓我，我受夠了。

我必須殺了那孩子。

岩川手握菜刀。

那個少年悄悄潛入岩川的腦髓縫隙，奪走了岩川的一切。工作、家庭，以及岩川自己，

註一：四疊半：疊指一張榻榻米大小，即日本房間規模的計算單位，相當於二分之一坪。榻榻米的長與寬比例為二比一，鋪法通常為每邊直一橫一，正中間放置半張大小的榻榻米，恰好形成一個正方形房間。四疊半大小的房間為日式格局的最小單位，可說是貧窮人家典型的房間規模。

註二：火間蟲：原文作「ヘマムシ」，念作「hemamushi」，是一種用文字拼湊成老頭子模樣的塗鴉，「ヘ」為頭頂，「マ」為眼睛，「ム」為鼻子，「シ」為嘴巴與下巴。有人認為鳥山石燕將這個傳統塗鴉遊戲妖怪化了。

都被那個傢伙破壞了。被那個惡魔少年給——

那傢伙究竟是——

2

與那個惡魔般的少年在何時相遇的？

記得在逆光之中。

少年站在逆光之中。

背上閃耀著光之粒子，惡魔站立於大地之上。或許因為如此，岩川對他的印象只剩下黑影般的輪廓與笑起來潔白閃亮的牙齒。

您很不幸嗎？——記得他對自己說了這句話。不對，應該是——您沒受到上天眷顧嗎？

應該也不對。

您有什麼傷心事嗎？——

他說的應該是這句吧？

別說對話，光是季節——

那是在春天還是秋天，

是暑，

是寒，

岩川都不記得了。

印象中沿著川面吹來、打在臉頰的風很冷，可那又似乎是因為岩川滿身汗水。

皮膚的感覺不可靠。

岩川又搖了搖頭。

不對，不是這樣。

那是——

是夕陽。

對了，是黃昏時分。

那個少年背對夕陽，凝視岩川。但是——在那個小惡魔背後閃爍搖晃著的，是——芒草嗎？還是油菜花呢？岩川終究無法回憶起來。

綿綿不絕的記憶於仍未僵化固定時，還能不斷地回想重現，想從軟綿綿的棉花糖般的記憶堆中找出蛛絲馬跡並不困難。但是，想俯瞰記憶整體卻難以辦到。

只能從跳躍的片段中找出線索。

例如當下的心情、細微的聲響與氣味，回憶永遠只是片段，端靠想像力將這些片段拼湊創造成模糊的整體形象，但現在的岩川嚴重缺乏想像力。

縱使如此，岩川還是由錯綜的記憶中抽絲剝繭，拚命回想。雖然早就無關緊要，但這樣繼續下去的話——

照這樣繼續下去的話，恐怕連曖昧不明的記憶也會跟著完全風化。

可是——

當綿綿不絕的記憶僵化固定的瞬間，便不再重現，無法保持完整。無論怎麼拚命回想，不管怎麼收集拼湊記憶深處的畫面、皮膚的感覺、聲音、氣味，都無法拼成完整的形狀，永遠是模模糊糊，曖昧不明的。

但岩川還是努力地回想著。

確認記憶是岩川確認自我的儀式。

總之——

總之，那個時候少年站在河岸旁的空地，滿面笑容地看著他。

河岸——

對了，是河岸——岩川與少年相遇的地方是河岸。在河岸做什麼？

溼潤的觸感，土與草的氣息。

夕陽，夕陽映照川面。

岩川那時正看著河川。他坐在堤防上，就只是心無所思地——

為什麼？——

自己在河岸幹什麼？——岩川覺得不可思議。

岩川剛轉調到目黑署時，已經確定晉升警部補。雖是轄區警署，刑事課的職務依然十分繁重，特別是岩川身為中間管理職，照理說沒那種空閒時間。

那天應該是早班吧。工作剛結束，在回家

的途中，為了轉換心情到河岸欣賞風景──

不，並非如此──

岩川當時是偷溜出去的。

沒錯，不管跟蹤也好，調查也罷，總之岩川隨便找了個理由，在夕陽尚未西落前早早溜出警署。他翹班了。

這麼說來──那一陣子好像天天都是如此。不，總是如此。

來到目黑署後，有好一陣子岩川總會溜出警署，到河岸或公園徘徊遊蕩，消磨時間。他討厭待在警署，更討厭回到家裡。

為什麼──

為什麼討厭？

明明是自己做的事，現在的岩川卻無法理解當時的心情。工作的確很無趣，覺得沒有意義，也感受不到成就感。

但是──

還是不懂。

那時……

那個少年最初對岩川說的話──雖然岩川已經不太記得了──似乎是憐憫、安慰的話。

岩川那時的表情應該相當悲愴。除非是受傷或跌倒在地，否則再怎麼不怕生的孩子總不至於素昧平生的陌生人親密攀談吧。

您碰上了什麼痛苦的事嗎？──

他應該是這麼說的吧。

岩川愈想愈覺得自己那時的表情應該非常痛苦，令人不忍卒睹。

可是──

究竟那時候在煩惱什麼呢──岩川苦思不得其解。

拋下工作與家庭不管，懊惱到連毫無關聯的路人，而且還是個小孩子都前來關心──到底是為什麼？記憶中似乎並沒有碰上如此悲慘的境遇。但是──

這麼說來，好像有段時期覺得生活痛苦不

堪。

岩川的身體仍然記得曾嘆過數不清的氣。

覺得很討厭，很討厭。

可是究竟是什麼令他那麼討厭？

唉，記憶依然模糊不明——

可是即便如此，當時仍舊比現在好上太多了吧。

反正早就結束了，想不起來也無所謂了。

一旦覺得無所謂，腦中立刻被更無謂的記憶所盤據。

不行——

意識開始矇矓。

癮頭似乎發作了。

在還沒想起之前就睡著的話，會失去記憶的。

下次醒來或許岩川就不再是岩川了。

討厭這樣，但是——

但是這樣也好。

這樣就好——腹中的老頭子說。

3

少年親密地向他搭訕。

是夢。

聽到語帶憐憫的問候，（夢中的）岩川遲鈍地回過頭。長滿堤防的雜草在餘暉中隨風搖擺。

好亮。因為太刺眼了，（夢中的）岩川瞇上了眼。射入瞳孔的光量減少，說話者的輪廓浮現。

眼前站著一個黑色、瘦小的影子。

影子對他微笑。

「覺得[redacted]嗎？」

似乎在說什麼。

影子露出潔白的牙齒。

聽不清楚。

「您很怕[redacted]吧？」

不對，並非聽不清楚，而是聽得見但意思不通。不，岩川應該也懂他話中含意，但（做夢的）岩川沒辦法辨識這句話。證據就是面對少年的問題（夢中的）岩川有所回應。岩川在不知不覺間回應起聽不清楚的問題。

——沒這回事，絕對沒這回事，我只是有點疲累，工作太忙了。

為什麼要對不認識的孩子說明？

（做夢的）岩川不懂理由何在，但是（夢中的）岩川似乎不覺得奇怪。孩子笑得更燦爛了，在（夢中的）岩川身旁坐下。

孩子說：

「但是我看您每天都在這裡嘆氣呢，您是警部補吧？」

——嗯，你真清楚。我以前跟你說過嗎？

是啊——少年說。

不可能，那天是第一次見面——（做夢的）岩川非常確定，但不知為何（夢中的）岩川卻對少年沒有任何懷疑。

但這並不奇怪。這是重現過去的夢境，與少年對話的是（夢中的）過去的岩川，而抱著疑惑的則是（做夢的）現在的岩川。

「您遇到什麼不順心的事情嗎？」

少年的表情天真無邪。

——不順心？嗯，很不順心啊。算了，也不是從現在才這樣的。

是的，很不順心。岩川的人生處處受到碰壁。

——我啊，原本想成為一個畫家呢。

幹嘛對陌生孩子述懷？

——雖說能不能當成還是個未知數，說不定我根本沒有才華。

岩川一直想當個畫家。

他喜歡畫圖，想好好地學畫，但是卻被阻撓了。

阻撓他的是——父親。

岩川的父親是白手起家的貿易商，在商業上獲得極大的成功，但卻英年早逝。（夢中的）（以及做夢的）岩川回想父親的事情。

對臉部印象很模糊。

父親在記憶中是一團影子，沒有色彩，也沒有凹凸。

（夢中的）岩川想，或許因為經常不在家，記憶也已陳舊，回憶裡的父親看起來老舊褪色。

（做夢的）岩川想，因為記憶太久遠，父親失去了色彩，在陽光摧殘下發黃、變色了。啊，這是父親的遺照。原來回想起來的不是父親的容顏，而是供奉在佛壇上的遺照，難怪是黑白的哪。

岩川討厭父親。若問原因，主要是他總是不在家裡，也可能是他太有威嚴，但最重要的是他一點也不了解岩川的心情。

父親總是在工作，鮮少在家；可是明明不在家裡，卻擁有絕對的影響力。岩川在他如磁場般的威勢下不得動彈，一直活在恐懼之中。「你要變得了不起，要變得厲害，要變得更強大。」一有如照片般表面光滑的父親不開口也不出聲地說。

但是他總是不在——（做夢的）岩川想。

是的，父親畢竟與岩川的生活沒有直接關聯。

所以岩川基本上還是按照自己所想地生活，但（夢中的）岩川仍然認為父親對他造成了阻礙。直到父親死去為止，岩川一直受到阻撓。

父親在我二十歲前早早就逝世了——（夢中的）岩川說。

——他的晚年十分悽慘。他白手起家，憑著一己之力登上富貴榮華的階梯，卻在我十五歲那年失去了全部財產。

——此時我才發現原來父親也有失敗的時刻。他遭人背叛，被他的親信背叛。這個父親最信任的男人神不知鬼不覺地把公司賣掉，捲款潛逃了。

——後來調查才知道，原來他從很早以前就盜用公款。父親過度受到打擊，變成了廢人。

——你問我覺得如何？

很悲傷啊——（做夢的）岩川回答。但是從（夢中的）岩川脫口而出的卻是——那是他自作自受。

「您受到了妨礙？」

少年問。

岩川搖頭。

——不，實際上我覺得父親妨礙我是在他完全崩潰、成了家庭的負擔之後。除了僅存的的自尊，成了空殼子的父親不嫌嘴酸地反覆說——別信任他人，他人都是小偷，當個好好先生是活不下去的，要學聰明一點……

要變狡猾、變卑鄙。

明明岩川這麼努力。

這不是妨礙是什麼？

處處妨礙他的努力。

不對……並非如此。

阻撓者並不是父親。

父親只會不停發牢騷，直接阻撓岩川的反而是母親。

沒錯，其實母親才是妨礙者。母親總是處處阻撓他，畫圖的時候她在旁邊說個不停，闡述夢想時被她中途打斷；在他開心的時候潑冷水的、反對結婚的，都是母親。找工作會失敗，也是母親不斷囉唆叨念的緣故——

是母親，都是母親害的。

記憶中的母親從一開始就相當蒼老，是個滿頭白髮，憔悴的老太婆。這應該是她臨終時的樣子吧，（做夢的）岩川想。因為她處處阻撓我——（夢中的）岩川說。

有時難得碰上高興的事，也會遭她的白眼——（夢中的）岩川說。

「很愛拿您跟您父親比較嗎？」

少年問。

——嗯，經常如此。

——我不管做什麼事都很拚命。但我天生不得要領，資質又輸人。人不是總有一、兩項所謂的天賦之才嗎？我跟那種東西一向無緣。

——所以我很努力，但是並非努力就能有結果；有時就算努力，卻只會引來壞結果，這也無可奈何。不論如何，很多情況下要獲得結果就得花時間努力，可是在結果出現之前……

受人阻撓。

不斷囉唆。

你做這種事情有什麼益處？做這種無謂的努力能幹什麼？在得不到半毛錢的事上投注心血，你是笨蛋嗎？我說這些是為了你好，要是等你失敗了才來後悔就來不及了，人生可不能重來啊——

——母親總是潑我冷水，難道這不算阻撓嗎？

沒錯，我失去了幹勁了——（夢中的）岩川想。其實打一開始就沒幹勁吧？——（做夢的）岩川想。

岩川絕不是一個很靈巧的人，甚至算很笨拙，或者改說死認真也無妨。

他其實了解，只是認真埋頭苦幹，有時也會適得其反。

然而，岩川仍然只想愚昧但正直地活下去，他認為愚人有愚人的生活方式。可是不管他做什麼——

面容蒼老的母親總對他說：「沒有結果的努力只是白費力氣。」有如遺照的父親則說：「要變卑鄙、變狡猾。」

這些話語在在打擊了他的士氣，令高昂的

情緒萎靡。於是，岩川失敗了。

我的人生如此不順遂都是你們害的，一直以來我都沒發現，我真是太老實了。

岩川漫無目標的人生之所以一直遭到挫折與扭曲，一直蒙受屈辱與不停地忍耐，都是雙親害的──

這麼認為的是（夢中的）岩川呢？

還是（做夢的）岩川呢？

毫無疑問地，不論（夢中的）岩川還是（做夢的）岩川都是岩川自己。

「是的──您總算注意到重點了。」

少年說：

「您只是想老老實實地生活，什麼也沒做卻受到挫折，有所損失，吃虧上當，所以你總覺得自己懷才不遇，沒錯吧？您的確如此認為吧？」

或許──真是如此吧。

「即使您想立功卻被阻撓，被從中奪走，可是換你阻撓別人強取功勞時，又遭人白眼。」

少年說完，注視著岩川的眼睛。

「──難道不是嗎？」

的確如此。

老老實實累積愚昧的行為也不會有收穫，再怎麼老實，愚昧的行徑終究只是愚昧的行徑。缺乏深度的事物再怎麼累積還是淺薄。因此將所有甜美的果實採走的永遠是那些聰明的傢伙、有才能的傢伙、長袖善舞的傢伙與好攀關係的傢伙，就這層意義說來，母親的苦勸與父親的忠告絕非毫無意義。

但是──

行事狡猾就好嗎？卻又不是如此。同僚輕蔑狡猾的岩川，明明所作所為都一樣，卻沒人尊敬他。

不對──岩川並不是為了人尊敬才這麼做的……但他也想受人尊敬。他想被人捧上天，這是事實。

但是——比起這點——

他真正想追求的——

其實岩川自己也不明白，只不過——

「您很不甘心吧？」

少年說。

「明明大家都一樣狡猾，同樣做壞事，他們受人贊揚，而您——卻不同。」

——只有我——不同？

「是的，只有您不同——難道不是嗎？您一做壞事就受到周遭一致的批評，一耍詐就引來侮蔑的目光——雖說只有您如此認為——我說的沒錯吧？」

是的——

岩川不知不覺間成了刑警——明明從來沒想過要當刑警——

父親留下比山高的悔恨與比海深的妄想死去，而岩川則莫名其妙地當上刑警。

但是……

但是母親仍不時叮囑他要出人頭地。

母親責備他——忠實執行一般員警勤務、在交通課浪費了好幾年歲月，是無能飯桶。

母親譏諷他——為了生病的母親忍辱負重工作，實在愚鈍至極。

母親瞧不起他——你這樣也算爸爸的孩子嗎爸爸若地下有知一定會氣得哭了爸爸很偉大爸爸賺了很多錢爸爸受到大家尊敬你一點也不像他。

母親貶低他——我沒養過這麼愚蠢的孩子你從不努力你是個懶惰鬼。

母親咒罵他——你從不懂得奉養我照顧我關懷我你是個不孝子。

母親總是責備他譏諷他瞧不起他貶低他咒罵他。

從來不曾讚美他。

她從來不會讚美他的勤勉。

就只會妨礙他想勤勉工作的心情——

所以，岩川下定決心要變得狡猾。就這樣，他爬上了更高的地位，轉調到刑事課，這時他才總算覺得自己稍微厲害了點。

但是母親還是不讚美他，而遺照裡的父親照樣不斷地抱怨他。

什麼好事也沒有——岩川對少年說。

大家都說他狡猾、過分、死不認帳。

明明自己就只是想認真工作而已——

與上司女兒相親結婚，岩川稍微地位變高了，但周圍卻更露骨地看不起他。岩川很快就察覺眾人的蔑視。

——母親在她死前最後一刻仍然看不起我，直說我沒用、愚鈍。

——她的一生想必很不幸福吧，我的確是個不孝子——

少年笑咪咪地說：

「可是您——前陣子升遷了吧？不是嗎？」

升遷，升等。

——嗯，我習慣了，習慣狡猾，習慣同僚的冷漠目光，才總算爬到警部補的位置。

「那不就好了？」少年說。

嗯，這樣就好了——岩川原本打算如此回答。

但是出口的卻是嘆息。

「覺得[redacted]嗎？」

聽不清楚。

或許真的是怕[redacted]吧——

自己回答了什麼？

少年語氣輕快地說：

「別人並非對您報以誹謗與侮辱的目光，那是嫉妒與羨慕的眼神呢。您是對的，有必要覺得痛苦嗎？」

或許是吧。

「如果覺得痛苦，理由就只有一個，您很

怕■■。」

聽不見。

「您很怕■■，對吧？」

或許如此。

就是如此啊，腹中的老頭子說。

是誰？

你是誰？

這傢伙怕■■怕得不得了呢。

所以——

「住口，那——」

那並不對，不是這樣——哪裡不對？

岩川思考。少年笑了。

「有趣，真是非常有趣。那麼，岩川叔叔，我告訴您一件好消息吧，那個鷹番町當鋪殺人事件的犯人是——」

當鋪殺人事件的犯人？

「別說別說，別說出來。」

「犯人就是……」少年說。

「我不想聽，我不想聽啊。」

岩川連忙塞起耳朵。

（做夢的）岩川用力塞住（夢中的）岩川的耳朵，不能聽不能聽不可以不可以……

但是，他還是聽到了。

此時——夢也醒了。

岩川汗流浹背，大口喘氣，他在朦朧模糊的意識中思考著。因為陷入睡眠，那個惡魔少年的記憶變得更不確實了，岩川感覺已經喪失的過去將難以取回。

4

我這個人——

我這個人還真是卑鄙啊，岩川想。

不過會這麼想，表示岩川並非完全不覺內疚，但另一方面，事實上他也覺得無可奈何；不管如何，事到如今他已經不可能老老實實去向上級稟報了，因為那毫無疑問等於自掘墳墓。

他們沒察覺是他們的問題──

岩川一邊隨意瀏覽著文件，一邊想，誰教他們自己無能，反而讓岩川先發現了真相，這本來就很異常。不具意義的文字一一映入眼裡，岩川半機械式地循著字串掃視。或許有人認為反正同樣不看內容，還不如直接蓋章較快，但岩川認為他的工作是如儀式般逐字移動眼珠。手裡拿著寫上文字的紙張，眼球逐字左右移動，這就是岩川的工作。

「警部補，警部補，」被呼喚好幾次，岩川總算抬起頭來，部下的那張淺黑色大臉出現在他眼前。

「警部補，關於佐野的事件──」

理平頭的年輕部下非常小聲地向他說話，岩川嚇了一跳，因為──他正巧在思考這個問題。岩川拿廢紙將多餘的印泥抹掉，回答：

「那個不行。」

「我的推理果然不正確嗎？」部下說。

岩川覺得這個部下──河原崎很棘手。

河原崎總是過度彬彬有禮，滿口正義、公益的大道理。岩川最討厭這些大道理了。他原本以為河原崎只是在說表面話，但是當他發現不見得如此時，反而更討厭他了。河原崎一喝酒更愛講大道理。由於岩川原本喝酒就容易醉，所以幾乎不出席酒席，可是又擔心部下在酒席上專說他壞話，結果前陣子難得出席一次，發現河原崎的酒癖後，對他的印象更差了。

喝醉的河原崎更是一本正經，滿口社會正義、俠義心與忠誠心，教人作嘔。他的每一句話都是光明磊落，難以反駁，但不知為何，岩川就是討厭這些。

岩川不愉快地說：

「廢話，好歹要有點蛛絲馬跡──例如凶

器或目擊者。」

「那麼，能讓我去調查看看嗎？」

「不必了。」岩川皺起眉頭。

「管好你自己的工作就好，殺人事件是一股負責吧？比起殺人嫌疑，你應該先調查他訂貨不付款的詐騙嫌疑。你負責的是這個案件吧？還不快去把證據收集齊全。」

「說——得也是，真是抱歉。」

部下——河原崎向岩川低頭致歉。

只要用正當言論應付，他立刻會被說服。

說好應付的確很好應付，但河原崎過於乾脆的個性也令岩川頗不愉快。說個兩句就乖乖退下只會讓岩川覺得更內疚，如果他肯發幾句牢騷，岩川的心情不知該有多輕鬆啊。

岩川看著河原崎低垂的頭頂。

在他背後來來去去、匆忙辦事的是特別調查本部的調查員。

——我可不想管這麼多。

不想插手管這件事情。

岩川是刑事課調查二股的股長，二股主要負責告訴乃論事件，殺人、傷害罪事件則由一股擔任。

佐野是他目前負責的另一個案子——詐騙事件的嫌疑犯。這個案子的詐騙金額非常少，即使偵破也不會有人誇獎，所以岩川原本提不起興致調查。但是……

豈能讓這傢伙立大功——

河原崎發現殺人事件的被害者與詐騙事件的嫌犯似乎有些關聯。岩川在看過部下的詳細報告後，認為佐野殺人說的確具有某種程度的可信性。

麻煩死了——

最初在岩川心中浮現的就是這麼一句話。

他壓根沒想過要對一股提供線報或向課長報告，只覺得非常麻煩。

這不是他的工作。

「你到底在幾股工作？上頭為了這個案子早已正式設立特別聯合調查本部，警視廳的長官與澀谷的調查員正日以繼夜地徹底調查中，早就沒有我們出場的份了。況且，那些厲害的專屬調查員沒道理不發現兩者的關聯性吧？」

是的，如果關聯屬實，終究會被發現的。岩川原本如此深信，但過了好幾天卻還沒人發現，佐野根本不曾出現出現在調查線上。

河原崎乖乖受他責罵。

那個眼神真討厭──

岩川避開眼神，取下鋼筆筆蓋，在文件的空白處試寫幾個字後，對他說：「夠了，你可以走了。」

「放任不管真的好嗎？」部下問。

「至少跟本部長報告──」

「喂，詐欺也是一種嚴重犯罪，你該不會認為詐欺罪的調查遠不如殺人事件吧？──」

「沒、沒這回事」河原崎連忙揮手否定。

「是嗎？你的缺點就是太血氣方剛了。認為正確的事情就是正確，乍看或許沒有問題，但是戰前的特高（註）不也標榜正義？他們高舉正義的大旗，結果做出什麼傷天害理的事情，相信你一定知道。看你這麼莽撞，我就覺得放心不下。你要記住，我們可是民主警察啊。」

「我深深了解這個道理。」河原崎向岩川行最敬禮。

看來這個部下就是不了解岩川最討厭他的就是這種態度。明明只是個無賴，卻還這麼重視禮節。

岩川總猜不透他葫蘆裡在賣什麼藥。

搞不好表面上的態度凜然，心中卻輕蔑著岩川呢，一想到此岩川就一肚子火；可是就算他真的是條正氣凜然的好漢，那也令人作嘔。

「既然懂了還不快走？」岩川說。

「可是、我、我只是單純地想、想解決案子。」

「河原崎，只要去跟收音機商人作個筆錄就能拿到佐野的逮捕狀了，快快捨棄你那無聊想法，去完成你的工作吧——」

「是，您說得是，我的想法錯了。」河原崎再次向岩川行禮。岩川想：「快滾吧。」

「既然知道就不該浪費時間在這裡偷懶吧，快去——」

岩川歇斯底里地說。

看著部下的背影，他又怒吼：「別再查當鋪那條線索了！」

文件上留著「火間蟲」的塗鴉。

兩個月前，在署內成立了鷹番町當鋪店長殺人事件調查本部；緊接著半個月後，澀谷又發生了一起被認為是同一人犯的殺人事件；距離警視廳認定此為大範圍殺人事件，特別派員協助也已經過了一個月以上。

即使在不同部門的人眼裡也能明顯看出，調查陷入了瓶頸。

嫌疑犯的人數與日俱增，瞬間又全部歸零；所有與事件有過關係的人全都受到懷疑，就是獨缺佐野。佐野本來就只是個小人物，根本沒人注意到。

根據河原崎的調查，佐野在犯案當天確實出現在鷹番町現場附近，澀谷事件時也一樣。也有目擊者。

即便如此，岩川還是認為他絲毫沒有義務向上頭報告。如果佐野是真正的兇手，洩漏資訊只會平白增添他人功勞。

抬頭張望。

沒人看岩川。

岩川頂著一張臭臉，徐徐地站起身來，在

註：特高：「特別高等警察」之簡稱。特別高等警察為日本二次大戰前為維護社會治安，掃除社會主義、共產主義之蔓延而成立的秘密警察。於幸德秋水暗殺明治天皇事件之後成立，戰後廢止。

黑板寫上外出後離開署裡。

警署外的氣候有點奇怪，不熱也不冷，卻也教人不怎麼舒服。衣服覆蓋下的皮膚逐漸滲出汗水，暴露在外的部分接觸到風卻又覺得異常寒冷。

今天似乎有點太早了──

前天、大前天，岩川都像這樣漫無目的在外面遊蕩消磨時間，直到快深夜才回家。他討厭回家。

冷風吹來，視線朝向風吹處，是河川。

跨過灌木叢，下了堤防，岩川瞇上眼，還是一副臭臉看著對岸，在枯草皮上坐下，雙手觸地，大地潮濕。

真無趣──

一肚子氣，岩川咒罵了一聲：「畜生！」其實也沒什麼特別討厭的事，勉強要說，就只有手掌冰冷溼潤的觸感教人怪不舒服的。

岩川拔起受露水沾濕的枯草，丟向河川，覺得毫無意義。

草非但沒掉在水面，反被風吹回，落在自己腳上。岩川又咒罵「畜生！」拍拍褲子，但溼草黏在褲子上，怎麼拍也拍不掉。

掠過川面的冷風夾帶水氣，更添幾分寒意。

岩川大大嘆了一口氣。

覺得自己很愚蠢。

水面逐漸暗了下來。

不久──有如歪斜鏡子的黑色川面上倒映著火紅的夕陽。

「叔叔──」

聽到小孩的聲音。

「您是岩川叔叔吧──」

聽到聲音，岩川緩緩地回過頭。

長滿堤防的雜草在夕陽下隨風搖擺。好亮。太刺眼了，岩川瞇上了眼。

眼前站著一個黑色、瘦小的影子。

影子對他微笑。

「您很怕[redacted]吧？」

少年親密地向他搭訕。

他露出潔白的牙齒笑了。

「沒這回事，絕對沒這回事，我只是有點疲累而已，工作太忙了——」

岩川並未仔細聽清楚問題，只是隨口應答。

這孩子——

應該認識自己吧。少年笑得更燦爛，在岩川身邊坐下。

「但是我看您每天都在這裡嘆氣呢，您是警部補吧？」

「嗯，你真清楚。我以前跟你說過嗎？」

應該曾說過。雖然岩川沒有道理告訴他自己的身分姓名——但他想，肯定是說過。

「您遇到了什麼不順心的事嗎？」

少年望著他，表情天真無邪。他看來約莫只有十四、五歲，語氣卻十分老成。

「沒什麼不順心，我只是累了。」

岩川說。

少年輕輕地搖搖頭。

「既然如此，岩川叔叔，你為什麼不直接回家呢？」

「那是因為——」

那是因為……

家裡有岳父在。

妻子的父親是岩川以前的上司——前池袋署交通課課長。

岳父半年前患了重病後，一直躺在床上休養。岳母早已去世，家中長男也已戰死沙場，岳父無人照顧，所以現在由岩川扶養。

岳父說話還算清楚，但精神已經有點痴呆了。過去受這個上司多方照顧提拔，也怕人說閒話，岩川對扶養岳父自然不敢有任何意見——

切。

「——我老婆……」

岩川欲言又止，但是少年彷彿已洞悉一切。

「很愛拿您跟您岳父比較？」

少年問。

「嗯——與其說比較……」

被比較是很討厭，但岩川真正討厭的——說實話，就是照顧岳父這件事。身為女婿，照顧岳父天經地義，不能說不是親生父親就全部丟給妻子照顧。

這也是他這個女婿的義務，岩川完全同意。

但是……

至少——岩川認為——為了照顧病人，害他原本家庭生活變得亂七八糟。重病病患的照料對家庭負擔極大，絕不是說說漂亮的表面話就能了事，真心想照顧，甚至會占去工作時間。

但他也不能辭去工作。

即使實際上他無心工作，淨想著看護的話，又會被岳父責罵偷懶。病床上的岳父總是問他：「你這樣能算警察嗎？能做好警部補的工作嗎？」

面對岳父的責難，岩川只能笑著裝傻，他不敢違逆岳父。但是就算專心在工作上，一樣會受同僚阻撓，結果兩頭落空，妻子疲累至極，孩子吐露不平。

他並不熱愛工作，但想做卻不能做，倒也十分痛苦。

「——主要是工作……」

「您受到了妨礙？」

唔——岩川心中有些發毛，這孩子能看穿他人心思嗎？

「不是妨礙。照顧病人本是天經地義，我——並不討厭。只不過若因此對工作造成影響的確有些困擾——但就算我不在——」

也沒人覺得困擾。岩川的工作就像個擺飾乖乖坐在位子上就好，沒人在乎岩川——

少年微笑。

接著說：「是嗎？這真的是您的真心話嗎？」

「您只是想老老實實地生活，什麼也沒做卻受到挫折，有所損失，吃虧上當，所以你總是覺得自己懷才不遇。」

「咦？」

「沒錯吧？您的確這麼認為吧？」

是這樣嗎——

「或許——是吧。我之所以認真工作，是因為我是個膽小鬼，怕被人責罵；我之所以照顧岳父，仍舊因為我是個膽小鬼。我沒有身為公僕的使命感，也不想對岳父無私奉獻。我只是單純地不想惹人生氣、不想被責罵，一切都是為了我自己——」

值得嘉獎的自我分析。

「真的嗎？」

少年凝視著岩川的臉。

岩川望著他俊美的臉。

「您想立功，卻被他人阻撓，被從中奪走，可是換你阻撓別人強取功勞時，又遭人白眼。」

少年注視岩川的眼睛

「——難道不是嗎？」

他說得沒錯。

不得要領的岩川總是處處遭人阻撓，可是當他的忍耐到達極限，想以其人之道還治其人之身時，卻又被人敵視與排擠。

「您很不甘心吧。」

少年說。

「明明大家都一樣狡猾，做同樣的壞事，他們受人讚揚，而您——卻不同。」

「只有我——不同？」

「是的，只有您不同——難道不是嗎？

您一做壞事就受到周遭一致的批評，一耍詐就引來侮蔑的目光——雖說只有您自己如此認為——我說的沒錯吧？」

「只有我如此認為？什麼意思？」

「那是您的誤解。」少年說。

「可是您——前陣子升遷了吧？不是嗎？」

「是沒錯——」

岩川搶了別人的功勞而獲得升遷。

因為想被岳父讚美。

因為想讓妻子高興。

因為想讓自己——安心。

「那不就好了？」

「一點也不好。」岩川又嘆了口氣。

「我因此失去了朋友。算了，反正我也不知道對方是否把我當朋友。同僚異口同聲叫我陰溝鼠。叫我小偷貓我還能理解，叫陰溝鼠也太……」

岩川笑了。

「什麼也不做——最好。我什麼也不想做。不和任何人有瓜葛的生活最好了，你——不覺得嗎？」

問小孩子也沒有意義。

「覺得■■嗎？」

少年語氣輕佻地問。

說了什麼聽不清楚。

「別人並非對您報以誹謗與侮辱的目光，那是嫉妒與羨慕的眼神呢。您是對的，有必要覺得痛苦嗎？」

「嫉妒——羨慕——」

「是的，你看到別人的成功不也非常羨慕嗎？忍不住想說一、兩句壞話，不，甚至還想扯他後腿呢。」

您會這麼想嗎？您肯定這麼想吧？您的確這麼想呢——少年緩緩地說。

是這樣嗎？應該是吧？肯定是呢——岩川

也同意。

少年繼續煽動：「這是理所當然呀，這很正常。」

「換作別人也一樣。你愈遭人怨恨，就表示您愈成功——」

成功？

「——別人想討厭就盡量討厭吧，您是幸福的，您是幸福的——」

幸福？

「您一點也不需覺得痛苦，您是對的，您的生活——相當幸福。」

「不——我一點也不幸福啊——」

「您很幸福。」少年語氣堅決。

「比您不幸的人在這世上比比皆是，抱持信念卻不得回報的人所在多有。有人有財力卻沒空閒，有人則有地位卻沒人望。不僅如此，一無所有的大有人在，往下比永遠比不完。您已經十分幸福了，而且一點也沒做錯。您只是——不懂得如何享受幸福罷了。」

「不懂得如何——享受幸福？」

岩川的眼睛瞪得老大。

少年站起。

枯草隨風飛舞。

岩川仰頭看著少年。

「你究竟——」

「我能看穿人心。」

「你窺視了我的——心？」

「您什麼也沒做錯，您只要維持現狀即可——」

「可、可是我——」

很痛苦。不，應該說，覺得自己好像很痛苦。

「您——」少年低頭看著岩川。

「如果覺得痛苦，理由就只有一個，您很怕[redacted]。」

聽不清楚。

「您很怕[redacted]，對吧？」

不對。

不對？——

什麼不對？

——剛才他說了什麼？

岩川思考著。

少年笑了。

「沒有必要迷惘，人人都有幸福的權利，所以您也盡情去行使享受幸福的權利吧。」

「行使幸福的權利是——」

「很簡單呢。您有這個權利，您只要——隨心所欲地過您的生活即可。」

「隨心所欲——」

「是的，隨心所欲。競爭中打敗對手，陷害他人，這有什麼不對？沒什麼不對呀。您只要這麼做就好。」

「可——可是。」

「討厭的事就甭做了，不做就能解決也是一種才能呢。」

「討厭的事——就甭做了——」

不用做了嗎？

反正也已經不會被人斥責了。

「——再也不用做了嗎？」

「是的！」

少年語中帶著興奮。

「有趣，真是非常有趣。那麼，岩川叔叔，我告訴您一件好消息吧，那個鷹番町當鋪殺人事件的犯人是——」

「鷹番——鷹番的……」

「對，犯人就是佐野呢。為什麼佐野必須做出詐騙行為呢，我知道理由唷。佐野他——」

討厭討厭不想聽。

岩川用力摀住耳朵。不對，摀住耳朵的是（做夢的）岩川。

這個孩子是惡魔，不能聽他的話。他由惡

意所構成，他不是人——

「為什麼？可以立下大功呢。」腹中的老頭子說：「聽他的話比較好，你會因此受到表揚。」老頭子逐漸成型，像蟑螂一般蠢動。討厭，非常討厭。

5

我這個人——

我這個人還真是卑鄙啊，岩川想。

岩川高聲大笑，心中沒有一絲一毫的愧疚。

他若無其事地蒐集佐野的詐欺證據，取得了逮捕狀，但卻備而不用。他單獨行動，用計以傷害未遂的現行犯將佐野拘捕，並成功地使他招認自己是兩件殺人案的兇手。目黑署刑事課搜查二股岩川真司警部補一夜之間成了眾所矚目的名人。

岩川有十足的把握，他知道佐野就是兇手，只是知而不報，裝作渾然不覺。

不，不止裝作渾然不覺，岩川在拿到逮捕狀之前，小心翼翼地隱蔽證據，不讓一股將焦點集中在佐野身上。

只要不至於構成犯罪，說謊也在所不惜。

岩川盡量不動聲色地誘導調查本部往錯誤方向調查。

沒人能想像搜查二股的股長竟會做出如此過分之事，恐怕到現在也還沒有人懷疑，部下也沒人察覺，大家都是笨蛋。

走著瞧吧——

岩川想。

不獨斷獨行就幹不了刑警。其他人若是站在自己的立場，也都會採取相同行動。岩川認識的人當中，這樣的人多如繁星，而能出人頭地享受榮華富貴的也必定是這種人。證據就是岩川的上司們跟他一樣，淨是卑鄙的傢伙。

事件之後，岩川的運勢隨之蒸蒸日上，事件的偵破率也跟著一路攀升。

沒人想與運勢正旺的人作對，批判岩川者反遭排擠，失敗者的言論永遠是錯誤的，昔日的競爭對手如今一改態度，紛紛向岩川靠攏。

所謂的實力並非指個人的力量，而是個人背後的勢力，岩川現在正具備了實力。報章雜誌的採編聽聞風聲立刻前來拜訪，市町的大老——其實就是黑道——也跟著順應情勢，向岩川搖尾示好。這些人與刑警的關係其實是相互勾結、利害一致，交情愈好對自己愈有利。

於是情報自動匯集到岩川身邊，績效也愈來愈好。

岩川益發傲慢了，自我陶醉有何不可？強者張揚威勢本是自然之理。

俗話說「魚若有心，水亦有情」（註）正是這個道理。

對於提供情報者，岩川亦會給予他們諸多

所以——

誰還管那麼多？誰管他們譏諷是天上掉下來的禮物還是漁翁得利，想講就隨他們講，也沒必要在意那些說他齷齪狡猾的批評。如果今天他的行動讓犯人給逃了，受人批判自是有理，但無論如何他至少成功地將犯人逮捕歸案了。

岩川認為射向他的冷漠目光，全是因為羨慕與嫉妒。

反正只是喪家之犬的遠吠，無須理會，岩川認為完全沒有必要傾聽他們的哀嚎。

傷害未遂是岩川的計謀。

岩川平時便有計畫地放過一些犯了小罪的無業遊民，籠絡他們幫自己做事。他早知道佐野脾氣暴躁，他讓遊民裝成醉漢糾纏佐野，待佐野反擊，在他出手的瞬間立刻將其逮捕。而詐欺嫌疑的逮捕狀只是一張保險牌。

岩川獲得了表揚。

好處，有時撒錢，有時則睜一隻眼閉一隻眼，積極與黑道人士接觸。

大量取締外國人竊盜集團、偵破大規模的鴉片黑市組織、舉發企業幹部的盜用公款行為，天上的好運一個接一個掉下來，岩川犯罪情報一把抓，辦案績效之好，令人笑得闔不攏嘴。

岩川愈來愈——傲慢了。

現在的岩川與原本敬而遠之的上司也能相處得游刃有餘。只要該奉承的時候就奉承，上司們便不會對他造成妨礙，他們本來就沒有理由嫌棄成果豐碩的岩川。只要小心別做出可能威脅這群傢伙死巴著不放的地位的言行，什麼也不會過問。這群人是非常單純的種族。岩川甚至覺得這麼簡單的事情至今卻辦不到，著實不可思議。

可笑——

真是太可笑了。

岩川現在覺得工作非常有趣，有趣得不得了。

於是——岩川再也不回家了。

聽說岳父的病情不樂觀，妻子向他哭訴看護工作很辛苦，但他仍不打算回家。岩川有不回家的正當理由。工作的確很忙碌，而且岳父在病床上也不知叨唸過幾回，再三叮嚀要他專心在工作上，要出人頭地，有時間吃飯就去調查，有時間睡覺就去逮捕犯人歸案。

他只是照著岳父的話做而已。

這是岳父自作自受，錯不在岩川身上。

不久，岳父死了。

岩川一絲感慨也沒有。

接獲訃聞，岩川只是冷漠地回應：「喔，

註：魚若有心，水亦有情：原文作「魚心あれば水心」，意思是如果對方表示好意，自己也會以好意回應。

是嗎？」倒是喪禮辦得非常盛大，理由不消說，是為了掌握岳父的人脈，當成購買名單的話一點也不貴。

妻子在長期的看護生活下實在疲憊不堪，對生活感到厭倦。她在喪禮期間病倒了。

但岩川還是無動於衷。

他拋下了妻子。難得運勢如此興旺，不希望被人拖累，不想受這種蠢事所阻撓，他以經受夠了。所以他把妻子丟進醫院，從不去探望，不打算浪費時間。反正本來就是為了出人頭地才娶的女人，若為了她浪費時間而阻礙升遷之路乃本末倒置。

岩川為了收集情報，出入違法場所，與不法之徒來往，最後──

做出無法挽回的事。

「做出無法挽回的事了──」

夢中的岩川大叫，做夢的岩川張開眼睛，眼皮沉重，什麼也看不見。

癮頭又發作了。

不該做出那個交易。

岩川已沒辦法離開毒品──

不行了，無論如何就是睜不開眼，記憶隨腦髓一併融解。「早就警告過你了。」腹中的老頭子說。岩川慢慢蠕動身體，腦中的蟲也跟著蠢動。

你太自以為是了，才會被那小鬼煽動。你是個笨蛋、無能的傢伙，什麼也做不到的愚者。我早就警告過你，別信任他人，別人都是小偷──

「囉唆，住嘴，別想阻撓我──」

蟑螂老頭從岩川的鼻孔滑溜地探出頭來，「住手！」他說。

「閉嘴，你又想來阻撓我，就是因為一直被你阻撓，我才、我才會變成──」

「阻撓個鬼，你向來就只是**怕麻煩**而已，難道不是嗎──」

「啊啊！」

岩川醒了。

在黑暗狹窄的客廳裡。

6

「您很怕麻煩吧？」

那個小惡魔最初這麼說。

「因為您怕麻煩吧？您最討厭麻煩了。」

——怕麻煩。

這是他真正的心情。

說什麼被阻撓、被妨礙，其實都只是想讓自我正當化的詭辯。

岩川並非真心想成為畫家，他只是沒有自信在出社會後受人認同，也覺得工作很麻煩，所以選擇了逃避。

岩川並不想要出人頭地，不奢望榮華富貴，他只是覺得汗流浹背地工作很麻煩。

他覺得照顧岳父很麻煩，也因為怕麻煩而拋下工作，躲到河岸偷懶。

但是……

他說不出口。

因為他的理由並不正當。即使說出口，這種個人理由也會被駁回而無法反駁。他討厭別人生氣，可是替自我辯解更麻煩。因此……況且……但是……

可是，麻煩的事就是麻煩。不管橫著來、豎著來、正著看、反著看都一樣，不想做就是不想做。麻煩死了麻煩死了麻煩死了。

在社會上敢勇於覺得討厭就說討厭，清楚表達自我意見的傢伙多如牛毛，他們也受到大眾認同，但岩川就是辦不到。因為他就連拒絕的信念都沒有。

他只是嫌麻煩而已。

真的很麻煩哪——岩川連笑著說這種話的膽量及才智都沒有。

但是真的很麻煩。

岩川與不法之徒的關係被人密告舉發了。他被迫辭職。表面上是自請離職，實質上卻是遭到放逐。債台高築的他賣了房子，與妻子離婚，滾至了人生的谷底。

僅僅因為不敢說出怕麻煩。

僅僅為了將怕麻煩的心情正當化，岩川失去了職位，失去了家人，也失去了自己。

聽見少年的聲音。

都是他害的──

那個陷害岩川的小惡魔就躲在紙門後面，反正岩川已經一無所有了，他緊握著刀刃。

慢著，住手──蟑螂說。那隻從自己身上冒出來的蟑螂老頭正在榻榻米的塗鴉上沙沙爬行，岩川伸出手──

用手指將之壓扁。

噗滋一聲──

陷入毒癮發作的幻覺狀態的岩川真司以殺人現行犯遭到緊急逮捕。

此乃昭和二十八年六月十九日凌晨之事。

第捌夜

襟立衣

（註）

彥山豐前坊、白峰相模坊、大山伯耆坊、飯綱三郎、富士太郎，以及木葉天狗，隨著羽團扇之風，皆臣服於鞍馬山僧正坊之襟立衣下。

——《畫圖百器徒然袋》／卷之中

註：襟立衣：指日本高僧所穿的法衣。在袈裟之外披上一件袍裳，袍裳領子立起，遮掩後腦杓與臉頰。傳說中，天狗是高僧因過於自傲，誤入魔道而化成的妖怪，故天狗界如同日本佛教界，身分高低井然分明，以鞍馬山的大僧正為頭領，大僧正所穿的法衣也因而獲得妖力而變成妖怪。

1

教主死了。

僅是如此。

他連一個信徒也沒有，無人為他哭泣或惋惜。追隨教主的人只有他本人，教團之中只有他本人一個成員。然而這個自稱教主的男人終究只是個狂人。

那麼，或許該說「一個老人剛剛斷氣了」──如此罷了。

沒有任何感慨。

事到如今，憎恨與厭惡也已消失。

不覺得懊悔，既不高興也不悲傷。

心中沒有浮現一絲一毫的哀悼之情。

屍臭。

很不可思議地，

才剛死不久，卻已感覺到些微的屍臭。

這種情況正常嗎？曾看過無數的屍體，碰上臨終場面倒是頭一遭，或許這種情況很普遍吧。

還是說，人體在活著的時候就已經逐漸腐敗了？這個老人的確久臥病榻，其肉體在活著時便已衰弱至極，了無生氣。

原本鬆弛的肌肉逐漸僵硬。

乾燥龜裂的黏膜。

瘀黑、失去彈性的皮膚。

細小、污穢、摻雜白鬚的鬍碴。

再也無法聚焦的白濁瞳孔。

從彷彿抽筋般、總是微張的嘴中露出的污黃牙齒。

皺紋、老人斑、傷痕、變形、角質化、腐爛……

老醜。

醜陋。

難道人活著活著，活了一生之後，最後都得變得這麼醜陋而死嗎？人活著就只是為了不斷變得衰弱嗎？污穢，齷齪。

總覺得剛才這個醜陋物體尚未發出屍臭。

似乎直至呼吸停止，血液不再循環而逐漸沉澱，生前已然虛弱的代謝功能總算停止，衰弱而醜陋的生物逐漸變化成物體——腐臭才逐漸飄散出來。

他死了。

什麼成就也沒達成。

這個男人——他無意義的願望無從實現，無以得到無意義的滿足，一事無成，沒人愛他，他也不愛別人，他只愛自己，只被自己愛，最後孤獨寂寥地、毫無意義地死去。這樣真的能說是活了一生嗎？

愚蠢。

他的人生沒有一絲一毫的價值。

不——

他的死沒有任何價值，一如他的人生。

這個物體沒有半點價值。

就只是垃圾，是廢渣。

——早點腐爛吧。

嗅著屍臭，如此想。

空蕩蕩的佛堂裡，僅放了一具開始腐爛的屍骸與一尊佛像。

以及教主華美的袈裟與袍裳。

一切都靜止了，一切無聲無響。

連空氣也混濁沉澱。

充滿了屍臭。

——唉。

再也無法忍耐，站起來，上一炷香。

一縷青煙升起。

2

爺爺是個受人敬畏的人。

爺爺是個偉大的和尚，總是穿著金光閃閃的華美法衣，焚火誦經祈禱。

唵冒地，即多，母陀，波多野迷（註一）。

唵冒地，即多，母陀，波多野迷。

每天有許多人跟著爺爺的念經聲誦經，爸爸也跟著誦經，聲音非常宏亮。

所以幼小的我也不輸別人地大聲唱誦經文。因為我的奶媽阿文說不大聲念出來，佛祖會聽不到。

爺爺有好幾顆眼睛。

我想一定是這樣。因為爺爺就算閉著眼睛或轉過身去的時候，也還是看得到大家，沒有事能瞞得過爺爺。

在他的頭後面、背上以及肩膀上，爺爺的身體到處都藏著眼睛。

是的，因為我親眼看過。

唵冒地，即多，母陀，波多野迷。

唵冒地，即多，母陀，波多野迷。

從我五歲的那年起，每天早上，爺爺跟爸爸都會為我祈禱，希望我將來能成為偉大的和尚。

早上起來，清淨身體後，唱誦一千次虛空藏菩薩的偉大真言。

唵縛日羅羅多耶吽。（註二）

唵縛日羅羅多耶吽。

唵縛日羅羅多耶吽。

唵縛日羅。

曾經發生過這種事。

有一天早上。

我在誦經的時候，一隻瓢蟲飛了進來。

我覺得那隻小小的紅色瓢蟲很可愛，不小心就看得出神了。

或許是我看著蟲兒分心了，誦經不知不覺變小聲了，或者是低著頭，沒跟上拍子而被爺爺發現，他停止了誦經。在後面祈禱的爸爸連忙來問發生什麼事。

爺爺並沒有回答。

爸爸責罵我。

你惹教主生氣了——

因為你不專心——

照這樣下去你什麼事都做不好——

難道不知道修法是為了你嗎？——

對不起對不起對不起——

我雙手拄在地上不斷地道歉，但是心思仍放在爬行於地板縫隙間的瓢蟲上。爸爸更生氣了。

你不知道自己的立場嗎——

你這樣也配當我的孩子，配當未來教主的繼承人嗎——

對不起對不起對不起——

唵，縛日羅，儗你，缽羅撚，

波多野，薩婆訶。(註三)

爺爺什麼也沒說。

拓道先生出面制止爸爸。拓道先生是爺爺的一個弟子，是個非常體貼人的和尚。

公子年紀尚小——

應該是想如廁吧？——

是的——

對不起——

我想上廁所——

我說謊了，因為我覺得比起老實說分心在瓢蟲身上，說想上廁所的罪比較輕。或許實際上並非如此，但是既然拓道先生出面為我說情，就順著他的話說吧。但是爸爸更生氣了。

修法中成何體統——

年紀小不能當藉口——

註一：唵冒地，即多，母陀，波多野迷：發菩提心真言。菩提指悟道的智慧，發菩提心真言為決心悟道之真言。

註二：唵縛日羅羅多耶吽：修行《求持聞法》時唱誦的真言。關於此段真言的說法不一，據說可增進記憶力，閱經過目不忘。

註三：唵，縛日羅，儗你，缽羅撚，波多野，薩婆訶：即被甲護身印。小指、無名指交扣於雙手內側，兩中指指尖相觸，兩食指微呈鉤狀，兩拇指併攏，口誦此真言，如金甲護身，不受邪魔所侵。

你總有一天要成為教團之長——

你沒有自覺嗎？——

爸爸抓著我的衣領，嚴厲地責罵我。拓道先生又替我說情。我站起來，雖然沒有尿意，我還是走向廁所。

但是……

此時，原本保持沉默的爺爺只說了一句話。

「蟲快飛走了喔。」

轉頭一看，

彷彿聽從爺爺的話，原本在地板爬行的瓢蟲立刻振翅飛起。有如受到吸引，蟲兒朝向爺爺面前熊熊燃燒的護摩壇（註一）方向搖搖晃晃地飛去。

噗吱一聲。

蟲兒在火焰中燒死了。

我全身像凍結般，一動也不能動。

爸爸與拓道先生，以及其他和尚都不了解發生了什麼事情，只有當事人的我知道爺爺是多麼厲害而不停地發抖。

爺爺知曉一切。

爺爺知曉我說要上廁所是謊言，知道我被瓢蟲吸引而分心。

為什麼爺爺知道呢？

連來到我身邊的爸爸跟拓道先生都沒發現，我想爺爺一定連這小小瓢蟲的動態都瞭若指掌。

「大日如來（註二）在考驗你。」

爺爺說。

「騙得了人，騙不了佛啊。」

劈里啪啦。

柴火熊熊燃燒著。

我當場跪下，額頭貼地，鄭重地向爺爺道歉。

「對不起，對不起。」

「因為蟲兒實在太可愛了……」

「無須道歉。」

爺爺說。

「但是今天的修法就到此為止吧，你好好思考一下自己被考驗了什麼。」

爺爺頭也不回地說。

幼小的我像被人當頭澆了一桶冷水，全身不停發抖。我覺得好恐怖，戰戰兢兢地抬起頭來。

爸爸像惡鬼般凶狠地瞪著我，拓道先生憐憫地注視著我。

我不敢與他們的眼神相對，於是我轉過頭，看到爺爺寬廣的背部，在那裡——

爺爺金光閃閃的法衣上，在又尖又大的衣領下——我看到了。

有著一對巨大的眼睛。

3

祖父被人稱呼為教主。

每天早晚總有大批人來向祖父求道，五體投地對他膜拜。

奶媽經常對年幼的我說：

「你祖父是個活佛。他踏遍國內的名山古剎，做了很多修行。佛祖賜給他天眼通的能力。還有人說他是弘法大師（註三）轉世呢。你要記得，你是活佛的孫子啊。」

尊貴而偉大。

註一：護摩壇：「護摩」為梵語「homa」之音譯，意為「焚燒」。密宗修法的一種，藉由燃燒柴木來消災解厄。

註二：大日如來：毗盧遮那佛，「毗盧遮那」為光明遍照之意。在密宗中被視為與宇宙同一的佛。於胎藏界與金剛界各有不同的法相。

註三：弘法大師：即空海（七七四～八三五），弘法大師為其諡號。西元八〇四年被選為遣唐使留學僧入唐求取佛法。為真言宗之祖。

南無皈依佛，南無皈依法，南無皈依僧（註二）。

奶媽也是祖父崇拜者之一吧。在虔敬的信徒的話語裡，自然沒有謊言也沒有誇大，奶媽真心相信如此，年幼的我也絲毫沒有懷疑過她的說法。

所以——或許就是因為如此。

例如當我惡作劇時，奶媽也絕對不會斥責我，她會對我說：

「所謂的天眼通，不止能看見遠處的東西。教主什麼都能看透。所以少爺不能做壞事喔，因為什麼事都無法瞞得過你祖父。就連現在，教主也一定在守護著你——」

尊貴而偉大。

南無皈依佛，南無皈依法，南無皈依僧。

是的——

祖父擁有神通力。

祖父能看見萬里外的事物，能看穿人內心的秘密，能看透太古的黑暗，能看破未來的光明。

祖父深識世界的奧妙，祖父能與宇宙交感，祖父能與宇宙合而為一，祖父能——

祖父就是真理。

金剛三密的教義。

即身成佛。

祖父是個活佛。

我一出生就是個佛孫。

奶媽又說：

「等你長大，一定會跟你祖父一樣成為活佛，到時候別忘了拯救我這個愚昧的老太婆啊。你要好好聽從祖父的教誨，每天要不斷精進，這樣一定能成為偉大的繼承人——」

因為我是佛孫。

「你要好好修行，好好修行——」

尊貴而偉大。

南無皈依佛，南無皈依法，南無皈依僧。

我——

生於明治十八年。

父親——教主的兒子——理所當然是教團的幹部。可能因為教團的事務繁忙，或者他對小孩沒興趣，父親幾乎不在家裡，記憶中我從來沒有跟他共同生活過。

母親——生下我的女人——我對她的長相、身分等訊息一無所知。據說是信徒之一。

但是，我並不孤獨，我身邊每天總有大批人伺候著我。不只奶媽，我身旁圍繞著大批教團的信眾。那時——至少於祖父在世的那段期間——我在他們的細心呵護下生活從不予匱乏，每天都奢侈度日。

教團的名稱是金剛三密會。

應該是——當年有如雨後春筍般勃興的新興宗教團體之一。可是我當時一點也不知道祖父的教團是新興宗派。

當然，一方面由於我年幼無知，另一方面，也是因為金剛三密會是以佛教為本的新興宗教。由於政府提倡神佛分離、廢佛毀釋（註二），其他新興教團多半依循神道教系統，但祖父的金剛三密會卻是佛教系統的新興宗教，教義基本上也是由傳統佛教中的真言密宗而來。

不僅如此——姑且不論真假，聽說金剛三密會當初曾明白標榜自己乃真言宗之一派。

真言宗金剛三密會。

無論如何，至少寺院正門的確明白標示如此。

而我從小起居生活之處——教團本部所在的寺院，據說原本也是真言宗系統的小寺廟。

註一：南無皈依佛，南無皈依法，南無皈依僧：佛、法、僧合稱三寶，能救度眾生脫離苦海。入佛門必先皈依三寶。

註二：廢佛毀釋：佛教傳到日本後，漸漸與當地信仰的神道教混雜，稱神佛習合。明治時代，政府發布神佛分離令，獨尊神道，排斥佛教，許多僧侶被迫還俗。

另外，祖父過去亦曾進入真言宗總本山——東寺（註一）修行，這是事實。

所以說不定教團本身並不認為自己屬於新興宗教。

總之——當時在我眼裡，寺廟長得都一樣。等到我知道世界上有許多教義不同的信仰——不僅如此，即使同樣是佛教，也因宗派不同而有許多不能相容的部分——已經是稍長之後的事。

在此之前，我一直以為佛教只有一個宗派。

不，由於祖父提倡的教義逆當時的時代潮流而行，具濃厚神佛習合色彩，摻雜了修驗道（註二）系統，所以在年幼的我眼中，連神社都等同於寺廟的附屬物。

神佛本相同，日本的寺廟與神社同樣都是為了祭祀尊貴的佛祖而存在——

而祖父則是活佛——

所以……

全日本成千上萬的神社佛閣均是為了祭祀祖父而存在——當年的我似乎以為如此，深信全日本的人都崇拜祖父。

很愚蠢的想法。

但是——我的周圍只有崇拜祖父的信徒，每個人都讚頌祖父神通廣大。

所以……

即便我對祖父與教團抱持多大的疑慮——只要信徒們隨手一捻，立刻就能輕易粉碎幼兒的笨拙疑問。不管問誰，所得到的都是清一色、無庸置疑的解答——這是教主憑藉神通力行使的奇蹟，教主是活佛。

我就是在這樣的思想灌輸下長大的。我一直以為祖父是宇宙最偉大、最尊貴的人。

不曾懷疑。

無從懷疑。

無數的信徒絡繹不絕前來膜拜祖父——現

在想來倒也沒那麼多——只要超過百人，群體中的成員便失去了個體性，在小孩眼中等於是無限大。在從不知外在世界的我的眼裡，祖父的信徒數量無異於日本人口總數。

祖父曾在我以及眾人面前行過許多神蹟。他把手放進滾燙的熱水裡，赤腳在燒得紅通通的灰燼上或尖刀上行走。

年幼的我看得是瞠目結舌。

不管看幾次都難以相信。

祖父甚至還能完美地說中藏在不特定多數信徒心中、祖父不可能知道的過去，並一一預告他們無從得知的未來。

預言應該全部說中了。從來沒有半個信徒來抱怨預言不準，所以一定都說中了。

年幼的我深信不疑。

祖父也經常看穿我的心思。

對祖父來說，不管我思考什麼，有何感受，他都能輕易猜中。祖父每次一開口，都讓我大大吃驚。我非常佩服祖父。猜中一次可能只是偶然，但猜中十次以上就深信不疑了。

尊貴而偉大。

南無皈依佛，南無皈依法，南無皈依僧。

在這種環境長大的我，祖父發揮的力量無疑地就是奇蹟，就是神通之力。

對年幼的我而言，祖父是真正的活佛。

南無歸命頂禮（註三）。大日大聖不動明王（註四）。

註一：東寺：又名教王護國寺。位於京都，為總管真言宗之寺廟。創立於八世紀末，西元八二三年，嵯峨天皇將東寺賜給空海，而成為真言宗總本山。

註二：修驗道：一種結合了日本固有的山岳信仰與密宗、道教、神道教、陰陽道而成的日本特有宗教，強調透過種種修行來得道。

註三：南無歸命頂禮：對佛皈依禮拜時唱誦的話語。

註四：大日大聖不動明王：指佛教護法，鎮守中央的不動明王，被視為大日如來的憤怒化身。

四大八大諸大明王（註一）。

因此──

年幼的我深深相信，全日本成千上萬的神社佛閣均是為了祭祀祖父而存在。

我就是在這樣的思想灌輸下長大的。

天清淨，

地清淨，

內外清淨，

六根清淨，

心性清淨，諸穢無不淨。

吾身六根清淨，將與天地同體，諸法如影隨形。所為所至之處若清淨，願望必遂，福壽無窮，乃最尊無上之靈寶。

吾今具足，願吾意清淨（註二）──

不久……

隨著時間流逝，我的知識有所增長，逐漸了解世界的結構。然而即便如此，對世界的根本性認識仍未產生劇烈變化。

我認為──信仰祖父以外宗教的人都是笨蛋。

不管他們提倡何種道理，其他宗派都只是淫祠邪教。我的內心深處如此認定，深信不疑。

阿尾羅吽欠縛日羅馱都鑁（註三）。

明治維新後，佛教與神道涇渭分明，受到廢佛毀釋的風潮打擊，中國傳來的佛教被貶為比國家神道更低等的宗教，此即佛教受難時代之肇始。

此外，一宗一管長制度（註四）明確訂立了宗旨之別與派系本末，簡直就像相撲界的排行榜一般，佛教界也組織化起來了。

至此，我總算明確理解了自己所處的立場。

祖父創立的金剛三密會，是比神道教更低一級的佛教裡的數個宗派當中，作為某一分派獨立而起的新興宗教。而且本山並不承認它的存在。只要沒有受到本山的認可，便無異於異端旁支——簡言之，僅是一個泡沫般的新興教團。

連排行榜都擠不進去。

但即使知道了這個事實，依然無法撼動我心中的認識。

即使理解了這個現狀——祖父在我心目中依然是個坐於蓮花座上的偉大活佛，是位非常尊貴而偉大的和尚。這個認識無可動搖。我對其他宗派的了解愈多，便愈否定他們。

因為——

——藏在那個領子下的那雙眼。

那雙巨大的、看透一切的眼。

——我覺得那雙眼無時無刻地在監視自己。

在祖父的指導下，再度展開修行《虛空藏菩薩能滿諸願最勝心陀羅尼求聞持法》（註五）是在我滿十歲那年——明治二十八年的事。

4

祖父威風凜凜。

唵，縛日羅，羅多耶，吽。

唵，縛日羅，羅多耶，吽。

唵，縛日羅，羅多耶，吽。

註一：四大八大諸大明王：四大指東方持國天、南方增長天、西方廣目天、北方多聞天等四大天王，八大指不動、降三世、大笑、大威德、大輪、馬頭、無能勝、步擲等八大明王，均是佛教守護神。

註二：天清淨、地清淨……：修驗道中的清淨祓。「祓（祓い）」為神道信仰中消災祈福等之祈禱文。

註三：阿尾羅吽欠縛日羅馱都鑁：密宗中各佛均有表示其佛格的真言，「阿尾羅吽欠」表胎藏界大日如來，「縛日羅馱都鑁」表金剛界大日如來。

註四：一宗一管長制度：明治五年，日本政府設立教部省管理宗教事宜，明定一個宗派只能有一個領導者（管長）。

註五：《虛空藏菩薩能滿諸願最勝心陀羅尼求聞持法》：簡稱《求持聞法》。唐朝時，印度佛僧善無畏將此經譯做漢文並傳至漢土，後傳入日本。經文講述一種修行法，能增強記憶，據說空海曾修成此法。

我偷偷看了祖父一眼。

唵，縛日羅，羅多耶，吽。

唵，縛日羅，羅多耶，吽。

唵，縛日羅，羅多耶，吽。

祖父穿著以金、銀絲線織成的絢爛豪華的七條袈裟與橫披，光彩奪目的修多羅，以及僧綱襟挺立的斜紋袍裳（註）。

他的表情隱藏在矗立的衣領之下，難以窺見。

唵，縛日羅，羅多耶，吽。

唵，縛日羅，羅多耶，吽。

年輕的我思及隱藏於衣領之中的祖父的臉，他的容貌很有威嚴，感覺比陸軍大將還要偉大。祖父威風凜凜，無人能匹敵。

唵，縛日羅，羅多耶，吽。

唵，縛日羅，

真言唱誦至此，嘎然停止。

「羅多耶，吽。」

只有我的聲音冒出來。

祖父看也不看我一眼，只用他光彩奪目的背影威嚇年輕的我。我硬生生地嚥下口水，注視著他的背影。

好可怕。

擔心會被祖父斥責，擔心祖父生氣，擔心被祖父責難。因為祖父知曉一切，他早已看穿修行中的我不專心。討厭，好可怕，好恐怖。

我害怕得縮起脖子，腦袋充血，覺得好難堪。暈眩彷彿從遠處逐步進逼，無法鎮靜，如坐針氈。祖父就連我現在的散漫心情也一定瞭若指掌，一定沒錯。

因為不論是誰，都瞞不過祖父。

討厭被祖父責罵，那比被毆打、被腳踢還可怕，比死更令人畏懼。好恐怖。

可怕、畏懼、恐怖。

劈啪。

護摩壇中的木塊迸裂了。

祖父沒有回頭。

「唵，縛日羅，」

沙啞但宏亮的聲音響徹廳堂，是祖父的聲音。修法再度開始了，我急忙出聲跟著唱誦。

羅多耶，吽。唵，縛日羅，

羅多耶，吽。唵，縛日羅，

羅多耶，吽。唵，縛日羅，

祖父原諒我了嗎？還是說這次的暫停有其他理由？

既然沒被責備，或許是吧。不，一定是，畢竟也有祖父不知曉的事嘛。

一定沒錯。

一定……

羅多耶，吽。唵，縛日羅，

羅多耶，吽。唵，縛日羅，

羅多耶，吽。唵，縛日羅，

羅多

「耶，吽。」

糟了。

「這樣不成——」

祖父充滿威嚴地說：

「——你退下吧。」

「教、教主——」

護摩壇的火勢更為旺盛了。

祖父的輪廓在火焰光芒下顯得更為清晰了。

「你的眼前有什麼？」

「呃——」

劈里啪啦。

眼前有……眼前有……

「有教主您——」

「並非如此。」

註：金、銀絲線織成的……：此種裝扮稱「袍裳七條袈裟」，為最高位階的法衣。修多羅為一種以四條繩索交互編織而成的裝飾品，由左肩披至背上。

祖父沉靜的語氣打斷我結結巴巴回答不出來的話。

年輕的我拚命思考。

是燈籠嗎？是油燈嗎？是法器嗎？是護摩壇嗎？

是經桌嗎？是佛像嗎？不對──

在我眼前的，還是祖父。

「那只是你所見之景，我並不在你的眼前。只要你把我當作所見景色之一，你與我之距離即是無量大數。」

「這──」

「不懂嗎？那就罷了。」

唵薩縛，怛他蘖多，幡那，滿那裏（註二）──

教主，教主，請再給我一次機會，再一次機會──

再一次機會，請您繼續讓我修法──

三昧法螺聲──

一乘妙法說──

經耳滅煩惱──

當入阿字門（註二）──

我這次會認真的我會專心的求求您請不要捨棄我我會我──

劈啪。

灰燼迸裂了。

「對、對不起──」

我俯身低頭，趴在地面表示誠心誠意恭順的態度。我尊敬教主，打從心底尊敬教主──

祖父什麼也沒說，反而是我背後的父親站起來。

「你──又來了。」

對不起對不起對不起。

真討厭。

我最討厭父親了。

什麼也不會，卻很囂張。

明明就看不透我的心，也看不見未來的事

情，一點也不偉大，卻很愛生氣。

父親的眼睛是混濁的。

他的眼瞳受到遮蔽了。

父親連看得見的東西也看不見。

他什麼也看不見。

可是卻……

「修行了五年還這麼丟人，你有沒有成為教主繼承人的自覺啊？」

對不起對不起——

我不懂——

祖父說的事情我不懂，我沒有祖父那麼偉大的能力——

「教——教主的——」

「愚蠢的傢伙，還不快起身。」

父親強迫我站起。

接著凶惡地說：

「教主不是問你看見什麼，而是問你眼前有什麼。」

「所謂有什麼是——」

「什麼也沒有哪。」父親說。

「——在你眼前的是虛空，虛空乃睿智之寶庫。你難道不知道祭祀於護摩壇前的絹布後面，鎮坐於該處的佛尊是什麼嗎？絹布上畫的可是虛空藏菩薩啊——」

父親充滿威嚴地指著絹布。

「——虛空藏菩薩乃宇宙之睿智，一切福德、無量法寶在他手上有如虛空般取之不盡用之不竭，故為此名。你口誦虛空藏真言，心卻在色界而不知到達空界，教主就是在責罵你這點。」

——不對。

註一：唵薩縛，怛他蘗多，幡那，滿那曩：即普禮真言。於禮拜、勤行開始前唱誦的真言。

註二：三昧法螺聲……：法螺於修驗道中具有重要意義。山伏入山修行時攜帶法螺，以法螺聲與其他山伏交換訊息，說法時先唱誦此詩句再行說法。

——父親根本在胡說。

不知為何，我就是如此認為。

——祖父想說的不是這種冠冕堂皇的大道理。

「正如你現在所想。」

祖父聲音堅毅地說。

「什、什麼？您的意思是——」

「不是這種冠冕堂皇的大道理。」

我的心臟差點從嘴裡跳出來。

果然——祖父能看穿我的心思。

「我並不是在責罵你這點。」

「教、教主，那麼……」

父親訝異地問。

「色即是空，空即是色——」

祖父繼續說：

「——視聲字為虛抑或實，乃顯、密之別。於密宗，文字即言語，言語即真理——」

——真理。

「所謂聲字，原為六法大界所產，不生不滅者也。森羅萬象之相為真言，即大覺者。故誦經即真理，即實相。」

「可、可是父親大人——不，教主——」

祖父無視父親的呼喚，喊了我的名字。

「你為何道歉？」

「為何……」

「你分明不服覺正的狗屁道理，你為何道歉？」

「這——因為……」

被看穿了。

祖父果然能看穿我的心思。

「於你道歉的瞬間，你的修行就結束了。」

祖父頭也不回地說。

我抬起頭來。

祖父的背後，在他巨大的衣領底下——

有雙大眼睛——不，有一張大臉。

「再修行三年。」祖父以此作結。

5

但是，祖父隔年就去世了。

我則一時之間無法理解這個現象究竟具有什麼意義。

我原本以為「神死了」、「佛滅了」這類思想家的夢話與現實八竿子打不著。只在言語上出現也就算了，我實在無法想像這種事情竟然發生於現實之中。

但是——祖父葬禮的情況，卻完全不是我所能接受的。

祖父之死正如神佛寂滅。

原以為世人會為之同悲。

原以為將發生天崩地裂。

但是——

葬禮的確非常盛大，但，也**頂多如此**。參加的信徒不到百人，葬禮規模與每個月定期法會規模相差無幾。

我完全沒有料想到是這種場面，我忘記悲傷與慌亂，就只是茫然自失。

這些人，這些願為祖父的死悲傷——真正崇拜祖父的信徒總數。這個由頂多百人不到的集團所構成的世界，曾經等同我的全世界。

同時——教團也陷入存亡的危機之中。

不，這種形容並不正確。金剛三密會在我出生時便已踏上衰微之路。

只有我不知道這件事。

明治初年，祖父與本山分道揚鑣，基於獨自教義創立了教團。

據傳當時天下皆知祖父的法力無邊，日夜均有人希望入教，門庭若市，香客絡繹不絕。曾有一段時間，信徒總數超過三千人。但是榮景持續不了十年，於我出生時，信徒數量已減少到全盛時期的三分之一左右。之後，信徒銳滅，祖父去世那年──明治二十九年，已不足百人。

崇拜者不足百人的活佛。

他尊貴的位子──由父親繼承了。

父親在祖父葬禮告一段落之際，世襲其位，成了金剛三密會第二代教主。

無法認同。

的確，父親是教主的嫡子──是繼承祖父血統的人。但僅憑這個理由，是否就該登上佛之寶座？

父親從未在我面前展現奇蹟。

不，父親不可能擁有神通力。擁有神通力的就只有活佛祖父，父親只是祖父的信徒──他只是其中一名弟子。

況且，就算要從弟子當中挑選一名繼承人，父親仍舊難以令人信服。我並不認為父親曾潛心修行，反而頭號弟子牧村拓道更接近祖父的地位。

或許從經營組織的立場上來看，父親是教團不可或缺的人物，他在教團內部的地位也很崇高。即便如此，他也僅比一般信徒略高一籌。不管他的身分多麼崇高、多麼必要，他都無法取代祖父的地位。

教主並不是一種身分或職位，不應該輕易置換。

就連年少無知的我也知道，父親絕對不是適合的教主繼承人，一點也不應該晉升到這個無可取代的位置。

不──

這個世上打從一開始就沒有人能取代祖父，不可能存在。

天清淨，地清淨，內外清淨，六根清淨，心性清淨，諸穢無不淨。

父親成為教主那晚──

我到父親身邊，問他。

父親大人──

「叫我教主。」

教主——

教主您——

能成為活佛嗎？

父親笑了。

「那種東西——任誰都當得成。」

你說謊——

「你聽好——」

父親大聲一喝，接著說：

「——再過不久，你也會繼承我的位置成為教主，所以你要專心學習。聽好，沒有人擁有神通力，不可能擁有，神通力只存在於見識過的人心中；只要能讓信眾看見神通力，就是活佛。」

「怎麼——」

愚蠢。

怎麼可能有這種蠢事。

但是……那麼……當時的奇蹟是——

「你也太傻了吧，那是戲法哪。」

戲法——

難道祖父的法力，活佛的神通力與魔術、奇術表演別無二致嗎？

「當然相同。」

父親笑得更放肆了。

「——把手放入沸水，在刀刃上行走，赤腳過火——這些戲法隨便一個馬戲團員都會耍。但是他們所做的是表演，我們所行的卻是奇蹟，你知道這種差異——是由何而來嗎？」

修行之於宗教乃不可或缺——

這是潛心修行下所獲得的奇蹟——

「哼，大錯特錯。」父親粗俗地笑著否定。

「表演與吾等之修行相同，乃馬戲團員千錘百鍊之成果，非吾人所能敵。但吾等宗教人士所行之戲法卻與他們有天壤之別，你可知原因為何？」

志向不同的緣故嗎？

「這也不對。」父親說。

「一點也無須多想吧？因為他們是江湖藝人，而你的祖父是教主——差別就只在這裡。」

這是——

「也就是說——不是擁有神通力的人成了教主，而是教主變的戲法成了神通力，就是這樣，懂了嗎？除此之外，吾等所為與馬戲團員並無不同。」

怎麼——

怎麼可能，難以置信。

你看得見過去嗎？

你看得見未來嗎？

你看得見人心嗎？

你——能拯救人嗎？

父親嗤笑回答：

「哼，那些全是作假哪。」

我——啞口無言。

「要洞悉信徒過去還不簡單，只要調查一番即可。戲法的真相是我先去詳細調查，回來向前代教主匯報，如此罷了；預言未來也很容易，只要信口開河便成；至於能看穿人心，更是全賴說話技巧。」

「你那什麼表情？」父親露出險惡的表情。「信徒得救不是因為我老爸，而是他的教主頭銜與教團這個容器。所謂的活佛並沒有內涵，只有外殼。你看那個——」

父親指著牆壁。

他手指的方向掛著祖父身上穿的那件豪華絢爛的法衣。

「——那件金碧輝煌的法衣就是神通力！」

在法衣的……領子之下……

「因此！」父親大聲地說。

「——那件法衣不管誰穿都一樣。也就是說，若套用你的說法，從即位的今天起，我便擁有了神通力。你總有一天會穿上那件法衣，從那天開始你就是活佛。」

這種事情不可能發生我不相信你的話這種詐欺無法瞞騙世人

爺爺令人敬畏爺爺是非常偉大的和尚祖父他是祖父他——

「父親大人——」

你究竟累積了多少修行？你自認知曉世界之奧妙？你能與宇宙交感？你——

「少自以為是了！」

父親朝驚惶失措的我大喝一聲。

接著以黏滯、令人作嘔的目光上下打量我的臉，或許是因為我哭了吧。

「現在是個好時機，我就跟你說清楚吧——」

父親說。

「——你的祖父——前代教主過去是個修驗者，也就是所謂的山伏。你應該聽說過吧？」

我聽說祖父巡遍萬山，苦修多年而獲得神通之力。但是父親聽了我的回答後，他捧腹大笑。

「所謂的修驗道，絕不是像你所想的那麼高尚。」

父親說。

「——那是一種低俗的宗教。」

低俗？低俗是什麼意思？信仰難道有分高低嗎？

「——『山中修行』說起來好聽，但山伏能自由來去山中修行已是古早以前，是役優婆塞（註）的時代——久遠太古之事。我老爸入山的時代，連隨意進出山林都受到幕府禁止，就

註：役優婆塞：即修驗道開山始祖役小角。優婆塞為皈依佛法，在家修行的信士。因役小角終身在家修行，並未出家，故得其名。

算山伏也必然歸屬於本山派或當山派（註一）──也就是說，必定得歸屬於某個寺院，須依規定定居於一處，就是所謂的鄉里山伏。所以他說的什麼山岳修行根本不可能辦到，完全是胡扯。老爸是個專事詐騙的祈禱師。哼，什麼天眼通，笑死人了。」

父親大聲嗤笑。

我則窘迫不已。

「我說的全是事實。就算空海、最澄（註二）再世，在此濁世真的能修成正法嗎？──」

父親歹毒的混濁眼瞳盯著我。

「──『幕府時代』，這個詞聽起來好像很遙遠，其實根本也沒過多久。大家都以為幕府倒了就會完全改朝換代，但那只是一廂情願的期盼。不管是誰居上位，就算掀起革命，過去與現代還是在黏滯徐行的時間下連結起來，古今之間哪有什麼變化。」

可是──就算如此。

──祖父他……

還是個很偉大的人啊，我說。

父親不愉快地皺起眉頭。

「說什麼傻話。算了，在你出生的時候，老爸早就是教主了，你會這麼認為倒也不足為奇。我出生的時候，那傢伙頂多只是個叫化子。哼，鄉里山伏跟乞丐根本沒兩樣。在維新之前，我老媽──你的祖母是個市子。所謂的市子，其實就是靈媒，老爸不過是個娶了巫女、專替人加持祈禱的可疑神棍。」

神棍──

「他每到一個村落就挨家挨戶招搖撞騙，說人有靈障啦業障啦，靠著幫人祈禱、去凶解厄換取金錢維生。帶髮修行僧、占筮師（註三）、行者，隨你想怎麼叫都成，他就是這一類人。總之你的祖父出身於貧賤，這是無可撼動的事實。好笑，不管穿著多麼華美的衣服，不管如何裝飾，都無法遮掩他的低賤出身。我每次看到裝模作樣的老爸以及向他磕頭的那些蠢貨就覺得很可笑，你不覺得嗎？叫什麼教主、山伏，聽起來似乎很了不起，還不就只是個乞丐罷了，你跟我都有乞丐的血統哪——」

乞丐——

「聽好，老爸在我心目中就只是個山中遊民，跟山窩（註四）沒什麼兩樣。要是別人知道這點，就沒人會畏懼他、沒人想對他膜拜了。但是老爸在騙人的技巧上非常高超，他——是個詐欺師。」

詐欺師——

「而且還是一流的詐欺師。」父親又重複了一次。

「你應該聽說過明治年間政府發佈神佛分離令吧？許多僧人被迫捨棄僧籍還俗，山伏也一樣。即使被編入天台、真言宗裡，修驗道仍舊只是雜宗。修驗道不分神佛，神佛習合乃是理所當然。捨棄權現與本地佛（註五），修驗道就無以成立。當時只是個詐欺師的父親看穿了這點。」

父親的言語裡有著深刻的恨意。

充滿了對祖父的詛咒。

「所以——幕末到明治這段期間，勢力龐

註一：本山派、當山派：修驗道於中世紀以後，分作以真言宗為本的當山派與以天台宗為本的本山派。前者以醍醐寺三寶院為本山，後者以聖護院為本山。但在廢佛毀釋的風潮下均告式微。

註二：最澄：最澄（七六七〜八二二），日本平安時代初期的僧侶。與空海一同入唐求取佛法，為日本天台宗之祖。謚號傳教大師。

註三：占釜師：神道或修驗道中的一種占卜方式。大鍋上放置蒸籠，籠中放米，上蓋。水開時，以蒸籠中的米發出的響聲大小來占卜，稱鳴釜神事。

註四：山窩：原文「サンカ」，漢字可寫作「山窩」、「山家」、「三家」、「散家」等，隨時代或地區，所指的對象不盡相同，基本上指一種山岳地帶居所不定的流民。

註五：權現、本地佛：權現為基於神佛習合思想中的「本地垂跡說」而生的神號。神佛習合論者認為日本傳統的神其實是佛的化身之一，例如天照大神是大日如來的化身，此即本地佛。

大的修驗者與民間宗教人士創造了許多神祇。金光教信奉金神，御嶽講(註)設立御嶽教，富士講成立了扶桑教跟神道修成派。這些就是修驗系教派神道。但是像父親這種沒有信徒也沒有講社的神棍無力創設新興宗教，於是他心生一計，立刻變賣土地跑到京都去。結果，也不知靠著什麼關係——竟讓他給溜進東寺裡了。」

「反正也只是圖個方便。」父親輕蔑地說。

難道不是為了修行嗎？

「是為了圖方便。」父親再次強調。

「假如老爸繼續待在鄉下幹他的神棍，大概就不會有這個教團出現。因為明治五年政府下令廢止修驗道，這麼一來，父親只算是真言宗系統的末寺的下級僧侶，小廟和尚不可能熬過廢佛毀釋的凶濤巨浪；可是如果不願意，父親就只能當個更邪門歪道的神棍。萬萬沒想到老爸二者皆捨——竟成了教主。」

成了——教主——？

「老爸想要是本山的這塊招牌。即使是佛教受難的時代——不，應該說正因為這種時代，擁有長期歷史傳統的總本山的招牌非常管用。畢竟這可是一塊巨大的招牌哪——」

父親說，祖父的信仰動機十分不純。

「——說起教王護國寺，誰都知道是真言宗的總本山。在東寺修行過的話，比起在一般小廟也被瞧不起的修驗者所受的待遇完全不同。老爸扮豬吃老虎地熬了幾年，終於取得了這間寺廟的所有權——」

父親環顧寺內。

「我看這裡多半也是靠著他的三寸不爛之舌獲得的。來到這間寺廟，老爸天生的神棍本領更是發揮得淋漓盡致，也就是你所謂的神通力——」

第二代教主十分不屑地說：

「——剛剛我也說過，馬戲團員表演的戲法，由一流寺廟的和尚玩起來就成了法力。老爸的法力受到矚目後，信徒隨之增加；待時機成熟，便與總本山切斷關係自立門戶。手法之高超，真教人佩服哪。我老爸——為了達成他的野心，犧牲了妻子。他上京都時，拋妻棄子，放下老媽與我不管。老媽貧困交加之際得了重病，最後在失望之中死去了。」

祖母——

「連自己老婆都救不了的傢伙，還敢稱什麼活佛？」父親狠毒地說。

「等我被叫來這間寺廟時——母親早去世了好幾年，教團也已成立。看到那個原本髒兮兮的老頭子，現在竟然穿起金光閃閃的法衣，好不威風——我真的嚇了一跳，所以——」

祖父——威風凜凜，無人能匹敵。

「我覺得可笑，但也覺得生氣。我瞧不起老爸，瞧不起教主的地位——」

那又為什麼——為什麼還……

「因為我受夠原本的生活了。」

「你做夢也想像不到我跟你祖母在村子裡受到的是什麼待遇。我們沒被當成人。人有身分，身分有上下之別，可是我們連身分都沒有——」

說到這裡，父親表情因痛苦而扭曲。

「——我們終究不是村子的人，可是也沒辦法住在山裡。驅魔除穢者，與妖魔鬼怪一樣滿身穢氣，受人鄙夷。可是我從沒想到，僅僅——」

華美的法衣。

「——僅僅是穿上那種衣服，父親竟成了比人更尊貴的佛祖！」

註：講：又稱「講社」，指基於同一信仰、相互扶助的宗教團體。日本民間許多宗教集團均以「講」為名。

「你聽好。」父親站起身來。「想當上教主，只需要一個絕對自傲的態度。你要自認比任何人都偉大，不能有所懷疑。一旦懷疑，你就失去了──一切的立足點。」

自傲吧。

就只需自傲。

父親──新教主說完這句話後，走入身後的房間裡。我一個人蹲在偌大的佛堂裡，抱著頭淚流不停。

只覺得──很悲傷。

「你在哭嗎？」

聲音──拓道先生的聲音。

我低頭看了腳跟方向。

拓道先生就站在我的背後。

「拓──拓道先生──你……」

「新教主說的話──都是事實，請你接受吧。」

「可、可是，這……」

拓道呼喚我的名字，接著說：

「請你仔細想想，教主說得並沒有錯。神通力只是個騙人的幌子，跟表演沒有差別。但藝人畢竟僅是為了取悅人而存在，無法拯救他人；即使所作所為相同，前代教主卻──拯救了許多人。」

「拯救──」

「因此，就結果而言，他依然是不折不扣的活佛，是你從小認識的那個偉大祖父，這也是事實。即使你接受父親對你訴說的往事──也沒有必要改變你原本的想法。」

「可、可是……」

那麼今後我該何去何從──

「當然──不管何時何地，你都要專心修行，無須疑惑。但是只有修行還不夠。努力累積修行，或許能成為一個偉大的人──但那只能拯救自己，無法拯救他人；至多能救一、兩個人，不能拯救大多數人。想救眾生──」

只有靠一個能得人信賴的地位，拓道說。

「——令尊要你自傲，但是他卻還無法做到。他作為教主仍然不夠成熟。不只周圍，連他也無法相信自己，這樣——是沒辦法擔當教主的重責大任的。」

拓道說完，悲傷地看了祖父的法衣一眼。

當然，在那絢爛的布料上——沒有眼睛也沒有臉孔。

6

十五歲時，我離開了教團。

因為我無法拂去對教主——父親的厭惡與不信任，這個觀念已經深植我心。

同時，我也強烈希冀重新接受剃度，學習真正的佛法。

教團——變得愈來愈荒蕪。

那裡失去了信仰。

父親繼承教主後，信徒數量一天比一天少，許多人趁著祖父之死而脫團，幹部也接二連三離去，就連牧村拓道也告別了教團。

但父親仍然意氣風發地繼續扮演教主。

父親似乎深信只要這麼做信徒就會回來。

父親的神通力——戲法雖然完全承襲了祖父時代的手法，但了無新意，相較於馬戲表演更是黯然失色。同時，時代變遷早已沒人相信這套。就算父親想力圖振作，終究無法挽回信徒的心。

真是滑稽。

沒人渴求父親。

沒人接受父親。

最後連教團的中樞幹部也離開了父親身邊。

而我——也捨棄了他。

我輾轉進入好幾間寺廟修行。

不只是密宗，也學習了法華宗與念佛宗。

亦曾在鎌倉的禪寺以暫到（註一）身分入門，修習了三個月的禪宗。

但是，每一種佛法我都無法適應吸收。或許單純只是我還沒學習到精髓，但我想最主要的原因，應是我仍舊無法擺脱幼年時期所受到的思想灌輸。

我流浪各地，最後我到達了──高野山，與東寺並稱真言宗的頂點之青巖寺──金剛峰寺（註二）。

時值大正元年，我二十七歲。

我深深受到感動，發願捨棄過去的名字與人生，入真言宗門下。

眾生無邊誓願度。

福智無邊誓願集。

法門無量誓願學。

如來無邊誓願事。

菩提無上誓願證（註三）。

接受十善戒，完成結緣灌頂儀式。

我總算成了真言宗的和尚。

接下來的十年間，

我專心修行真言密宗。

回歸初衷，埋頭認真學習。

顯藥拂塵，真言開藏（註四）。

身密、口密、意密。

六大、四曼、三密（註五）。

唵阿莫伽毘盧遮那摩訶母馱羅摩尼鉢納摩人縛羅鉢羅韈利多耶吽（註六）──

我──

再度得知父親消息是在大正十一年。

通知我這個消息的，就是牧村拓道。

牧村在這之前似乎在秩父的真言宗寺院擔任住持。他信中提到，幾年前他收了養子，將住持的位子讓給養子後，退隱山林。

牧村──祖父的愛徒在離開教團之際，與祖父的教義──修驗教及密宗的混合體訣別。

但由信中看來，他似乎跟我一樣，雖叩過禪宗大門，卻還是難以改宗。一度還俗之後，重新出家成為真言宗的和尚，可見——他也一樣無法逃離祖父的詛咒。

此外……

這封信讓我察覺了，離開教團已經過了二十年以上的歲月。

牧村——從我曾經棲身過的鎌倉禪寺和尚口中聽過我的消息，之後一點一滴地尋找我的蹤跡。即使我已捨棄了名字，捨棄了過去，棲身山中，一心向佛，與社會的緣分終究難以斷絕。或者——同是受到祖父教義束縛的牧村，打從一開始便看穿不管我繞了多少遠路，最後到達之處終究是真言宗吧。

金剛三密會在我離開後幾年內就結束了。

失去了所有信徒，教團無以營運，寺廟也拱手讓人。但父親仍然無法捨棄再興教團的夢想，孤獨地進行半詐欺的宗教活動。

或許他應該改行去表演雜耍馬戲。

父親愈來愈墮落，多次身陷囹圄。

他的惡名也傳到了牧村耳裡。雖早就與教團分道揚鑣，但與父親緣分匪淺的牧村，在見到成為自己信仰契機的教團之窮途末路時還

註一：暫到：初到寺廟，尚未受到入門允許的和尚。

註二：青巖寺：別名金剛峰寺，位於高野山的真言宗寺廟。高野山是空海年輕時修行的場所，亦是真言宗的信仰中心之一。

註三：誓願：修大乘菩薩道時，必須先發下誓願。隨宗派不同文字略有不同。一般多為四句，稱四弘誓願。此處為真言宗的誓願，共有五句，稱五大願。

註四：顯藥拂塵，真言開庫：典出空海著作《秘藏寶鑰》。意思是顯教（密宗以外的其他宗派）的修行有如拂去外在塵埃，漸次接近事物本質；真言密教卻是有如打開寶庫，直達事物本質。為比喻顯密差異的話語。

註五：六大、四曼、三密：空海教義的根本。六大指「地、水、火、風、空、識」，表森羅萬象一切事物。四曼指「大曼荼羅、三昧耶曼荼羅、法曼荼羅、羯磨曼荼羅」，表萬法之各相。三密指「身密、口密、意密」，密宗的修行方法。身密為結手印，口密為誦真言，意密為觀本尊。

註六：唵阿莫伽毘盧遮那摩訶母馱羅摩尼鉢納摩人縛羅鉢羅韈利多耶吽：即光明真言。祈求金剛界五佛（五方佛）綻放光明之意。

是難過不已，對其象徵人物之昭彰惡名深感痛心。落魄的父親繼續醜陋地掙扎，但他愈掙扎情況就愈不順遂。

最後——父親在窮困潦倒之際搞壞了身體。

但是這個男人依然沒辦法放棄夢想。

他做了什麼富貴榮華夢，我無從得知，但不論處於何種逆境，他從來不肯放棄教主的頭銜。

多麼可笑的執著。

父親最後失去了住家，被趕出市町，在流浪途中倒下，變成半身不遂。

牧村見到身體無法自如行動、完全失去生活能力的父親的慘狀，心有不捨，便收留了他。

父親那時已無異於乞丐。

但他——仍然不肯放棄象徵教主的那件法衣。當牧村憑藉著街頭巷尾的傳聞找到父親的時候，他還緊抱著袈裟與法器，奄奄一息地躺在高架橋下。

信上寫著「至我茅庵已經五年……」。受牧村收留的第五年，父親病篤。

不知為何，我——覺得很困惑。沒想到我對父親的**疙瘩**即使經過了二十年，依然完全沒有消失。

即使勵志修習佛法，這個疙瘩在我心中也未曾消失。

我厭惡父親。

不——我——

並非如此。

信中又一一記載了底下之事：

令尊偏離六道輪迴，陷入天狗道。白河院(註一)有言：修行者不墜地獄，因無道心，亦不得往生——

天狗——

英彥山的豐前坊、白峰山的相模坊、大山的伯耆坊、飯綱山的三郎、富士山的陀羅尼坊、愛宕山的太郎坊、比良山的次郎坊，以及鞍馬山的僧正坊——這些都是在熾烈的修行中最後墮入魔道的修行者，是脫離因果輪迴，卻無法真正獲得解脫，受縛於魔緣的一群人。

自傲——

就只需自傲——

我感到非常、非常地困惑。

7

父親死了。

就在我來探望他的第三天。

來探望前，我一直以為——身為至親，相見時親情會油然而生。但這只是種幻想。當我見到衰老醜陋的父親，侮蔑之情有增無減。我沒有絲毫的感動，只是坐在他的枕邊，面無表情地看著老人衰弱的容顏。最後——

教主死了。

沒有任何價值的生命，沒有任何價值的死亡。

生生生生暗生始，死死死死冥死終（註二）

為何如此害怕黑暗？

那麼早點腐朽，消失不見不是更好？

早點——

——有屍臭。

我嗅聞到腐敗的臭氣，渾身不舒服地打了個冷顫，重新點燃線香。

一縷煙升起。

在線香後方，

——那是，

那是祖父的法衣。

以金、銀絲線織成的絢爛豪華的七條袈裟

註一：白河院：白河天皇（一〇五三～一一二九）。篤信佛教。西元一〇八七年退位為上皇後仍握有大權，攝政期間跨其子、孫、曾孫三代天皇，達四十三年。

註二：生生生生暗生始，死死死死冥死終：原文作「生まれ生まれ生まれ生まれて生の始めに暗く、死に死に死に死んで死の終わりに冥し。」空海著作《祕藏寶鑰》中之一節。

與橫披，光彩奪目的修多羅，以及僧綱襟挺立的斜紋袍裳。

父親拚上他的一生守護這件法衣。

祖父的、

父親的、

拓道的言語於我心中甦醒。

無須道歉／

於你道歉的瞬間，你的修行就結束了／

活佛任誰都當得成／

自傲吧／

但是他自己卻還無法做到／

必須讓自己相信自己／

否則沒辦法擔當教主的重責大任／

──自傲。

──要自傲，只要變得自傲即可。

所謂的活佛並沒有內涵／

只有外殼／

那件金碧輝煌的法衣就是神通力／

──那件法衣。

那麼，那件法衣才是……

在那件法衣的巨大衣領下。

有道奇妙歪斜的皺摺，

不久，皺摺化為眼睛，眨了眨。

「汝即是我。」

突然之間，

父親的遺體開口說話。

「你還不懂嗎，圓覺丹──」

衣服上的臉咧嘴嗤笑。

我粗暴地抓住那張臉──然後──

輕輕地……

吾今具足，願吾意清淨。

此乃大正十一年秋深夜之事。

第玖夜

毛倡妓

一風流士至青樓尋妓，
見女倚高樓窗櫺，長髮飄然。
女子無容，額面皆髮，
士大驚，昏厥矣。

——《今昔畫圖續百鬼》／卷之中・晦

1

一把抓住女人的後頸子，一股香水味飄盪而出。

或許事出突然，女人似乎嚇傻了，不敢作聲，呼吸急促。男人硬生生地將她的臉扳向自己。

木下圀治面無表情，低沉而短促地說：「警察！」

女人頓時害怕得發起抖來，拚命地把頭轉開，不敢與木下兩眼相對。「幹什麼？請問你有什麼事？」女人裝傻，**扭動身體**不停掙扎。

「這是取締，今晚是大規模街娼取締的第一天。選在今天出來拉客算你倒楣，跟我來。」

「等等——我不是、我不是那種女人，請放開我！」女人叫喊著，姿勢很不自然地把頭轉開，不願讓木下看到自己的臉孔。「那你又是什麼女人？」木下試圖把女人的頭轉過來，但女人將頭上的絲巾拉低，雙手掩面，直說她跟取締沒有關係。

「喂！」

木下大聲一吼。

「——沒有關係是什麼意思？大有關係吧。下個月起就是紅線區（註）強化取締月，今晚算是暖身運動，警察在各處召開夜蝶捕捉大會，你很倒楣，落入捕蟲網了，快快放棄抵抗吧。」

木下左手擰著女人手腕，硬是扯下她遮掩臉部的手。「放開我，請放開我。」女人反覆説著。

不管怎麼掙扎也無濟於事，木下是曾在東京警視廳廳內柔道大會中得過兩次優勝的高手，非常擅長勒頸的技巧。

木下一用力，女人立刻發出哀鳴。

雖然讓她暈過去比較好辦事，但對方並

非什麼凶惡犯人，這麼做未免過分，何況木下本來就不喜歡訴諸暴力來解決事情。他抓住女人，要她乖乖就範。

但女人還是執著地別開臉，便宜絲巾下頸子的靜脈清晰可見。

「——你這女人就不肯乖乖聽話嗎？你自己看，哪有良家婦女會在這種時刻出入這種不良場所，穿著這麼花俏的衣服，還把臉塗得活像個人偶般粉白啊？」

女人不斷用力地搖頭。

頭上的花俏絲巾被晃落。

一頭烏黑的頭髮，

一頭烏黑的頭髮也跟著散開。

——頭髮。

木下鬆開手。

那一瞬間，女人有如貓科動物般靈巧地轉身，貼著牆縮起身子，臉都快緊貼在牆上了。

頭髮在空中乘著風輕飄飄地疏展開來，覆蓋著女人的肩膀，比原先想像的還要長。木下原以為是燙過的褐色鬈髮——出乎意料地，竟是筆直的黑髮。黑髮在空中搖曳。

「對不起，對不起。」

對不起——

「別……」

——別道歉。

木下感到狼狽萬分。

——別道歉，這不是……

道歉就能解決的事——

「這不是道歉就能解決的事。」

木下是警察，亦即執法者，而這女人則是不道德的、反社會的街娼，受到取締本是理所當然。是理所當然的。但是——

註：紅線區：即所謂的「紅燈區（red light district）」。戰後日本於西元一九四六年發布公娼廢止令至一九五八年發布賣春防止法期間，可公然賣春的區域。

但絕不是因為木下人格偉大所以才取締她。即使身為警察，木下也不算完美無缺。不，毋寧說是個距離完美很遙遠、充滿缺點的人。因此，就算向他道歉也……

——即使向他道歉，他也無所適從。

「——向、向我道歉也沒用。」

「放過我——」

「你說什麼？」

「請放過我，求求你。」

女人直接說得明白。

「放過你？我怎麼可能——」

女人低著頭，彷彿念咒般反覆地說：「求求你，請放過我。」

「——我、我怎麼可能這麼做！」

木下氣憤地說。雖然今天只是來支援其他課的行動，但木下好歹也是個公僕，而且還是配屬於中央的東京警視廳裡、小孩聽到會嚇得哭不出聲的刑事部搜查一課的凶悍刑警。

他平常接受的訓示就是要以身作則，成為轄區員警的典範，自然不可能做出這種荒唐事來。「總之不行。」木下抓住她的手，女人語氣悲傷，似乎說了什麼。

但她用手遮住臉，話語含糊不清。

「——你要錢嗎？」

「錢？錢是什麼意思？」

遮口費——的意思嗎？

「聽說只要出錢——警察大人就會高抬貴手放人一馬。我現在不能被抓，請問要多少錢？你開價多少呢？我現在身上錢不多，如果你願意等的話——」

「混、混蛋。別說傻話了，早點認罪吧。」木下怒吼。

「是誰跟你說這些一派胡言的？轄區員警我不敢說，但是我絕對不會做出那種收受賄賂，對罪犯網開一面的下流勾當！」

「你要是繼續侮辱警察的話我可不會放過

你！」木下聲音粗暴，女人益發縮起身子，連說：「對不起，對不起，對不起。」

對不起。

對不起對不起。

「就、就說你別道歉了——」

木下原本高漲的情緒突然沒勁了。

他原本就不喜歡這個任務。

幾天前，東京警視廳基於維護人權的立場，擬定特殊飲食店密集地區——也就是所謂的紅線地帶的取締方針，決心進行更徹底的營業指導。

如今公娼制度廢除，束縛娼妓們的賣身契等惡習也已去除。但是不論契約的締結是否基於自由意志，基本上依然無異於壓榨行為。

非但如此，紅線區的存在無疑地帶來了種種層面的問題，警察取締這種不良場所本來就是天經地義，對此木下舉雙手雙腳贊成。木下是個廢娼論者，向來認為政府應展現迫力大刀闊斧地廢除紅線區。

木下——**非常討厭**賣春女，一點也不想踏入紅線地帶。所以，當接到其他部門的支援請求時，他打從心底感到厭煩。

當然，擔任此任務的部門成員也不見得就喜歡這個任務。只是不管如何，這是公務，只要上頭有令，下屬本應力行。

但木下就是提不起勁來。

這原本是防犯部保安課的工作。

只是，今晚的取締並不是針對紅線區域，而是對在紅線區以外賣春的街娼——俗稱阻街女郎的密集地帶，也就是所謂的藍線地帶進行的大規模共同取締行動。

從另一層面思考，藍線或許可說比紅線更為惡質。街娼的背後有黑道介入，因此也與刑事部的管轄範圍脫不了關係。話雖如此，木下所隸屬的調查一課是專門處理強盜殺人案件的部門，且最近聽說——郊區發生離奇殺人事件，在這種非常時刻，竟得幫忙街娼取締工作，木下一點也不想浪費時間做這種鳥事。
覺得非常厭煩。
愈覺得討厭，便愈感到不耐煩，而在移動到現場的這段時間，不耐逐漸化成了憤怒，等到達現場時木下已是滿腔怒火。
他歇斯底里地抓住女人，虐待似地責罵訊問。
連他都覺得自己今晚很莫名其妙。木下原是個膽小鬼，平常就算對待凶惡犯人也還是一副溫和主義的態度，可是每次見到女人情緒就莫名地失控，若對方抗拒就粗暴以待。
但是……
──但是因為她道歉了。
因為女人道歉，木下幾近沸騰的情緒急速冷卻下來。
冷靜下來後，他覺得自己像在虐待女人。
不，剛才的行為分明就是虐待。

木下充滿了無力感。
「跟刑警道歉，你的罪也不會變輕，就算只是小罪也一樣。所以──你對我道歉──我也……」
──我……
也沒有立場饒恕罪犯。
不，本來就不可饒恕。
「罪──這種行為有罪嗎？」
「咦？」
「可是──這……」
雖然女人欲言又止，不過木下立刻懂她想說什麼。
女人想問賣春本身是否有罪。
關於這點，木下也只能說出模稜兩可的回答。
很遺憾地，目前賣春在法律規定上並不算違法行為。戰後在麥克阿瑟的一句話下，公娼制度倉促地廢止了。但在這之前國內輿論並非不曾討論過公娼議題，明治時代以後，廢娼運動一直持續活動到現在。

可惜的是，即使長期有人提倡，賣春行為還是沒被禁止；反過來說，這代表了問題本身——並非長期議論就能獲得結論。

隨便在地圖上畫上紅線藍線規劃起特殊區域，並不具任何意義。

「敗、敗壞風紀的私娼、街娼本來就該取締，道、道德上不受允許。做這種事情你難道不覺得可恥嗎？被人取締，本——本來就是理所當然的！」

——我在亢奮什麼？

「而、而且這種取締——是為了你們好」

木下說起冠冕堂皇的大道理。

女人微微抬起頭。

「為了——我們？」

「對。問題在於你們背後的黑道。我不知道你為什麼做出這種無恥行為，但你的行為只會讓黑道荷包賺得飽飽。有必要為了如此無意義的事害自己的人生完蛋嗎？所以說——」

所以說又如何？

這些單獨接客的散娼背後的確多半有暴力團體存在，賣春是黑道很有效的資金來源；而另一方面，為了保護自己不受取締或被美軍賴帳，街娼們也主動尋求流氓的保護。

但是……

就算取締她們，這些女人真的會改過自新，過正當的生活嗎？

不可能的。

而且話說回來——正當又是什麼？

沒有任何根據顯示刑警很正當，娼妓不正當。說不定木下才是無恥之徒呢。基本上——

——不。

思索這些道理沒有意義。木下討厭娼妓，無法原諒娼妓。

賣春是壞事。

沒有尊嚴的行為。

齷齪的行為。

不是人所應為。

竟敢賣春──這個，

這個淫婦──

這個──

「總之你給我過來──」

木下抓住女人的手。

──我幹嘛拖拖拉拉的。

根本沒必要多想，只要強行將之帶回警視廳就成。這不是逮捕，而是輔導，即使被帶回去她不會被關，不會要了小命，當然也不會受到嚴刑拷打。

木下沒有半點猶豫的必要性。

反正這些女人被說說教立刻就會被釋放，這是她們應受的懲罰。不，僅是說教還不夠呢，這女人是污穢的──

──污穢的妓女。

「喂──死心吧你！」

「對不起──可是我、我什麼事也……」

「你到底想說什麼！」

「我什麼也不知道。」

「什麼也不知道？」

──什麼也不知？什麼意思？

木下放開手，重新打量女人。

兩人身處距離路燈遙遠的黑暗小巷裡，所以無法清楚辨識衣服的顏色與花紋，但至少可以肯定很花俏，怎麼看都不像良家婦女穿的衣服。

但是……

──與她一點也不配。

像硬湊起來的組合，一點也不相配。

雖說──花俏的濃妝與燙過的鬈髮、輕薄俗豔的服裝、高跟鞋與黑眼鏡與絲巾──能與這種街娼打扮相配的女性恐怕也沒幾個。原本就只是為了吸引駐日美軍的注意而流行的風格，木下認為這種打扮一點也不適合日本人。

但是……

——這女人，

有種說不出來的古怪。

——離家出走嗎？

但又不像外地來的。

過去娼妓多來自外地，但那是因為貧窮農村與富裕都會的貧富差距嚴重才會產生此種現象，木下聽說到了戰後，情況幾乎完全改觀。由於戰敗因素，都會區的經濟蕭條狀況比農村還嚴重。農村在農地解放等政策下愈來愈豐裕，貧富差距減少；相反地，都會區則在空襲下遭受到嚴重打擊，失業人口急速增加。

所以，雖不敢說——被賣到都會的山村姑娘還沒搞清楚狀況就開始接客——這類的情形已完全消失，但至少已經減少很多了。

但若有緊迫的燃眉之急、不得已的苦衷倒是另當別論——

即便如此，木下還是沒辦法容許賣春婦。

絕對不能原諒。

但是……

「你——」

「我——」

突然，聽見女性的驚叫聲。

共同取締行動開始了，到處都有街娼被抓，喧鬧聲四起，女人朝木下所站位置的反方向望去。

從潮濕而破落的窄小的巷子口現出一道黑色人影，瘦小的影子大步踏地，朝向這裡奔跑，狀似被人追趕，看來應該也是個娼妓。

木下做好準備。影子出聲呼喊：「小豐，是小豐嗎？」確定來者是名女性，聽起來並不年輕。

「阿姨——」

木下背後的女人說。

眼前出現了一名徐娘半老的女人。被喚做

阿姨的女人，一聽見聲音立刻停下來，接著她發現了木下，像是被煙燻到般眼睛眨個不停。

「你是——刑警嗎？」

「你這傢伙——是老鴇吧。」

半老的徐娘瞪著木下說：

「我——你要對我怎樣都隨便。」

「什麼隨便，你們是——」

「對啦，老娘是大壞蛋啦，要殺要剮都隨你，但是跟這女孩沒關係，快放她走吧。」

「沒有關係——啥意思？什麼叫放她走！你憑什麼命令警察？你也給我乖乖就範，這個——」

淫婆——木下原本就要脱口而出，硬生生地吞了回去。

或許是看出木下的怯縮，中年女子反而咄咄逼人起來。

「別以為你很了不起，你們這些差爺只要是站著的東西就想抓回去，那你們怎麼不去把郵筒跟電線桿也抓回去啊？這女孩可不是什麼街娼啊——」

木下更為退縮了。對方只是個小個子的老人，不管她怎麼抵抗，木下也不可能對她報以拳打腳踢。正當他在思考這些事時……

有如枯枝的手指抓住了木下的上臂，手指深陷他的肌肉之中。

「——哼，管你是刑警還是風景，你不該對沒有犯罪的老百姓動粗，快點放開那女孩的手，把我這個老太婆抓回去吧！」

女人甩動頭髮，不斷呼叫：「阿姨、阿姨別這樣。」但是中年女子還是緊抓不放。木下躊躇了。

「叫你放開就快放開！」

「你才給我放開！」

木下揮舞著粗壯手臂，將老婦抓著自己上臂的細瘦手臂甩開。木下甩落了枯枝般的手腕，用力舉起的拳頭卻掃中貼著牆壁掙扎的女人的後頸子。

——打中了？

木下反射性地放開女人，她的長髮順勢散開，迴轉半圈，

長髮順勢散開，迴轉半圈，

長髮順勢散開，

女人的容貌暴露在木下眼前。

——啊。

「小豐，快逃！快逃啊！」

中年女子用力衝撞木下，但體格相差過多，木下文風不動。是的，文風不動，木下——

竟然一動也不能動了。

女人瞬間猶豫了一下，立刻拔腿離開，長髮在風中飄動，女人的姿影愈來愈小。

木下你怎麼了——啊，你抓到這個老女人了嗎——聽見同僚的聲音。怎麼了木下，喂——你沒事吧——

「所以說——我最討厭娼妓了。」

木下喃喃自語。

2

膽小鬼。

課內有人在背後如此嘲笑木下。

並不算是誹謗。

木下身高雖矮，看起來很強悍，人如其表是個柔道高手，可是卻生性不愛暴力，即使到犯罪現場也從不積極與犯罪者對峙。就算是必勝的戰鬥，他也無心一戰。並非膽怯，而是提不起勁。

但是木下並非自命為和平主義者。

課裡的前輩說——正義並不存在。他說的或許沒錯，但就算是幻想也好，木下仍舊期望正義存在。所以當他見到眼前發生惡行，木下同樣會滿腔怒火，有時憤怒過頭，還會激動

得想將壞人全數消滅。只不過，反正不可能辦到，也沒想要付諸實行。

因此，他只是個膽小鬼。其他同僚都這麼取笑他。

但若仔細檢視，他的心情與其說是害怕更接近──

更接近討厭。

害怕與討厭並不相同。

雖然木下並不是那麼明白，但他認為這兩者有所不同。

以蟲為例，婦女兒童見到蟲蛭，即使沒被咬傷也會驚聲尖叫，直呼恐怖。但木下認為，與其說是恐怖，更接近對醜陋的事物感到厭惡。

木下自己也不喜歡蟲子。

雖不喜歡，木下不至於見到蟲子就尖叫。然而，即使不會尖叫，木下也不像說書故事中的豪傑見一隻殺一隻，看到蟲子就將之碾碎，甚而一口吞下。如果身體接觸到蟲子，木下一樣會覺得噁心，看到蟑螂腹部棘刺般的節狀肢體也會受不了。不論是昆蟲的腳或腹部、光澤，以及蠕動的樣子，在在教人難以喜歡。

但是那與恐怖並不相同，應該是出自於生理性的厭惡感。昆蟲與狗、猴子之類的動物不同，在身體構造上明顯異於人類，這種厭惡感應是起源於一種難以容忍異物的情感。

因為難以容忍，便產生心意無法相通的厭惡之情。雖說狗或猴子等獸類與人類也無法相通，但至少這些家畜、寵物之類的高等哺乳類與人類較親近。

牠們能夠與人類共存，所以人類也容易對之產生親密之情；相反地，像蛇類、壁虎、昆蟲等形狀愈異於人類的動物，就愈容易有所排拒。

如果說這是恐怖，或許算是恐怖的另一種形式，但木下就是認為這兩者有所區別。

例如——同樣是哺乳類，狼或熊會吃人，這類猛獸會對人造成危害，因此即便沒有實際遭遇過，木下也覺得這類猛獸充滿威脅，比起蟲子這類猛獸才真的恐怖。而昆蟲之中也有像大黃蜂、蠍子之類擁有致命劇毒的蟲子，這類昆蟲確實會危害人類的生命安全，但像蚊子或毛毛蟲這些對人類不會有什麼太大傷害的一般昆蟲，實在沒有必要那麼討厭。

這應該算是兩種截然不同的情感吧。

如果硬要把這兩種情感混為一談，那就等於——老虎很可怕所以貓也可怕。不管老虎會對人造成多大威脅，總不至於虎貓不分吧？若說因害怕老虎，所以對形似老虎的貓也覺得**討厭**的話，倒是還能理解。

是故，這種情感與其說是恐怖，毋寧是討厭。

除此之外，害怕蟲子還有另一種情形，那就是蟲子能神不知鬼不覺潛入家屋的特性。蟲子很小，經常突然冒出來，婦女兒童常因而被驚嚇，但是這種情況跟遊樂園的鬼屋可說相同道理。

單純只是嚇了一跳而已。

見到蟲子先大吃一驚，接著又對其特異外型感到厭惡——但這究竟是否能稱作**恐懼**呢？與其說是恐怖，倒不如更接近——被驚嚇所以很討厭、看到噁心的事物所以很討厭的情感，不是嗎？

還是說，這種情感才應該稱作恐怖呢？

或許——是如此吧。但是木下就是覺得這種情感叫做恐怖很奇怪。

討厭跟恐怖是不一樣的。

木下雖稱不上勇敢，但是並不害怕對人施暴或被人以暴力相向。他只是討厭，那是一種厭惡的情感。

——膽小鬼。

但木下還是認為自己是個膽小鬼，在背後

被人稱呼「膽小鬼」、「沒用的傢伙」也無話可說。

若問為何，乃是因為木下在這些討厭的東西以外──

有真正恐懼的東西。

──那就是……

說出來多半會被人嘲笑。

木下在課內被嘲笑為膽小鬼的真正原因其實就是來自此。

這種東西並不稀奇。

木下真正害怕的是──**幽靈**。

對於木下而言，幽靈絕非──外表噁心、難以溝通、會造成物理性危害，或是會讓人驚嚇的那類東西。沒錯，繪畫中的幽靈大多十分醜惡；佛教故事中的死者與生者也是天人永隔，難以相容；如果遭到幽靈附身或作祟的話，的確也會產生實際的危害；幽靈行動神出鬼沒，突然現身也著實令人嚇一跳。幽靈確實有諸多令人厭惡的因素。

但是木下覺得幽靈恐怖的理由，跟這些討厭的要素並沒有關係。

他僅僅是像個孩子一般無條件地覺得恐怖。

幽靈……

──那女人。

那天的那個女人，

──**她的臉看起來簡直像幽靈**。

「你怎麼了？」青木問。

木下一臉疲憊，看了同僚一眼。與木下相同，青木是一課一股的刑警。由於年齡相同，木下與他交情甚好。這位容貌童稚的刑警皺起眉頭說：

「──真奇怪，你今晚很異常耶。」

「沒什麼。」

「你──真的那麼討厭娼妓嗎？」

「為什麼要問這個？」

「因為你真的太怪了嘛——」

青木邊說邊倒了一杯涼掉的茶，遞給木下。

兩人在刑事部的休息室裡遇到。

「——我第一次看到你那麼激動，眼珠子都冒出血絲了。」

「我只是睡眠不足，心情不好罷了。」木下回答。

「——雜司谷事件過後天天睡不好，那個案件的餘味很差。」

這是事實。

「只有這樣？」

「你懷疑嗎？」

「可是你抓到那個老太婆的時候，不是還嘟囔著討厭娼妓嗎？」

「我是討厭啊。」木下回答：「警察沒道理喜歡娼妓吧？」

「話是沒錯。」青木態度略顯不服。「可是沒人想當娼妓才去當的，還不是貧窮跟不安定的世道把她們逼上了絕境。錯不在娼妓，而是促成娼妓現象的社會。所以說……」

「別跟我說這些場面話。你老愛說這些大道理會被他罵的。」木下說。所謂的「他」是指跟青木搭檔的刑警前輩。

「會走向這條路自然有其理由，但是現在這個社會裡的娼妓都是她們自由選擇的結果吧。她們好歹有選擇權。自願留下來賣春的人，就只是將這種行為當作是生意。」

「是沒錯，她們自己也是這麼說——」青木說完，露出難過的表情。

「——保安課的傢伙們不是會問那些被抓到的娼妓嗎？責問她們『做這種事情難道不覺得羞恥？』『不覺得自己錯了？』『是否打算繼續下去？』諸如此類——」

青木倒茶進自己的茶杯裡。

「——但是這些話多半會引來娼妓們的反

感，大概是覺得被人瞧不起，也覺得被人當成不知羞恥的懶惰鬼。就像你說的，她們是把賣春當成生意。」

「本來就是。」

「但是──我還是認為不應該因此否定她們的人格，我們應該徹底站在擁護人權的立場進行取締工作。況且在前陣子以前，賣春還是受國家認可的行為呢。」

「可是現在並不被認可吧？」

木下故意露出厭惡的表情說：

「──頂多被默認而已。而且，就算國家認可我也不認可。無論有什麼難言之隱，賣春都是愚蠢而齷齪的行為，本當受到懲罰。現在警方只是把她們抓過來輔導，這樣是不行的，對她們一點效果也沒有。」

不知為何，一談到娼妓問題，木下話鋒就會變得尖銳。

「但是──接受輔導的人當中，也是有人真心反省而不再賣春的啊。」

「是嗎？一旦墮落就很難回歸正常了。」

木下故意憤恨地說。

「讓你討厭娼妓到如此地步的理由到底是什麼？」青木覺得很不可思議，轉頭看木下。

「沒什麼。」

木下自己也不懂。

青木嘆了口氣。

「剛剛被你抓到的那個老太婆叫做阿熊。她原本在特殊慰安設施照顧慰安婦，現在則是當散娼的鴇母。」

「喔。」

「不管是離家出走的女孩還是沒飯吃的鄉下姑娘、剛死了老公的年輕寡婦，這些涉世未深的娼妓都由她負責管理。說是管理，那個老太婆也沒有收多少費用。她跟黑道沒有瓜葛。她僅僅想保護這些女孩不受黑道染指，所以才挺身而出。女人們靠著她的斡旋才能安心賺錢，所以也很感謝她。簡單說，那個老太婆等於是她們的救星。」

「哪有這種救星。」

「嗯，沒錯，的確拉皮條不是什麼值得稱讚的行為——但是那個老太婆……對了，那時不是有個女人逃走了嗎——」

——那女人。

「就是那個長髮的女人啊。」青木說。

長髮的女人。

那女人。

「據說——那女人今天是第一次拉客。」

青木說。

「第一次——嗎？」

「嗯，所以老太婆很擔心呢。」

「擔心？」

「因為那一帶如果沒有後盾，單獨出來當街拉客的話立刻會被勒索。現在老太婆自己被抓，就沒人保護她了。那一帶似乎有三、四個暴力團體互相爭奪地盤，個個互不相讓，隨時派人監視，不讓人隨便在那裡做生意。如果那女孩被某一團抓到的話，接下來就——」

木下喝了一口茶。

我什麼也不知道——

賣春是犯罪嗎——

對不起——

——原來是這麼一回事。

但就算如此，

「就算如此，會搞成這樣也是自作自受，她們在下海之前或多或少都知道這種情況吧？知道還去拉客的女人就是笨蛋。一般來說總會先探探情況吧？更何況她還是第一次拉客，照理說應該沒那個膽子繼續。」

「可是她有隱情……」

「又是什麼隱情？」

「聽老太婆說，那女孩去年以前在某個採礦小鎮生活，自從老爸死於意外，一家人流落街頭，來東京靠親戚接濟。可是親戚在戰爭中失去了能工作賺錢的男丁後，經濟狀況變得很糟，現在也欠了人一屁股債。」

「那又怎樣？」

「只有這樣也就罷了。慘的是她的母親生了重病，天天躺在床上需要人照顧，除了她以外還有五個弟妹，年紀最大的才十歲，光要餵飽這些人每個月就得花上相當金額。而且她們這一大群人來投奔親戚家，總得出點錢給親戚吧？能賺錢的只有女孩一個，要養這麼多人——就算靠你的月薪也不夠啊。」

「你跟我說這些幹甚麼？」

青木模仿木下的語氣說：「沒什麼。」

「唉，總之，我只是在想這個社會有這種人存在——我們警察難道沒辦法為她們做什麼嗎？」

「什麼也辦不到吧？」

「是嗎——的確，誠如你所言，賣春絕對不是好事。但是我說啊，木下，賣春至少是拯救那個女人的手段啊。對那個逃走的女人來說，老太婆比起我們這些淨說漂亮場面話的警察**更有幫助**——難道不是嗎？」

「幫忙拉皮條算是幫助嗎？」

「是的。至少我認為——」

「喂！青木，難道你贊成賣春？」

「我可沒這麼說。」

「不管家中狀況如何，一樣都是做壞事賺錢。如果這種事能容許，那麼因貧窮而犯下殺人、偷竊勾當也能容許了。就是這些事於法不容，所以大家才會拚命為了生活而努力。而保護這些拚命努力的人，就是我們警察的工作。」

——我在興奮什麼。

那個、那個女人。

她是幽靈，她——

「抱歉，我說得太過分了。」木下說得

口乾舌燥，一口氣將茶喝盡，蓋上毛毯躺著休息。說不定離奇殺人事件有新進展，明天起恐怕又是一番忙碌了。

「所以說，我——討厭娼妓。」

木下嘟囔地說。

3

木下的老家有個奇妙的房間。

木下到現在還是不知道那究竟是改建增建的結果？還是本來就有這種格局？抑或非常特殊的構造？只不過木下在自己不到三十年的人生裡，從來沒有看過相同的建築。

房子本身並不奇特。

與一般的日式建築沒兩樣。

只有一個地方非常不同——

那就是儲藏室。

現在回想起來，那究竟是不是儲藏室也值得懷疑。只不過家人都叫那個房間為儲藏室，實際上也如此使用。

就算那個房間為了其他用途而造，至少在木下出生之後到老家遭到空襲的這段期間，那裡只被當作儲藏室使用。

既不像大有來頭，似乎也沒有任何發生過問題的跡象，就只是個入口有點奇怪、專門用來堆放東西的房間，如此罷了。

那個儲藏室位於壁櫥裡面。

這種說法聽起來十分奇妙，木下小時候一直把那個房間叫做壁櫥裡的房間。

雖說如此，那個房間當然不可能是——能放進壁櫥般的小房間。在近兩公尺寬、乍看沒什麼特別的壁櫥裡，卻有一半是樓梯。打開左側紙門只是普通的壁櫥，右側則設置了一個往上的狹窄樓梯。樓梯穿過天花板，折返之後繼續通往二樓、三樓——最後通到一個隱藏的閣樓。

閣樓是個六疊榻榻米大小的小房間。

木下家把這個房間當作儲藏室運用。

雖然從外面無法發現藏有房間，但作為秘密房間而言，隱藏方式又太隨便。故事中武士宅邸的秘密房間機關比這個複雜多了。就算入口設在壁櫥裡，通常也會做點掩蔽，至少天花板上也會設個蓋子。否則像這樣一打開紙門立刻能看到樓梯的話，一點穩密性也沒有。

不僅如此，木下的家人嫌麻煩，從來也不把紙門拉上。

說麻煩，其實使用房間的機會一年裡大約也只有一、兩次，但平時還會打掃樓梯，如果要一一關起來的話或許是有點麻煩吧。

需要使用壁櫥時，就把兩扇紙門一起推向樓梯那側。

是故，樓梯總是暴露在外，只要一抬頭看就發現樓上有房間，看起來與寺院塔內由下朝上望去的景象相似。樓梯本身雖暗，但儲藏室裡有天窗，壁上也有採光窗，因此房間內部並不怎麼暗。狹窄歸狹窄，只要東西別堆得太亂，看起來倒還挺開闊的，所以過去應該也不是被當成禁閉房(註)使用，因為並不適合。

更何況木下一家代代都是農民，根本沒有建造秘密房間的必要。

所以木下認為那個房間只是格局古怪，打一開始就是作為儲藏室使用的吧。

平時只有要收納不必要的物品時才會用到那個房間。被收進那裡的雜物，多半也不會再拿出來。

就如同一些老房子的倉庫或置物室，那個房間裡深深堆積了隨意放置的物品。

行李箱、茶具盒、藤盒、木箱等雜七雜八的物品堆積如山，縫隙裡塞著老舊的女兒節人偶或捆起的掛畫、壞掉的時鐘，每件東西不是布滿塵埃，就是烏漆抹黑。不過或許是因為房間很乾燥，並沒有霉味。

由樓梯一進房間，立刻只剩一公尺左右空間。木下經常獨自一人在那裡玩耍。雖然還有很多地方可去，不知為何就是常去那裡，或許很喜歡那個房間吧。

木下也不曉得自己是被什麼給吸引住了。

小孩子總喜歡這種場所，木下也一樣。木下已不記得最早去那裡是幾歲的事，只知道當時似乎很興奮，從來不覺恐怖，也沒人阻止過他。只記得警告他樓梯很陡要小心，但沒人禁止他去那個房間。

總之，很奇妙的房間。

——好懷念。

木下現在回想起來，突然覺得很懷念。

那是長久以來早已忘卻的光景。

距離上次回憶起那個房間已過了多久？應該不止十年了。老家受戰火波及而燒毀，但木下對那個房間的記憶卻在戰前就已消失。應該因為某種理由不再到房間去了。

——因為樓梯壞掉了嗎？

似乎是如此。

好像發生了什麼問題，所以樓梯被拆掉了。

不對，那個樓梯應該沒壞。那麼又是因為什麼理由——

那個樓梯。

——樓梯。

看見昏暗的樓梯木下想起來了。

木下站在從門口朝房子內部探視的青木背後，朦朧見到房子內的昏暗鐵梯，進而回憶起那個儲藏室。

兩人現在正站在一間由車庫改造成的、空無一物的建築物前。

註：禁閉房：原文作「座敷牢」。為了某種理由（懲罰、精神失常、畸形兒等）軟禁家中成員而設置的房間。

根據青木的推理──殺人魔就潛伏在這棟建築裡。

於他們取締街娼那天清晨起，發生了一連串極其惡質的連續殺人事件。

一樁少見的悽慘事件。因取締藍線而深感疲憊的木下與青木還沒來得及休息──幾乎一夜沒睡，於黎明時分又立刻出動，他們成為共同調查本部的調查員參與調查工作。後來調查工作陷入瓶頸，如墜五里霧中。但對於木下而言，能碰上這種難以解決的事件反而幸運。投入全副身心調查，才得以不必想起那女人的事情。

──那個……

那個女人的臉，

以及她的長頭髮。

──那個是……那張臉是……

木下挖掘自己過去的記憶。

竹……

竹子。

──竹子姊。

長久以來──好長一段時間忘卻了的名字不經意地掠過腦中。看到這間房子的昏暗階梯，想起了那個儲藏室的情景，同時也挖掘出伴隨著儲藏室埋藏起來的老舊記憶。

──那張臉……

是竹子姊的臉。所以……

所以木下看到那個女人的臉的瞬間，才立刻以為**是幽靈**。

──等等……

幽靈？

為什麼是幽靈？這就表示竹子她……

──竹子姊怎麼了？

死了嗎？應該是死了，否則木下不會直覺認為那女人是幽靈。就是知道死了才會如此認為。那麼……

那麼又是於何時死去？為何死去？不，真

的死了嗎？而自己又為何知道她的死訊？

——不，不對。

竹子是離家出走的。

之後就此行蹤成謎，這才正確。

記憶中竹子並沒有患了不治之症，也沒在意外中身亡，是離家出走了。所以並不見得死了。

阿囡，別再講竹姊的事了——

爸爸心情會變得很不好——

那個孩子做了壞事——

所以出遠門去了——

你就別再問了——

母親、叔父與叔母，大家都異口同聲這麼說，可見竹子與父親發生過爭執。

竹子是父親最小的妹妹。木下原本該叫她姑姑，但因為很年輕，所以他都叫她阿姊或竹子姊。在木下七歲以前竹子跟他們一家人住在一起。當時她大約十七、八歲，臉蛋很漂亮，長了一頭烏黑秀麗的長髮。

——竹子姊……

到底是怎麼了？父親前年去世了，母親跟其他親戚還在。

但是……

這二十幾年來，她們口中從來沒提過竹子的名字。至少木下從來沒聽過。不管是死了也好，離家出走也罷，對竹子的事噤口不語實在很異常。

想不起來。

明明當時竹子經常陪他一起玩耍。

——壞事。

說她做了壞事——什麼意思？

對不起對不起對不起——

別以為道歉就能了事——

木下。

「喂，木下。」

好像有人在叫自己。

青木轉頭，正向他招著手。茫然站立在車旁的木下走向門口。

不知為何，在被叫之前他一點也不想靠近那裡。

青木一臉憔悴，這名同事這幾天來幾乎沒睡過覺。

「這裡──麻煩你看守，只有這個出口，沒有後門。」

「你打算衝進去？」

「當然。對方只有一個人。不能繼續出現受害人了。如果他就是犯人，這裡應該就是犯罪現場，所以應該還──」

青木表情有點急迫，抬頭看了昏暗的樓梯，接著，

走入昏暗的房子裡。

進入了不應進入的地方。

──不可以進去。

不可以進去。

今後不可以進去這裡。

儲藏室。

今後不可以進去這裡──

──是指儲藏室嗎？

好像發生很激烈的搏鬥。

──青木。

發生什麼事了？樣子頗不尋常。

──要上去嗎？

不可以走上這座樓梯。

──不行，無法上樓。

兩腳發軟。在樓梯上的是──

在昏暗狹窄的樓梯上的是──

──什麼聲音？

冷汗直流。

那個聲音是……

激烈的爭吵，毆打的聲音，腳踢的聲音。

殘暴的聲音，那是暴力的聲音。

那是──施暴的聲音。

是傷害人的聲響。

呻吟聲與哭泣聲。

你以為事到如今你哭還有用？——

你知不知道你做了什麼事？——

現在全村都知道這件事了——

你跟誰睡過？拿多少？——

別以為道歉就能了事——

就那麼想要錢嗎？——

我可不會原諒你——

你這骯髒淫婦——

齷齪的娼妓——

不知羞恥——

臭婊子——

垃圾——

請原諒我請原諒我請原諒我——

就說不是道歉就能了事的——

對不起對不起——

你這人渣去死吧你沒有活著的價值趕快死一死去向祖先賠罪——

「爸爸，別再罵了，阿姊都哭了。」

阿姊她——

阿姊她好可憐唷。

父親對他說。

囝治，你聽好，竹子做了絕對不能原諒的事情，所以我才會處罰她。

你看仔細——

你這個妓女你這個妓女你這個妓女。

毆打聲毆打聲毆打聲。

木下轉頭。

背對他們。

當他背對門口的瞬間——

木下昏倒了。

4

西照日由採光窗射入房間。

破掉的不倒翁上積了一層厚厚的白色灰塵。

行李箱上放著藤盒，上頭又堆了一個以繩子綁住的木箱，旁邊塞了老舊的女兒節人偶。行李箱上有洞，由洞口看見暗紅色的布料。其餘還有破舊的斗笠跟雨衣，以及破掉的燈籠、缺蓋的茶具盒，與不再使用的茶碗。

這裡是儲藏室。

每當下雨時，

覺得無聊、無事可做時，

或者是被父親責罵之後，

總是會來這個儲藏室。

因為誰也不會來這裡。

這裡是只有自己的世界。

直到母親呼喚吃飯前的這段時間，這裡是專屬於我自己、不受其他人打擾的美妙遊樂場地。所以，

我喜歡這裡。

用手指在布滿灰塵的器物上畫畫。欣賞老舊的器物。

咦？

位置似乎有變化呢。在衣櫃後面，不倒翁與藤盒之間，有個沒看過的東西。看起來很新呢。原本在那裡的是──對了，是用布巾包起來的和服。難道又有新的東西被放進來了嗎？

那是什麼呢？烏黑，又有光澤。

完全沒沾到灰塵，非常美麗。在西照的陽光下閃閃發亮，看起來十分柔韌，非常、非常漂亮。那是──

──阿姊。

那是阿姊的頭髮。

烏黑亮麗又飄逸。

那是阿姊的頭髮。

原來如此。

阿姊躲在這裡呀。

阿姊好像做了非常壞的事情，所以昨天被

爸爸嚴厲責罵。

她受到嚴厲責罵。

阿姊一直道歉，不斷説著：「對不起」但爸爸並不原諒她，他好生氣好生氣，不管阿姊怎麼道歉，也絕對不原諒。

爸爸不知揍了阿姊多少次，我求爸爸不要再打了，但爸爸還是不肯停止。

爸爸實在太可怕了，所以……

所以阿姊才會躲起來吧？所以才會很悲傷地躲在這裡吧？跟我一樣呢。

「竹子姊。」我呼喚她。

「阿囡——」

竹子姊躲在縫隙之中，背對著我，用比平常更溫柔的聲音回應。

「怎麼了姊姊，你很悲傷嗎？」

「嗯，我很悲傷，真的好悲傷喔。」

「因為被爸爸罵了嗎？」

「不是的。」姊姊說了。

「因為爸爸很可怕嗎？」

「我被罵也是理所當然，因為我做了壞事。」

「是嗎？」

「是呀，很壞的壞事。」

我要姊姊看我，姊姊答應，轉動脖子，露出半張臉。她躲在衣櫃後面的狹窄空間，所以沒辦法轉動身體。她從烏黑的長髮中間，露出半張潔白的臉孔，頸上的靜脈清晰可見。

竹子姊身體有一半夾在縫隙之間。

「那裡——不會太窄嗎？」

「沒關係的，不用擔心。」

「我也想進去。」

「不行。」

「為什麼？」

為什麼不行？

「阿囡，吃飯了。」聽見媽媽的呼喚。

晚飯時間到了，我該走了。

阿姊還是歪著脖子，對我說：

「阿囡——我在這裡的事情要對大家保密唷。」

「嗯，我不會說出去的。」說完，我就下樓了。

我吃完飯，洗完澡，便上床睡覺。第二天天氣很好，我沒去儲藏室，跟朋友到外面玩了。隔天我去河裡玩耍。再隔一天，因為傍晚下起雨來，所以我又到儲藏室裡。

阿姊還在那裡。

在衣櫃後面，不倒翁與藤盒之間。

頭髮，與頭髮之中露出的半張臉。

跟上次一樣。

完全都一樣。

「阿姊，你還在嗎？」

「是呀，阿囡，你幫我保守秘密了嗎？」

「有啊，可是大家都在找你呢。」

「沒關係。」

原來是捉迷藏。

我跟阿姊聊了很多事情，很開心。

接下來又過了三天，我被爸爸責罵了，很悲傷，所以我又到儲藏室去。

阿姊還是在那裡。

在衣櫃後面，不倒翁與藤盒之間。

頭髮，與頭髮之中露出的半張臉。

跟上次一樣。

我向阿姊訴苦。

阿姊溫柔地聽我說。

然後阿姊安慰了我。

阿姊在衣櫃後面，不倒翁與藤盒的縫隙之間，從長髮中露出半張臉來安慰我。

「你爸爸喜歡你所以才會罵你，所以絕對不能怨恨他喔。被罵的人，都是因為做了壞事才被罵的。」

姊姊說。

之後在晚飯做好前，我們又聊了好多事。

這樣的日子持續了一段時間。

我有事就會去阿姊那裡，跟她無話不說，一起玩耍。但是阿姊始終躲在縫隙裡不肯出來。

就這樣，我跟阿姊一起玩耍了——半年左右。

但是……

有一天，我說有件事情很有趣，要阿姊出來。阿姊說不要，但是我堅持她一定要出來看，於是我把手伸進不倒翁與藤盒的縫隙之間。

我摸到她的長髮。

抓住後頸子一拉，

忽地，

頭髮，

啊。

「啊。」

「怎麼了？木下——」

「你沒事吧？」課長問。

在醫院的病床上。

木下被嫌犯毆打而失去意識了。全身濕黏，汗流個不停。心臟有如打鼓般不斷跳動，後腦杓也與心跳同步一陣陣刺痛。

「你沒事，放心吧。」

「你只受到擦傷而已，休息一下就好。」

「青——青木呢？」

「他要整整休養一個星期哪，真是太莽撞了。」

「那——傢伙呢？」

「嗯，他就是真犯人，現在逃亡中。」

「逃了——都是——我的錯。」

「不會處分你的，這次是我的判斷失誤。現在已經全面出動搜捕了，很快就會落網。但是——木下，你的膽子也太小了吧，竟然那時會背對門口不敢進去。」

「對不起。」木下道歉，真是大大地失態

了。

那個昏暗的樓梯之上──

原來如此。

那個儲藏室──

木下想起來了。

不可以進去。

今後不可以進去這裡。

不可以走上這座樓梯。

通往那個儲藏室的樓梯──自某日起突然被封起來，入口釘了好幾片木板。對了，記得連著壁櫥一起整片被塗成牆壁，之後再也沒人提過儲藏室的事。

母親跟叔母都哭了。

哭了──

記得有一場很小的喪禮。

舉辦了喪禮。

原來──

原來那是喪禮。

以後別提竹子姊的事了──

爸爸聽到心情會很不好──

因為那孩子做了壞事──

她到很遠的地方了──

所以別再問了──

母親與叔母反覆對幼小的木下說這些話。

原來那就是喪禮。

那是一場不想讓人知道而偷偷舉行的──喪禮。

──竹子。

竹子果然死了。

為什麼？

啊。

──警察。

喪禮之前，記得警察來過。

警察來了，把木下帶到儲藏室裡──

為什麼？

記得被問了話。為什麼警察會……

對了。

是母親急忙找警察來，因為她**發現木下手上握著一串頭髮**。母親滿臉蒼白，立刻跑上樓梯，接著，她——

母親尖叫。

——原來如此。

爸爸，別再打了，阿姊在哭了。

阿姊好可憐。

阿姊——

那是……

當時沒人對木下說明，現在想來，竹子大概是為了某種理由，經常與村中數名男性進行性行為，並伴隨著金錢往來。

身為一家之主的父親發現了妹妹近乎賣春的行為。父親是位很嚴格、且比一般人更在意面子的人。竹子的行為受到父親嚴厲斥責，被臭罵一頓後遭到痛毆。除此之外無法解釋記憶中的父親的言行。

你以為事到如今你哭還有用？——

你知不知道你做了什麼事？——

現在全村都知道這件事了——

你跟誰睡過？拿多少？——

別以為道歉就能了事——

就那麼想要錢嗎？——

我可不會原諒你——

你這骯髒淫婦——

齷齪的娼妓——

不知羞恥——

臭婊子——

那時的父親非常異常，木下的記憶裡從來沒有看過那麼激動的父親。父親雖然是個嚴格的人，卻不是毫無意義地使用暴力的人。

可是……

垃圾——

你這人渣——

去死吧——

你沒有活著的價值──

趕快死一死去向祖先賠罪──

請原諒我請原諒我請原諒我──

竹子被父親斥責之後，似乎深受打擊，覺得一切都是自己行為不檢點所致，感到非常羞恥──於是，她到儲藏室裡，於衣櫥後面，不倒翁與藤盒的縫隙間──

自殺了。

事情經過應該就是如此。那個儲藏室平時幾乎沒人進去，所以遺體也一直沒被發現。大家都以為竹子失蹤了。那個儲藏室與平常起居的空間之間被隔開了，所以沒有人聞到腐臭。

等等──

不，因為那裡異常乾燥，所以沒有腐化──

那麼──

木下手裡抓住的頭髮是──

在衣櫃後面，不倒翁與藤盒之間。

頭髮，與頭髮之中露出的半張臉。

那張臉，

也就是說──

木下，

半年之間──

都**跟什麼一起玩耍**？

──阿姊。

5

約一年後，谷中的板金工邊見仲藏家中發生殺人事件。

木下與搭檔長門一同前往現場。

現場悽慘無比。

渾身浴血的老人躺在玄關，鑑識人員圍繞在他身邊，轄區警署的刑警與派出所的警員一臉鬱悶地走向兩人。

「送存證信函過來的郵差發現的，一打開門人死在這裡──」

「存證信函嗎——」

「應該是法院的查封通知——吧。」面對遺體念佛的長門說。

「是的，這間工廠——相信你看了也知道，目前歇業中。因為經營不善，然後……」

地方刑警以目光向警員示意繼續說下去。

「呃，被害人是邊見板金——這是工廠的名稱，這家邊見板金的老闆，名叫邊見仲藏，現年六十八歲，此外——」

「還有其他人？」

「請到裡面來。」警員招呼兩人。

「我一接獲通知，立刻趕到現場，可是不管怎麼呼叫都沒人回應。我認識他們家人，所以覺得很奇怪——啊，請走這裡，後面那個房間鋪了棉被——」

警員彷彿在介紹自宅一般，毫不遲疑地帶領木下等人。

打開紙門。

裡面也有鑑識官。

「——就是這個房間。我一到這裡，覺得心裡不安，結果翻開棉被一看——」

棉被上有個老婦人與五個小孩，每個人都雙手合十躺著。

長門皺起眉頭。

「死因是絞殺。從右邊開始是仲藏的姪女——他哥哥的女兒，桑原暢子四十二歲。接著是暢子的兒子幸夫十一歲、貞次九歲、粂子八歲、井子五歲、留夫三歲。」

「真是的——這些孩子年紀還這麼小，為什麼要做出這麼殘酷的事情——」

長門一臉於心不忍地蹲在遺體旁邊，再次合掌。

長門總會在殺人現場膜拜屍體。木下每次都很不以為然，但這次看到這麼多小孩子的遺體排成一排的光景，難免也覺得悲傷，連他也想合掌膜拜了。心中一陣刺痛。

「他們生活很苦。」

地方刑警說。

「很窮困嗎？」

「你看看這孩子，一看就知道是營養不良，簡直就像戰爭剛結束的流浪兒，幾乎沒吃到多少飯。」

木下移開眼。

不忍心直視。

派出所的警員接著說：

「這個叫做暢子的女人，她的丈夫原本在礦坑挖煤，丈夫死後無依無靠，去年春天從北海道帶著孩子們來投奔親戚仲藏。但是仲藏的工廠──就如各位所見的，幾乎要倒閉了。」

工廠似乎荒廢已久。

機器看來有一段時間沒有啟動過了。

「實際經營工廠的是被害人的兒子，但是──」

「長男跟次男都戰死了。仲藏患有風濕症，身體無法自如活動，完全沒有收入。」

「所以才會被查封嗎？」

「他欠人一屁股債，不得已只好賣掉工廠。他連自己都自顧不暇了，更別說要照顧來投奔的暢子一家人。而且暢子──還患有心臟病，只能躺在床上養病。」

「這就叫屋漏偏逢連夜雨吧。」轄區刑警面無表情地說。

「這一家人真的是走投無路了。所以說，我原本以為應該是舉家自殺──」

等等。

木下想起來了。

似乎聽過類似的故事。

長門問：「不是自殺嗎？」

「因為……還差一個人。」

「還差一個？」

「暢子帶來的孩子裡還有一個女兒──女兒的行蹤目前還沒發現。」

女兒。

「名字叫——桑原豐子。今年十八歲。」

豐子。

小豐——

「這個豐子——其實是個……」

「街娼嗎？」

木下說。

「是的。豐子似乎在上野一帶活動。只不過我們也只是聽說，並沒有實際證據。由她的服裝言行以及左鄰右舍的風評看來，似乎沒錯——我也有親耳聽過她的傳聞。好像是——仲藏強行要求她去賣春。總之，有這麼一段隱情……」

「你早就知道了？」

木下瞪著警員。

「你早就知道卻不通報？」

「我、我……」警員嚇得退縮。

「你放任不管這樣對嗎？既然知道怎麼不取締？別讓她繼續沉淪，維持地區的風紀不是警察的工作嗎？」

「您、您說得沒錯——可、可是他們的家庭狀況」

「每個家庭還不是都有困難！」木下怒吼。

「——全部都要顧慮的話可就管不了，不能因為這種理由就默認賣春的行為吧——」

——這些娼妓，

木下看了幼小的屍體。

「如果早點輔導她們，說、說不定就不會發生這種慘事了——」

「好了好了，囫治」長門進來勸架。

「——所以說——你們認為豐子就是犯人？」

「是。生活困苦，又被強迫賣春，應該心裡很痛苦。但是如果自己先死了，留下來的母親與弟妹大概也活不了——她看破人生，不得已才犯下罪行吧──」

「那麼她很可能也自殺了，得趕快發布通緝。」長門說。

太遲了。

現在才找已經太遲了。

木下環顧房間。

家徒四壁，整齊排列好的遺體。

遺體後方──

有個壁櫥。木下穿過鑑識人員走向壁櫥，伸手拉開紙門。

不可以進去。

今後不可以進去這裡。

我知道，不必說了。

木下打開了壁櫥。

探頭進去。

層層堆疊的棉被。

行李箱與水果紙箱的背後，

那是什麼？烏黑又有光澤，非常美麗。受到光照閃閃發亮，看起來十分柔韌，非常、非常漂亮。那是──

木下伸手一把抓住那個東西。

頭髮。

長長的頭髮。

她躲起來了。

躲起來自殺了。

受到拉扯，搖晃了一下，朝向木下。

在行李箱與水果箱的縫隙之間，烏黑秀麗的頭髮之中，露出了半張潔白面容。

原來你在這裡。

「阿圀──」

唉，已經死了。

木下露出厭惡表情。

此乃昭和二十八年八月之事。

第拾夜

川赤子

山川水草之間，
有怪，形似赤子，
日川赤子。
川太郎、川童之類也(註)。

——《今昔畫圖續百鬼》／卷之中・晦

註：川太郎、川童：均為河童的別名。

1

精神萎靡，想去河岸散心。

說河岸倒好聽，其實只是條流經都會的河流。這裡看不到祥和的鄉村風景，有的只是骯髒的板牆與泛黃的灰泥牆化作令人不愉快的影子，倒映在昏暗、淤積而搖晃的水面上。沿岸的家家戶戶將房屋幾乎築得與河岸線切齊，顯得擁擠不堪。

一點也不美麗。

梅雨時節的天空陰鬱不開，不亮也不暗。抬頭一望，天空彷彿正在嘲笑人類生活的無意義，覺得自己像被捨棄而倦怠不已。風並不是停了，卻感受不到。天氣不冷不熱，可是又非適溫，不怎麼舒服，只讓人煩悶。

這些我都知道。

但是我還是認為至少比待在家裡好。無論水是否淤積污穢，只要心情不好，我就想到水邊去。

距離這裡沒幾步路的距離，有一座小橋。

想到那裡走走。

理由我自己也不清楚。或許是因為在我矇矓意識之中，模模糊糊地聯想到橋梁。

橋下有條小徑通往岸邊。

或許這就是原因。嗯，就是如此。

沿著河流走了一段路。

搬到這裡——中野也有兩年，我依然不知眼前的這條河流叫什麼名字。當然，我至少記得自己家的地址，可是諸如鄰町名稱、道路或坡道的稱呼卻一向記不起來。我無心去記，總是茫然過活的我沒有知道地名的必要，也從不看地圖。可是我——卻知道這座橋的名字。

這座橋叫做念佛橋。

是座簡陋的橋。

聽說還有別的稱呼，不過我並不知道另一個稱呼。我曾聽人提過，只是記不得了。印象中也是個古怪的名字。至於像我這種連河川名稱也搞不清楚的人，為什麼知道橋的名字——關於這點連我也覺得頗為奇妙——理由其實簡單至極。

因為橋名就寫在欄杆上。

就這麼簡單。除此之外，我對為何叫做念佛橋、有何由來之類的一概不知。

根據從以前就住在中野的朋友說法，這裡是中野唯一有過河童傳說的橋。

最近很少聽到目擊河童在橋上跳舞、聽見河童入水聲之類的民間傳說，不過據說戰前——十年前倒是很稀鬆平常。

直到現在，中野的耆老仍把這裡當作河童出沒的地點。

連這種地方也有河童出沒嗎？

很遺憾地，我從來沒看過。

雖然我也不怎麼想看。

橋一如既往褪色而破舊，在同樣缺乏色彩的風景中，一點也不突顯自我地存在著。這副景象與我模糊記憶裡的景象一模一樣。

令我感到莫名的放心。

恆久不變的景色。

平淡無奇的現實。

沒有進步，真是一件非常美妙的事。

至少——對於（像我這種）向來不願意承認站在時間洪流前端的膽小鬼，或者對於（像我這種）沒有自覺正受到社會考驗的膽小鬼而言——是非常美妙的事情。

三個全身沾滿泥巴、烏漆抹黑的調皮小孩走上橋，嘻嘻哈哈地奔跑著穿過我身邊走掉了。我面無表情地看著這一幕。

眼球乾澀，或許是想睡了。

眼皮眨個不停，真的想睡了。

——唉，活著真是麻煩。

想著此般事情，但我並非想死。

——去死——嗎？

要我去死實在辦不到。要死，需要勞力。如此主動的行為對現在的我太困難了。我現在的脆弱神經無法承受如此劇烈的變化。

我站在橋上，弓著背，凝視著緩慢流動的河水。昨晚下了雨，水比平時還要混濁。水位雖變高了，流速依然緩慢，如果沒聽到水聲，說不定還以為水流停滯了呢。

我嘆了口氣。

其實我──並不喜歡水邊。

例如海洋，太廣、太深、太激烈太美麗，反而令人厭煩。看著海，反而使得看海的自己顯得很矮小、淺薄、自我墮落而齷齪。我並不是很喜歡海。

蔚藍的天空、廣袤的海洋，這些與我一點也不相配。舉凡太過健康、太過正當、太過熾烈、太過整齊之事物，我生性難以接受。

因此──這種河岸剛剛好。

──真的是這樣嗎？

突然之間，不安之情湧現。

我相信我討厭大海的理由並沒有錯，我本來便是見到宏大之物便會自慚形穢的人。但是──我不喜歡海並非單純只有這個理由，我似乎忘卻了某個極其重要的事項，──那是什麼？

──我忘了什麼？

鳥兒的振翅聲響起。

什麼也想不出來。

──算了──無所謂。

多半是無所謂的事。就算我真的忘記了，也還能過正常生活。

──但是，

我該不會連**我忘記事情**的事也忘了，只知渾渾噩噩地過活吧？

想到這裡，覺得有些恐懼。

缺乏色調的景色映照在焦點游移不定的眼眸裡，我獨自在橋上苦惱地胡思亂想。

豆腐小販騎著腳踏車渡橋。

呆滯的喇叭聲從背後流過。

令人厭煩的日常生活化為倦怠感包圍著我。

——想接觸水。

欲望逐漸升起。

我用眼角餘光追著豆腐小販的背影。

手靠在欄杆上，落寞地走過橋。

對岸的橋下有條小徑通往岸邊。

橋旁長了許多類似菊花的花朵。

溼潤的雜草長滿周遭一帶。

嚴格說來，這不算一條小徑，只不過小孩子頻繁出入，在草皮上留下了一條光禿禿的痕跡。地面凹凸不平且濕滑，差點跌倒。與身手敏捷的小孩子不同，對鈍重笨拙的三十歲男子而言這是一條窒礙難行的道路。

結果雖然沒有跌倒，褲子下襬卻被泥巴沾黑，襯衫也被草地的露水沾濕了。

這裡什麼也沒有。

只是更靠近水邊。

蘆葦高過腰際，地形狹窄而泥濘，走是走下來了，卻動彈不得。

流水聲隆隆。

我試著蹲下。一蹲下來，叢生的蘆葦比我的頭頂還高，對岸的水平線呼地上升了不少。

——水的氣息。

我用力吸入濕氣，吸滿整個肺部。

啊，我還活著。充滿了活著的感覺。

簡直就像兩棲類。

在這大多數人揮汗工作的時間，我卻蹲在橋下草叢，就只無所事事地透過呼吸感受生命。充分體認到自己在社會上完全不具機能之愧疚感。

我總是如此。

無所事事，徹底地無所事事。

水鳥停在蘆草之間。

一動也不動。

──鷺鷥嗎？

也許不是。

我心不在焉地看著鳥兒。

──真無趣。

覺得真是無趣。

呼吸溼潤的空氣，回想事情經過。

開端是──狗。妻子說想養條狗。其實沒什麼大不了，也不怎麼奇怪。我回答不要，一樣也是沒什麼大不了的回答。我並不討厭動物，可是不知道為什麼，就是提不起勁。

接著兩人之間的氣氛變得有點尬尷。

我們沒有吵架，就只是變得冷漠。

其實放著不管也成。我們夫婦平時對話不算很多，相處也不見得一直很融洽，就算遇到這類狀況，也還能相安無事地度過一整天，反正到了晚上吃個飯就去睡覺。但是，不知為何，這次我卻突然覺得這個過於日常的光景令人作嘔、令人厭煩，我再也待不下去了。

──簡直像個孩子。

說不定我只是因為工作進展不順利，才會拿這事當作藉口趁機溜出門。應該是如此。我想我只是不想工作罷了。

有人說小說家非尋常神經所能勝任。可是我連正常人的神經也付之闕如，所以我本來就不是當小說家的料。我看我只是對工作感到厭煩，想藉機轉換心情而已。

但是……

我還是覺得似乎並非如此。我肯定忘記了某項重要的事。不，說不定不是忘記，而是我非得將那重要的事藏在內心深處、裝作不存在才能過活。

因為我是個膽小卑鄙的人。

──啊，鳥要飛走了。

振翅、水聲、飛沫。

──那隻鳥的腳浸在水裡嗎？

不知為何，我想著這些無關緊要的事。

怯生生地走向前，靠近水邊。

水氣冰涼，很舒服。

腳邊的泥濘比剛才更稠密溼潤。

是的，我想要的就是這種水氣。

不是海，也不是河湖。不需要廣袤感也不需要清涼感。我想要的水氣就像水果一樣豐潤多汁。且不是新鮮水果，而是——有點過於爛熟、釋放出近乎腐臭的濃密芬芳的水果汁液。

——唉。

我把手指伸進水裡。

多麼冰涼啊……等等，不對——

——怎麼回事？

感覺水似乎凝結了。把手縮回來。

手上什麼也沒有，水滴沿著手腕滑下，沾濕了袖口。

——那是什麼？

剛才殘留在手指上的觸感是什麼？

覺得手指似乎碰觸到在水中飄盪的——某種不定形的物體。或許是某種漂流物。我看著河面，的確，那裡——我伸手進去的地方，水流似乎與其他地方不大相同，形成小小的漩渦。可能那一處河底的地形或水草生態較特殊吧。

我再一次更慎重地把手指伸入水中。

——有東西。

水中似乎存在著某種異常之物。

溫度有所不同。

像是某種較溫暖的水流——

——不，並不是水。

觸感就像寒天——類似青蛙蛋的東西——

我連忙把手縮回來。我最討厭那類東西了，渾身冒起雞皮疙瘩。

看著手指，並沒有沾染任何東西，就只是沾濕了。我把濕掉的手指在襯衫、褲子上來回擦拭，就算什麼也沒沾上，我還是想要拂拭掉碰到異物的不快感。

我不安地擦著手，站起身來，接著又仔細端詳腳邊的那道漩渦。

但不靠近就看不到漩渦。

我又蹲下。

還是沒看到漩渦，水流看起來與其他地方並無不同。把臉更湊近水邊。仔細一看，發現水流到此處稍微有點停滯，但是透明度沒有變化。這裡並無特別混濁，也沒有什麼黏滯的異物，水就是水，一樣徐徐流動，一點停滯的感覺也沒有。

我再一次把手伸進去。

但是，

那東西——果然存在。

2

心情依舊煩悶不已。

無心書寫，無聊地耍弄著鋼筆，墨水在稿紙上滴得到處都是，僅僅如此，我就失去了幹勁。我將鋼筆拋到桌上，把桌上的稿紙揉成一團，反正才寫不到三行。

連扔進垃圾桶也嫌麻煩。

我本來就不擅長寫文章。我只是喜歡讀，便想試試自己能不能寫；寫歸寫，從來也不認為我的蹩腳文章上得了檯面。即便自認已成了小說家的現在，也還是一樣拙劣。我絕非文章高明才得以當上小說家的。

我這傢伙目前雖在表面上掛著鬻文為生的招牌。但我既無所欲抒發的情衷，亦缺乏將之化為文章的才華。若是想寫之物還能勉強一寫，除此之外一概不行。拙劣至極。不，連寫成文章都辦不到，遑論優劣。我厭惡這樣的自己。

我花上好幾個月才好不容易寫出一篇不甚有趣的短篇小說，但照這個速度，在這個貧困年代將無以維持生計。可是笨拙的我又做不了其他工作，不得已，只好寫一些小說以外的雜文。

只要不挑，工作到處都有。例如糟粕雜誌（註）上那些光怪陸離的報導，隨時都缺作者。但這類的文章內容大體上都是跟我八竿子打不著的香豔報導與離奇殺人事件。

我這個平凡的小市民，怎麼可能寫出什麼私通、殉情或殺人的報導呢？

雖說工作歸工作，但寫不出來就是寫不出來，實在無可奈何。要是無須採訪，就能寫出接二連三紅杏出牆的淫蕩婦人之火辣告白或外國連續殺人魔甫犯案不久的心路歷程，我也不必傷透腦筋了。

但是編輯卻通常會說：「所以得靠你這個小說家的豐富想像力呀。」

的確，小說家有能力將虛偽的幻想描寫得煞有介事。不消說，編輯期待的就是我的小說家資質。但是這種期待實在錯得離譜。要是我有如此豐富的想像力，我老早就用來撰寫趣味橫生的小說；小說有趣的話，我也犯不著來接這種三流工作了。

像我這種蹩腳作家，即便只是想在文章中傳達「蘋果是紅的」這類客觀的事實都有困難。

我徹頭徹尾缺乏寫作才能。

我躺了下來。

榻榻米上有本雜誌。

是我投稿的文學雜誌。

扔在那裡大概是因為刊載了我的最新作品。該誌上一期刊登了我一篇短篇小說。

說是刊登，完全是**承蒙好意**才得以刊登，

註：糟粕雜誌：日本戰後一時蔚為風潮的三流雜誌類型，內容多以腥羶八卦的不實報導為主。由於雜誌經常遭取締而倒閉，如同用糟粕釀成的劣酒般，幾杯下肚即倒，故而名之。

非對方主動請我執筆。原是折騰了半年之久好不容易寫完的小說，不抱任何期待地拿去雜誌社，恰好頁數有缺，便好意讓我刊登了。說白一點，就是湊頁數的。

發售後沒聽到任何反應。

無人批評也無人贊揚。

光靠這篇短篇小說的稿費連一個月也撐不了。

因此──

我轉頭看了廚房。

妻子不在，大概出門買東西，不然就是在打掃庭院。我翻個身朝向另一邊。

不想看到那本雜誌。

那天以後，就沒人提過養狗的事。妻子對此事一直保持沉默，我也不好意思主動提起，因此我實在無從得知妻子現在的心情如何。

──或許已經放棄了。

不，別說放棄，搞不好妻子早就忘了有這麼一回事。想來妻子應該不是很執著於養狗，所以她保持緘默的理由多半也沒什麼大不了。仔細思考，恐怕當時覺得心有芥蒂的只有我自己吧。妻子的個性一向淡泊，之所以覺得她悲傷，說不定來自於我內心的愧疚感作祟。

不覺得養隻狗兒也好嗎？──

記得當時她是這麼說的。語氣很輕鬆，並沒有表現出什麼非養不可的急切心情。而我呢？──我是──

──怎麼回答的？

記不清楚了，只記得我的確拒絕了。

我趴著，臉貼在榻榻米上。

──為什麼拒絕了？

雖然是自己的想法，卻不太能理解。

我──絕不是討厭動物。

只不過我這個人生性怠惰，一想到養起寵物得每天照料就嫌麻煩，實在百般不願意在狗兒身上花時間。但妻子也知道我是這種人，她應該打一開始就有所覺悟，反正照顧的擔子最後還是會落在自己身上，那麼她提出這個要求，想必也早就有所決心才是。

——我究竟説了什麼拒絕她？

記不得了。多半是「狗不好，會給鄰居帶來麻煩」、「會造成家計負擔，沒錢養」之類的理由。

——説不定是毫無來由地大發雷霆？

唉，記憶一片模糊。實在想不起究竟説了什麼，完全忘記了。

——果然忘了某件重要的事。

不，應是刻意不願想起。

我抱著頭，胸口被彷彿捧著內容不明的箱子的不踏實感所淤塞。想窺視內容，卻覺得不該看；不是看不了，而是不敢看；想看得不得了，但我知道裡面放著絕對不能看的東西。裡面裝了黏滯不堪、有如泥濘的——

「阿巽，阿巽——」

妻子呼叫我。

我坐起身來。

顯露出很不悅的表情。

「幹啥——」

口齒不清，發音模糊。

這種時候，我的用詞遣字總更讓人覺得我心情不好。非但如此，明明沒在工作，我卻總是一副被人打擾似地生起氣來。

明明不是妻子的錯。

妻子從紙門後面探出頭。

「哎呀，又在這裡睡懶覺了。」

「我才沒睡，我只是在想事情。」

「可是你的臉上有榻榻米痕。」

「囉唆，我只是有點累了。到底有什麼事——」

明明內心不這麼想，嘴裡説出的卻是一句接著一句的不愉快的話。我盤腿而坐，抬頭看妻子。

「有客人找，是敦子小姐唷。」

「喔——」

客人——嗎？

原本虛張聲勢的不悅頓時消退了下來。我端正座姿，環顧房間四周，看起來不算很亂。與自甘墮落的我不同，妻子平時勤於打掃，即使臨時有訪客來也不用擔心，反而我這張睡得略顯浮腫的臉才最不適合見客。

來者是朋友的妹妹，目前在某文化科學雜誌擔任採訪編輯的中禪寺敦子小姐。今年才二十出頭，十分年輕活潑，是位才氣英發的女中俊傑。

實不相瞞，我能以小說家身分討生活，全部多虧了這位敦子小姐。靠著她的引介，我才得以在雜誌上發表作品。

來不及刮鬍鬚便與恩人面會。

這位短髮的職業婦女還留有少女時代的稚氣，看到睡迷糊的我似乎也不怎麼驚訝，在禮貌性的招呼後，立刻說明她的來意。原來她想了解關於——**發生於密室的事件**，問我有何可供參考的書籍。雖然我從沒公開宣稱，但她也知道我常在糟粕雜誌上撰寫三流報導，因此以為我對這類題材小有研究吧。

不管是否能派上用場，我立刻就我所知範圍，向她介紹了幾本——以密室為題材的推理小說。

我說話模糊而冗長、不得要領，但中禪寺敦子還是一副非常感謝的模樣，「真是太謝謝您了，關口老師。」向我敬禮道謝。

她的動作靈巧而敏捷。

「——我對推理小說只有些模模糊糊的印象，對這個類別並沒有認真研究過，接下來我會仔細閱讀老師推薦的這幾本小說的。」

「呃——抱歉，似乎沒派上什麼用場——總之、該怎麼說呢。」

我欲言又止，低下頭。

「——我頂多也只是知道書名，不是什麼熱心的讀者——話說回來，這種事情問你哥應該收穫會比較多吧？」

她的哥哥是我為數不多的朋友當中的一位，自從於舊制高中相識以來，前前後後也已經有十五、六年的交情。

他在同一町上開古書店，算是一般所謂的書癡，閱書無數，不分日本、西洋，幾乎沒有他不知道的書。

但是敦子難得尖銳地拉高嗓子說：「這可不行呢！」

「——要是被我那個瘋癲大哥知道，說不定他會斷絕兄妹關係呢。您也知道，大哥他呀，最討厭人家談這類話題了。」

「是嗎？他比我讀過的推理小說還多得多吧？」

「讀當然會讀，我哥只要有字什麼都讀嘛。可是他最討厭那些——密室謎團或人憑空消失之類的古怪話題了。要是被他知道我在調查這類事情的話，他肯定會氣得冒煙的。」

「啊——原來如此。那傢伙一生起氣來的確很恐怖呢。只不過啊，小敦，你為什麼要查密室的事？」

敦子遲疑了一會兒後，向我訴說起消失於密室中的婦產科醫生的故事。

奇妙的故事。

雖然是我先開口提起，聽她說明時卻心不在焉。耳朵閉不起來，照理說應該把她的話全部聽進去了，但留在我的意識上的卻只有片段而已。

婦產科——進不去——被封閉著的——懷孕——胎兒——小孩——消失——死亡——誕生——

誕生。

未誕生。

這些片段自行結合成了一種討厭的形象。

——這是，

這個形象是什麼？

厭惡的形象於產生的瞬間立刻溶解成濃稠的液體充斥著我的意識。

——是海。

黏稠不定的海。

這是怎麼回事？

濃稠的海，

——有如濃湯般有機的，

——我，我究竟，

我厭惡的究竟是什麼？

「老師您怎麼了？」

中禪寺敦子睜大眼睛，訝異地問我。

「啊——嗯，海……」

「海？」

「沒事。」我搖搖頭。

「大概是氣候的關係——最近身體狀況不太好，有點頭暈——」

感覺很不舒服。

我早習慣在這種場合裝出一副鎮靜的樣子，反正我平時情緒就很不安定，所以就算有點不舒服也不奇怪。

「——已經沒事了。」

「可是您看起來氣色仍然不怎麼好——我去叫夫人來好嗎？」

「不，不必。」我立刻伸手制止。

「沒什麼，我只是突然想起某件不愉快的事。而且現在——」

現在已經什麼也想不起來了，我只記得是件**不好**的事。箱蓋並沒有打開，內容物仍是未知數，只有不安感徒然增加。

「——是關於海的。」

「是關於海的恐怖意象嗎？」中禪寺敦子問。

「不——沒辦法明確——總之實在想不起來。」

「老師，您還記得幾年前去犬吠埼玩水的事嗎？」

「咦？啊，好像——有這麼回事。」

我試著在模糊不清的記憶中回憶往事。

「那一天風很強，大哥大嫂、老師跟夫人、還有我——然後……」

「啊，那天大家都一起去了嘛，我還記得大家一起在那裡吃蠑螺。」

只有食物的記憶很清晰，我的品德之低可見一斑。

「對了——我想起來了。原本大家很期待你哥下海會是一副什麼德性，結果那傢伙到最後還是沒下去。」

「是呀。記得那時候——老師曾說過，您不是討厭海，而是覺得海中的生物很可怕。」

「原來我說過那種話——」

我還是不記得當時說了害怕什麼。

「——可是我並不害怕魚貝類啊。我還挺喜歡的呢，很美味啊。」

「不是的——您當時說討厭海藻，因為會纏在腳上。」

「啊對，我討厭海藻。」

在水中被異物纏上的不快感非比尋常。

「然後老師又說——您覺得海整體有如一隻生物，令人很不舒服——包括微生物啊、小魚或蟲子啊之類的，彷彿所有海中生物混雜而成一隻巨大生物——您說討厭的就是這種感覺。」

沒錯。

不喜歡海的理由就是這個。

跟什麼蔚藍天空或廣袤海洋完全沒關係。

那些只是我難以接受的事物。我所討厭、畏懼的不是海的景觀，而是海的本質。

累積成海洋的並非是水。

那就像是生命的濃湯。海洋整體如生物般活生生地存在，一想到要浸泡在這裡面就令人全身發毛。浸泡在海中，海洋與自我的界線逐漸失去，我的內在將衝破細胞膜滲透而出。就跟剛才的——

那個——

「不行了——」

真的暈眩了起來。

聽到中禪寺敦子很擔心地呼喊妻子的聲音。

聲音愈離愈遠。

我似乎睡著了。

不知不覺，發現自己躺在鋪好的床上，大概是妻子幫我鋪的。想起身卻頭痛欲裂。

夕陽斜照。

妻子在簷廊收拾晾好的衣服。

我站起來，頭暈目眩，步履蹣跚。

妻子瞄了我一眼，說：「你起來啦。」接著抱著包巾，

「——敦子嚇了一大跳呢。」

她說。

我不知該如何回答。妻子說似乎快下雨了，抱著衣服從簷廊進入房裡，說：「今晚吃什麼好呢？」

——太平常了。

為什麼？為什麼如此平常。

彷彿一切都如此理所當然。

想逃離家裡，覺得喘不過氣來。

「有點不舒服，我——出去散個步。」

我語氣短促地說，接著以恰似風中柳葉般虛浮的腳步離開了家門。

梅雨季節中的街景朦朧。

頭還是一樣痛，但沒辦法繼續待在家裡。眼睛深處似乎有某種混濁不堪的倦怠感支配著我。

好想出遠門。

──想逃離。

逃離某物。

逃離我從小就一直逃避的事物。

我這人笨拙、遲鈍，又怠惰。簡單說，就是個廢物。在這庸碌的日常生活裡，單靠自己，連件**像樣的**事都辦不成，就只知畏畏縮縮地不斷逃避。蹺課、偷懶、放棄工作──

不斷逃避的結果，就是什麼也沒完成，什麼也沒改變。

但我還是繼續逃避。

這只是幼稚的現實逃避，而非基於意識形態的抗議行動。膽小的我貪圖不了剎那的安逸。即便是逃避，我頂多只能嘗到放棄義務所衍生的罪惡感而不住地發抖。彷彿為了發抖而逃避，於發抖之中重新確認自我的界線。

重新感受自己的無能。

重新感受自己不受世界所需。

直到此時，我才總算安心。

我一直在逃避、膽怯、回到原處中打轉，重複著毫無意義的行為。我就是這麼個膽小鬼。

回過神來，我又走到了念佛橋。

時刻已近黃昏，老舊橋旁的景色比平時更灰暗，彷彿一張古老的照片。

走上橋。

迎面而來的是攜伴同行的女學生。

我不由自主地轉過頭背對她們，偷偷摸摸地走向路旁。

我污穢，不希望被人注視。可是愈偷偷摸摸，看來就愈猥瑣。只要態度堂堂正正，根本不會有人在意我，但我就是辦不到。結果為了躲起來，我又穿過橋下，走向河岸。彷彿向下沉淪，有種放棄一切的安心感。撥開草叢，來到蘆葦之間蹲下，橋上已經看不到我了。

──是漩渦。

是那道漩渦，水流凝結成了漩渦。

我——睜大眼睛凝視。

明顯地——**那東西**開始凝固了。

如玻璃般透明，但光折射率明顯不同。水中的**那東西**已經不再是種不定形之物，逐漸變化成一種形狀。透明的——就像是，兩棲類一般。

——例如蠑螈，或者山椒魚。

我——強烈地想吐。

3

在這之後，我感到很不舒服，整整躺著休息三天。

我向妻子宣稱是感冒，但很明顯地這是輕微的憂鬱症。學生時代，我曾因陷入神經衰弱狀態，被診斷為憂鬱症。

那時經常想著要自殺。

並沒有明確的理由，就只是想著要死，覺得非死不可。

現在或許是年紀大了，頂多疲累不堪，一點也不想死。

勉強算是痊癒好了。

憂鬱症雖不是不治之症，但一度治療好了卻不代表不會再度發作。可能症狀會變得不明顯，但疾病一直存在於內部。不，我可說就是疾病本身。總之，無法像外科那般能將病灶連根拔除。不知道別人是否也有類似的問題，或許這種症狀任何人都有，是很普遍的情形。如果真是如此，憂鬱症恐怕無法根除。

總之，憂鬱症並不是單純心情的問題，而是種疾病。

如果弄錯這點，原本治得好的病也治不好了。

一般而言，當心情低落時，不管多麼沮喪，受到鼓勵心情總會舒坦一點。但憂鬱症患者卻最怕鼓勵了。受到鼓勵的話，原本輕微的症狀難保不會變得更糟糕。

情況嚴重時甚至還會想要自殺。

人人都懂得要理性思考，也知道如何調適心情。但就是因為講道理沒用，不管怎麼力圖振作，心情照樣低落，所以憂鬱症才被稱作是疾病。對憂鬱症患者而言，別人的鼓勵再怎麼動聽、再怎麼有道理也終究無效。

不消說，人類屬於生物的一種。而所謂的生物，可說就是一種為了維持生命活動的有機體。若生物產生了想主動停止生命活動的行為，由機能面來看無疑地是嚴重的問題。

不管有什麼深刻理由，最終選擇踏上死亡之路的人，可說在做此決定的瞬間都患了病。並非因痛苦而選擇死亡，而是痛苦導致了疾病，疾病引發了死亡。

我現在雖然已不再想死，但疾病依然存在於我的心中。

所以我並不想被人安慰，也不想被人鼓勵。

這種時候我通常只能悶頭睡大覺。妻子知道我的情況，在我發作的時候幾乎不會開口，她知道這是最有效的方法。

我家在這三天之中，一片風平浪靜。

這段期間，我拚命回想那天我對妻子說的話。

不覺得養隻狗兒也好嗎？——

我是怎麼回答的？

你這是，

你這是在，

你這是在拐彎抹角向我抱怨嗎——

印象中我似乎這麼回答了。不過抱怨是什麼意思？難以費解。

既然如此，

既然如此，乾脆把話說明白吧——

這好像是我最後拋下的話。說完的瞬間，原本高漲的氣勢也隨之頹靡，之後就出門走到橋下。但我還是無法理解為何當時會説出那些話。

苦思良久亦不得其解——我睡著了。

閉上眼——看見漩渦，意識的漩渦正盤旋著。很快地，包括細胞內的水分，體內的所有體液一起旋轉。暈船般的難受向我襲擊而來。不久，漩渦朝中心凝結，逐漸產生黏性，如同冷凍肉汁化為果凍狀，意識的固體凝結成一隻畸形的兩棲類。看起來就像是頭部過大的蠑螈，連鰓也很清晰。短短的手腳長出手指，脊椎繼續延伸，在屁股上長出小小的尾巴，接著——

突然破裂了。

彷彿腐爛水果用力砸在牆上，濃厚的果汁四散一般——那東西瞬間變成了一灘液體——

此時我醒了。

全身被汗水沾濕，身體彷彿即將腐朽般陷入了深沉的疲勞，聽見耳鳴。

這三天中，我不斷反覆地睡去、驚醒，不斷、不斷地反覆。

一睡覺就做噩夢，一醒來就煩悶。

家中依然安靜無聲，靜極了。在這安靜過頭的夢魘之中，我睡了三天三夜，糟透了。

到了第三天晚上，我總算能較安穩地入睡了。

第四天早上，覺得自己好多了。

若問與昨日有何不同，説真的並沒什麼不同。但我還是能感覺到微妙的差異。俗話説病由心起，我的情形真的完全就是心病。或許難以説明，但我就是覺得快要痊癒了。

吃過粥後，心情更平靜了。

妻子還是一樣沉默不語，但看起來心情倒也不錯。

安靜是好事。

這三天來，反覆不斷的思考也停止了。

不管那天我對妻子説了什麼，我又忘了什

麼，我都覺得無所謂了。我也覺得——那天在念佛橋底下看到的怪物，必定是神經過度疲累所造成的幻影。水凝固成形，太不合常理了。

對我而言，度過日常生活無異於停止思考。只要能停止思考，大半的日常生活都是平穩、溫和、令人舒服的。

沒有進步，真是件非常美妙的事。

一想到此，彷彿剝下一層原本包覆在身上的外膜，世界變得更明亮、更安祥。快了，就要回到那平淡無奇的日常生活了。

原以為如此，沒想到……

就在此時——

寂靜被打破了。

有客人上門。

「有人在家嗎？有人在家嗎？」玄關傳來訪客的呼叫聲。

打破寂靜的——是日前向我邀稿的糟粕雜誌編輯。大概看我久未聯絡，心生著急來探探狀況吧。這也難怪，記得之前談的交稿日好像是昨天還是今天——

但是——

我把紙門關上，蓋上棉被。雖說快痊癒了，這種狀態下要與活力充沛的年輕編輯見面還是頗為痛苦，見了面就得討論工作更令人難過。要我現在絞盡腦汁替寫不出東西來找藉口——簡直就像在拷問。

大概是察覺了我的想法——或者說熟知我的病情——妻子走向玄關。

我在被窩中聽見妻子的說話聲。

似乎在說明我的病情。

我躺著豎起耳朵，聽著模糊不清的對話，耐著性子等候客人回去。

但是——客人並沒有回去。

咚咚咚咚，大步踏地的腳步聲接近，啪地一聲，紙門被打開了。

「老師您怎麼了——這樣我很困擾耶。」

編輯——鳥口守彥盡情發揮他天生迷糊的個性，在我身旁坐下。

「夫人跟我說了，聽說您生病了喔？夏季感冒嗎？哎呀，真是辛苦了。可是老師啊，您還記得要替我們寫的文章什麼時候截稿嗎？」

鳥口語氣逗趣地問我。我無法回答，決定裝死到底，一動也不動地背對著鳥口裝睡。

「哇哈哈，老師您別這樣嘛。別擔心，反正我們的雜誌暫時也出不了啦。」

「出不了？」

我發出沙啞的聲音。

「被我抓包了吧，您明明就聽得到嘛。我剛才就知道您醒著囉。」

「你、你騙我。」

「可惜不是騙人的。」鳥口雙眉低垂，大概以為這樣看起來比較像喪氣吧。

「——因為最近完全沒有題材啊。我們雜誌專寫離奇事件，不像色情題材到處都有。」

「是嗎——」

頓時卸下了肩上的重擔。

「——所以不用寫了嗎？」

「您明明就還能說話嘛。夫人說您病得很嚴重，沒辦法開口呢。」

「是——事實啊。」

就算說明我的病況他也不懂。

「可是既然雜誌不出了，應該就不需要稿子了吧？」

「又不是停刊了。」

鳥口有點生氣地說：「只是暫時不知道什麼時候能出刊而已。」

「還不是一樣。」

「完全不同喔，差不多跟長腳蟹與小鍋飯之間的差別這樣大（註一）。」

這是什麼爛比喻，我不由得失聲大笑，鳥口也滿臉笑嘻嘻地。此時妻子端茶進來，並瞄了鳥口一眼。

——原來如此。

這應該是——妻子的目的吧。我這個人很容易被鳥口這種性格開朗的人拉著跑，妻子大概是想讓我與鳥口聊天，好治療我的心病。

久違三日的茶異常芬芳。

妻子等我喝完茶，說要去買個東西便離開了。在這三天期間，我猜她就算想出門也不敢出門吧。

等妻子一走，鳥口笑得更噁心了。

「幹什麼——你真噁心欸。」

「還是夫人不在場——比較輕鬆。」

「你這傢伙打從一開始就完全放鬆了吧？」

這傢伙從來不知顧慮他人心情。

為了掩飾自己的不好意思，我拚命裝出威嚴。

「嗯——鳥口，看到你那張放鬆的呆臉，連帶我的緊張也消除，感冒似乎也跟著好了哩。」

「唔嘿，人家不是說夏天的感冒只有某種人會得（註二）嗎？啊，抱歉——更重要的是老師，您這樣不行喔，請恕我說話太直接，可是……」

「什麼不行？」

「您這樣夫人會哭的喔，我看夫人好像很疲累的樣子。」

「是嗎——」

雖然嘴裡表示疑問，其實我內心是知道的。

註一：長腳蟹與小鍋飯：小鍋飯是一種將米、材料放入小鍋內一起烹煮而成的什錦飯。長腳蟹（takaashigani）與小鍋飯（kamameshi）的日語發音前幾個音節略為相近，且蟹肉亦常作為小鍋飯的材料，的確是若有似無的關係。

註二：夏天的感冒只有某種人會得：日本俗語「夏風邪は馬鹿が引く」，原意是「愚鈍的人到了夏天才發現冬天得的感冒」，不過常被誤解為只有笨蛋才會在夏季得感冒。鳥口應是藉此喻暗諷關口愚鈍。

我雖不是個浪蕩子，但無疑地是個最糟糕的配偶。

因為我的緣故，妻子總是身心俱疲。

我只能含糊不清地閃避回答。

「雖然老師不花心也不賭博──可是……」

鳥口伸長了腿，態度更加隨便了。

「就算是夫婦，每天二十四小時待在同一個屋簷下也很痛苦吧？難怪老師會心情鬱悶，夫人也──」

「這我知道。」

「所以說，我建議您去採訪一下。」

「採訪──」

「要寫小說或是報導不是都需要採訪嗎？您就去一趟嘛，俗話不是說：『狗走個路，腳也會累得像木棒』嗎？(註)」

「但是──我的小說是……」

「所以說──我想請您替我們做做採訪報導啦，還能順便散散心喔，反正都是些陰慘的事件，剛剛好。總之，我們的截稿日延後了，您恰好有空──」

「可是──你們要求的不是外國的報導嗎？」

「那個歸那個。」

「那個是哪個啊。我大致思考過文章內容，老實講，要寫這個外國的離奇事件──對我來說實在太困難了。這次為了寫你們的文章我還悶得搞壞身體咧。」

「可是我看您的格子也沒填幾個，應該悶不起來吧──」

鳥口伸長了脖子窺看書桌。

「──您寫了幾張了？」

一張也沒寫完。

「不好意思。」我沒好氣地說。

「真傷腦筋。」鳥口盤手胸前。

「不知道有沒有什麼有趣的消息，最好是

令人作嘔的故事，連推理小説家都會嚇得臉色大變赤腳奔逃出去的——」

「推理小説——嗎。」

我想起中禪寺敦子的談話。

「對了——記得——有個婦產的——」

「婦產——您是指婦產科醫院嗎？」

「婦產科——進不去——被封閉著的——有孕——胎兒——小孩——消失——死亡——誕生——」

誕生。

未誕生。

濃稠的濃稠的濃稠的濃稠的。

「什麼？」

「我、我剛好聽到一個——傳聞，關於密室的——」

「傳聞？是密室的嗎？所謂密室就是那個進不去出不來的那個密室嗎？」

「似乎——如此。」

「密室裡發生什麼事情了？」

「不知道，我自己也不清楚。應該是典型的密室事件吧。」

「喔，小説裡經常有所謂的密室殺人事件，可是實際上從來沒聽説過，如果這是真的倒很稀奇耶。但是那跟胎兒怎麼湊在一起我就不懂了。如果不是密室殺人而是密室出生的話就完全不同啦。對了——地點呢？」

「啊？好像在——豐島那一帶發生的——」

詳細的事情我完全沒有記憶，只有片段在腦中閃過。

「雖然不知詳細情況，不過好像還滿有趣

註：狗走個路，腳也會累得像木棒：原文為「犬も歩けば足が棒とか」。鳥口把諺語裡的「犬も歩けば棒に当たる」（出去走走有時會碰上好運）跟「足が棒になる」（走太久，腿僵硬得像木棒）搞混了。

的喔？」鳥口說，又盤起手。

「──既然有傳聞，那我就去探探狀況好了──」

接著準備站起。

「要回去了嗎？」

「不是說了嗎？我要去採訪啊。既然有這麼有趣的傳聞，趁現在去採訪應該能挖到不少消息。豐島地區的婦產科嘛？我去問看看好了。如果這個題材有趣的話，老師您就一定要好好採訪一下，幫我們寫篇報導喔。」

接著鳥口站起來，突然又說：「啊，我差點忘記了。」

「我帶了水蜜桃來，已經交給夫人了，您要記得吃。是探病的禮物。」

「有勞費心了。」我也站起來向他道謝。

突然有點頭暈。

「那我先走囉，有消息再跟您聯絡。」吵鬧的不速之客語氣輕佻地說完，飄然離去。

只剩我一個人。

覺得肚子很餓。

這也是精神逐漸恢復的證據之一。

就像梅雨季節的結束一樣，憂鬱症的痊癒總是突然來訪。

我打開窗子，下午的陽光明亮。

再過不久就是夏天了，夏天即將到來。

我邊想著這些事，邊走向廚房，想吃鳥口帶來探望的桃子。

包在報紙裡的桃子放在流理台旁。打開報紙，隨手抓了一顆，有如汗毛般輕輕扎人的觸感，果皮底下的應是──水嫩果肉。用力一握，手指陷入果肉裡，果汁……

──啊。

果汁噴出，化為海洋。

黏滯的濃湯滿溢，我成了在海洋裡飄盪的漂流物。

在漩渦的中心──是那個透明的兩棲

類——那是——

我感到強烈的暈眩。

4

早晨。

醒來，發現正下著毛毛細雨。

雖然已經復原，心情還是不怎麼好，也就是說，我又回到最初的狀態。

鳥口忙著四處打聽，隔天找來了一大堆奇怪的傳聞。中禪寺敦子帶來的那個事件到處都有傳聞。但是年輕的糟粕雜誌編輯收集來的傳聞中，並非醫生在密室中離奇消失的恐怖故事。

而是——

大量關於妊娠與分娩的令人作嘔、荒唐無稽的醜聞。

鳥口說歸說，他也懷疑這些傳聞是否能當作雜誌題材。這與他平時處理的離奇事件並不相近。

而作為聽眾的我——老實說心情也十分複雜。

我對於殺人事件或風流韻事之類的醜聞一向不太感興趣，但不知為何，這次對這些傳聞卻格外在意。

明明是如此地下流、難以置信。

我竟回答：「我考慮看看好了。」

「那麼就拜託您了。」鳥口說完便離開了。他的離去是在昨晚，那時還沒下雨。

我原本想去跟敦子的兄長討論這件事，他通曉古今東西的奇談怪談，或許能提供我一點線索。

窗外細密如絲的綿綿霪雨令人憂鬱。

噹、噹，似乎聽到漏雨打在器具上的聲響。

雨水沿著窗戶流下。雨滴聲。

滴、滴、滴。

噹、噹、噹。

注視雨滴。

滴、滴、滴、滴。

噹、噹、噹、噹。

——律動。

噗通、噗通、噗通、噗通。

是心臟的跳動聲。

——突然，我覺得在意。

不知在這雨中，橋下的漩渦會變得如何——

一想到此我片刻也待不下去，未向妻子知會便直接奔出家門，走向念佛橋下。雨傘太礙事了，我在雨中奔跑，穿過高聳的草叢，來到河岸。

——漩渦——

有耳鳴。

——小狗很可愛耶。

「咦？」

——你不覺得養隻狗兒也好嗎？

「養狗不好啦。」

——是嗎？

「當然是啊。狗叫吵到鄰居的話會被抗議的。」

——會亂叫嗎？

「會，而且狗很臭，照顧起來很辛苦，每天還要帶出去散步，長期下來是個負擔。我可沒那麼勤勞。」

——這世上哪件事不費工的啊。

「話是沒錯——總之我覺得不好，反對。」

——你就——這麼討厭養狗嗎？

「也不是，我只是覺得……」

——只是什麼？

「真是的，那你又為什麼這麼想養狗？」

——也不是真的非養不可。

「那你幹嘛那麼執著？」

——我並沒有執著，只是……

「只是怎樣？」

——覺得有點寂寞……

「什麼意思？你在拐彎抹角向我抱怨嗎？」

——什麼？

「可是聽起來就像抱怨嘛。你到底想表達什麼？」

——怎麼可能，我才不是……

「如果有什麼想講的，就明明白白講出來嘛。我這個人很遲鈍，繞那麼大圈我聽不懂。」

——我也不懂你在講什麼。

「你就這麼不滿嗎？不，基本上你的說法就很奇怪，什麼叫『養隻狗兒也好』。」

——咦？

「『養隻狗兒也好』，你的意思就是想把狗當成某種代替品，難道不是？」

——代替品？我不懂你的意思。

「你明明就知道，少裝傻了。」

——為什麼你就這麼在意呢？我不想養狗了，你別生氣了。

「問題不在於此，養不養狗並不重要。問題是你為什麼想養狗？如果你有什麼不滿，卻又藏在心中不說出口，我可受不了。」

——對不起，我不會再說了。

「你不懂嗎？我就是不希望你把不滿悶在心裡。」

——我才沒有悶著——對不起，打擾你工作了，請你原諒我。

「等等，把話說清楚嘛，問題講到一半卻又停止，這樣我也沒心情工作。」

——弄清楚……是要弄清楚什麼？

「你——真正想要的，究竟是……」

其實，

我早就知道答案了，但是，覺得很可怕。

我害怕她的回答。

半透明的漩渦中心噗通、噗通地跳動起來。

異常巨大的頭部，長出如豆粒大小的眼睛。

尾巴愈來愈短，凝固的手掌逐漸分枝，形成一根根小小的手指，最後——

5

我徐徐地站起。

這是幻覺，不能看。

背對河面。這是虛妄幻想。

雨停了。

天空明顯放晴了。

——已經是夏天了。

我想。在這梅雨季結束之際的夏日陽光並不怎麼舒爽，但比較適合我。我撥開蘆葦。

哇哇。

哇哇，哇哇。

——在哭。

那東西在哭。

——我不想看。

我想，那東西應該已經變成**完整的人形了**。在咕嚕咕嚕旋轉的水流臍帶纏繞下，逐漸凝結固定——

——這是幻覺。

我絕對不回頭。

不，我絕對不看。我已下定決心。

無須回想過去。維持……

——維持現狀就好。

啪。

水落地聲。

拖曳聲。

沙沙。

拖曳聲。

就在我的背後，在我腳邊。

他從水中爬出來了。

拖曳聲。

聽起來體型很小。

沙沙。

蘆葦搖曳。

我在蘆葦之中悚然而立。

啪、啪，腳丫子踏在泥濘上的聲音。

別過來，別再靠近了。有人扯我的褲子。

感覺是隻很小、很可愛的、有如玩具般半透明的手——抓住了我的褲子下襬。

——胎兒。

我粗暴地將腳抬起向前跨出，甩開了抓住褲子的手，撥開草叢爬上坡道。

別過來，別跟著我走。

對不起，真是對不起。

唉——

哇呀、哇呀、哇呀。

那是水鳥的啼叫聲。

一定是水鳥。

哇呀、哇呀、哇呀。

爬上了坡道，來到橋底——

我回頭。

那一瞬間。

在河邊的蘆葦叢中，有個小東西宛如成熟果實砸在牆上般破碎了，水花飛濺。

振翅聲。

鳥兒飛起。

就只是如此，真愚蠢。

回到原本的狀態，跟海藻一起流逝吧。

河水聲隆隆，川流不息。

——對不起，真是對不起。

──其實我並不討厭你。

河水聲隆隆，水──

水不停地向前奔流。

剛才把傘放在橋墩。

周遭仍是一片甚無變化的灰色風景。我抬頭看天空。

烏雲密布，卻意外地明亮。

今天或許會變熱。

有此預感。

已經不需要傘了。

對了，去那傢伙家吧──

突然興起念頭。

我不再往後看，向前邁開步伐。

就算不看──也能繼續生活嗎？或者，那是非看不可的事物？

抑或──

聽見蟬聲。

悶不吭聲地離開家裡，妻子應該很擔心吧──回家後得跟她道歉──對，要道歉──

我思考著這些事，再次陷入日常生活裡。

不久──

我站在長長的坡道下。

位於這條彷彿無窮無盡、不緩也不陡的漫長坡道頂上的，就是我的目的地──京極堂。

此乃昭和二十七年，梅雨即將告終時節之事。

解說

宇宙相連之時、百鬼由來之處——百鬼夜行—陰

／路那

（本文涉及謎底，未讀正文勿讀）

「你在做什麼？」

G'd（W）n沒頭沒尾地答道：「一個有裡邊的外邊，特茲。」

——卡爾維諾，《宇宙連環圖》

看到《百鬼夜行—陰》的時候，你期待著什麼呢？一個統籌全局的妖怪？然而，在網路資訊已然如此發達的今日，或許你早已知道本書不同於目前台灣已出版的其他京極堂系列小說，沒有一個串連起全書意象的妖怪，而是如題名所示，以十種妖怪來側寫事件相關人等的故事。那麼，是一個辨認出本書所有角色的考驗？這是個很有趣的遊戲，一開始閱讀時我也著迷其中，只顧著猜測與回想那些敘事者是在哪個故事裡出現？屬於什麼身分？有著哪些行動？畢竟，這些敘事者有的原先就是令人難忘的主角群，有些則是只有重度京極迷才能認出的配角（另外有個小彩蛋，是《應避開的狼》（《ルー=ガルー忌避すべき狼》）中的角色鈴木敬太郎跑過來串了場，讓人不禁期待起後續的發展。）這樣的互文性對於讀者來說已然不是新鮮事，但依舊充滿了趣味。

由京極夏彥的系列書寫中，我們可以看到他致力於讓角色成型——京極夏彥並不避諱讓角色的「屬性」重疊，例如一樣可被視為神經衰弱的降旗弘和關口巽，兩者的「屬性」其

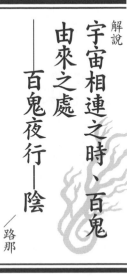

實頗為相似，但帶給讀者的感受卻大不相同。這是因為京極雖然讓這兩個角色同時具備了神經質的反應，但另一方面卻藉由不同的環境與事件讓他們展示出不同的個性。同時，藉由標籤（或者也可以說是「咒」）──例如講到關口想到猴子這樣的反射聯想──讓讀者得以區分出關口與降旗之間的差異。角色之間屬性的重疊，使得作者得以自由地選用其相似處來造成讀者的混淆，又以其相異處來揭示所欲達成的對比。然而，京極夏彥顯然不滿足於只讓主要角色躍然紙上，他更有著造出一個宇宙的雄圖壯志。由《姑獲鳥之夏》到《塗佛之宴》，明顯可見的是敍事者人數的增加，以及對事件與事件由「種因」到「發生」的描寫。這樣的方向，反映在整體系列的創作上，則讓整個百鬼夜行系列除了長篇的「京極堂系列」之外，另外出現了本作所屬的番外短篇。同屬於此類的，還有《今昔續百鬼─雲》、《百器徒然袋─雨》、《百器徒然袋─風》與目前不定時連載中的《百鬼夜行─陽》等四本。這些「番外篇」分別採用了長篇中的主要配角擔任原作中京極堂的角色。如《今昔續百鬼》的主要角色是身為妖怪研究家的多多良勝五郎與沼上蓮次，《百器徒然袋》則以玫瑰偵探榎木津為主要角色──其實，透過《風》中的一個故事，這個系列又與京極夏彥的另一個故事系列《巷說百物語》有了關聯──就這樣，京極夏彥連接起一個又一個的小說世界，形成了一個隱約相關的獨特宇宙。

相較於上述的《今昔》與《百器》兩套由主要角色延伸而來的「番外篇」，《百鬼夜行》顯然要來的更「邊緣」一些。在《百鬼》中，京極夏彥所講述的，是由《姑獲鳥之夏》以降，相關人等在事件與事件的間隙之中，所遭遇到的不可思議之事。大體上說來，《陰》所涵蓋的範圍是在《陰魔羅鬼之瑕》一案發生以前。《陰》的全書共收錄十篇，分別是〈窄袖之手〉、〈文車妖妃〉、〈目目連〉、〈鬼一口〉、〈煙煙羅〉、〈倩兮女〉、〈火間蟲入道〉、〈襟立衣〉、〈毛倡妓〉與〈川赤子〉。以下，將簡單的介紹一下這些番外與本篇之間的關係：

〈窄袖之手〉：角色曾出現於《魍魎之匣》、《絡新婦之理》。主述者為教師，杉浦隆夫，因與學生的紛爭而離開教職。本篇描述他與鄰居柚木加菜子之間的故事。妻杉浦美江。美江本姓伊藤，與久遠寺涼子認識，也與織作碧認識。

〈文車妖妃〉：角色曾出現於《姑獲鳥之夏》、《絡新婦之理》、《塗佛之宴》，展現出久遠寺涼子的心魔，以及與內藤關係的片段。

〈目目連〉：角色曾出現於《狂骨之夢》、《鐵鼠之檻》、《絡新婦之理》，相關人物有矢野妙子、平野佑吉、川島喜市與降旗弘。平野祐吉一個人過著鰥居的生活，但他一直感到有人在偷窺，於是朋友川島喜市介紹了精神科醫師降旗弘給他。

〈鬼一口〉：角色曾出現於《魍魎之匣》、《應避開的狼》。鈴木敬太郎在由「薰紫亭」回家的路上，遇見了一個神秘的男子，男子向看著照相館柿崎一家爭吵的鈴木搭話。遇見男子不久後，鈴木聽說了柿崎芳美被謀殺的消息。這個神秘男子就是小說家久保竣公。

〈煙煙羅〉：主要與《鐵鼠之檻》相關。消防隊員棚橋祐介前去拜訪退休前輩崛越牧藏，兩人談起了棚橋為何要加入消防團，以及幾場火災對他所造成的影響。

〈倩兮女〉：角色曾出現於《絡新婦之理》。講述學園教師山本純子訂婚後患得患失的心情。

〈火間蟲入道〉：角色曾出現於《塗佛

之宴》。岩川真司在河堤上遇見了一名神秘少年。不知不覺間，岩川向少年吐露了他的煩惱。少年即為藍童子。

〈襟立衣〉：角色曾出現於《鐵鼠之檻》。少年是新興宗派的繼承人，在他看來，身為教祖的祖父擁有不可思議之神通。祖父的過世讓少年與父親的爭執浮上了檯面，在爭執的過程中，父親告知他關於祖父神通的真相。少年即是圓覺丹。另外，牧村道雄在本篇中則是覺丹祖父的大弟子。

〈毛倡妓〉：角色曾出現於《姑獲鳥之夏》、《狂骨之夢》、《絡新婦之理》等。刑警木下圀治（木場的部下）在支援一次圍捕娼妓的行動中認識了第一次下海的豐子。一年後，一場命案讓木下又再次見到了豐子，也讓他想起過往的事件。

〈川赤子〉：本篇描寫關口的為何不願生小孩的心理原因，主要與《姑獲鳥之夏》相關。

在這十篇中，除了〈川赤子〉外，故事的主角大多都只是事件的相關人士。其中，如〈煙煙羅〉的兩名消防隊員，更是邊緣極致的角色。儘管如此，京極夏彥仍細緻地描寫這些在系列長篇中篇幅不多的角色，我認為這就是他想表現出那樣的現象是更普遍地存在於人世間的。而這些角色與長篇小說之間的牽連，則拓展了小說宇宙的界線。藉由這些角色，京極夏彥在刻劃「外邊」的同時，其實也同時藉由此一個視角描繪了「裡邊」──那些角色的「裡邊」──除此之外，它也同時翻轉出另外一個觀看主要角色與故事情節的視點：相較於長篇中的敘述，《陰》的出發點可說是由故事的裡側向外窺看的。而或許是意識到它們那些極為不安定、極為個人，因而可能被視為非現實的經驗，京極夏彥在故事的最後一行總不厭其煩地標上「此乃某年何時之事」。這一行看似累贅多餘，但這樣一句天外飛來般的落款，卻使讀者意識到在小說的外側存在著另一個客觀的視點，而這就成了「咒」——不僅宣示了這些事件發生的「時點」，更標示了這些事件在小說世界中的實存。於是，無論小說中所講述的體驗多麼荒誕不經，但在「咒」的效力之下，我們都得理解到那些荒誕都是真實的——或者起碼，對體驗到這些的小說角色而言，是真實的。也因此，當我看到有些人物，如〈窄袖之手〉的杉浦與〈目目連〉的平野，曾有機會擺脫這些受餵養的妖物，最終卻難敵內心的陰影，依舊朝著自毀的方向馳去時，總覺得不勝唏噓；而在看到身為刑警的木下開始產生迷惘時，也忍不住期待有一天京極夏彥將會為刑警們展開另一個系列——另一串複雜的、關於正義倫理與社會現實之間永不停息的論爭。

作者介紹

路那／台灣大學台灣文學研究所碩士，台灣大學推理研究社資深社員。

國家圖書館出版品預行編目資料

百鬼夜行—陰／京極夏彥著／林哲逸譯；.–二版.–.臺北市；
獨步文化, 城邦文化出版：家庭傳媒城邦分公司發行, 民104.6
面；公分.（京極夏彥作品集：16）
譯自：百鬼夜行—陰
ISBN 978-986-5651-26-8（平裝）

861.57　　104007182

京極夏彥　作品集16

ひゃっきやこう—いん

百鬼夜行—陰

原著書名　百鬼夜行—陰
作者　京極夏彥 KYOGOKU NATSUHIKO
原出版社　講談社
翻譯　林哲逸
責任編輯　張麗嫺
特約編輯　蔡美枝
編輯總監　劉麗真
總經理　陳逸瑛
榮譽社長　詹宏志
發行人　凃玉雲
出版者　獨步文化
發行　城邦文化事業股份有限公司
104台北市中山區民生東路二段141號5樓
電話：(02) 2500-7696　傳真：(02)2500-1966
英屬蓋曼群島商家庭傳媒股份有限公司城邦分公司
104台北市中山區民生東路二段141號2樓
讀者服務專線：(02)2500-7718；2500-7719
24小時傳真服務：(02)2500-1990；2500-1991
服務時間：週一至週五 上午09:00～12:00 下午13:00～17:00
讀者服務信箱E-mail：service@readingclub.com.tw
劃撥帳號：19863813　戶名：書虫股份有限公司
香港發行所　城邦（香港）出版集團有限公司
新址：香港灣仔駱克道193號東超商業中心1樓
電話：(852) 25086231　傳真：(852) 25789337
E-mail：hkcite@biznetvigator.com
馬新發行所　城邦（馬新）出版集團
Cite(M)Sdn.Bhd.(458372U)
41, JalanRadinAnum, Bandar Baru Sri Petaling,
57000 Kuala Lumpur, Malaysia.
Tel: (603) 90578822　Fax:(603) 90576622
email:cite@cite.com.my
妖怪繪製　si:
封面設計　馮議徹
排版　陳瑜安
印刷　前進彩藝有限公司
2015（民104）年6月二版
2021（民110）年2月2日二版3刷
定價420元　ISBN 978-986-5651-26-8